HEYNE
BÜCHER

SCIENCE FICTION

Ein vollständiges Verzeichnis aller
im HEYNE VERLAG erschienenen STAR TREK-Romane
finden Sie am Schluß des Bandes.

STAR TREK

DEEP SPACE NINE

MICHAEL JAN FRIEDMAN

SARATOGA

Roman

Star Trek®
Deep Space Nine™
Band 21

Deutsche Erstausgabe

WILHELM HEYNE VERLAG
MÜNCHEN

HEYNE SCIENCE FICTION & FANTASY
Band 06/5721

Titel der amerikanischen Originalausgabe
SARATOGA
Deutsche Übersetzung von Bernhard Kempen

Umwelthinweis:
Dieses Buch wurde auf chlor- und säurefreiem Papier gedruckt.

Redaktion: Rainer-Michael Rahn

Erstausgabe by Pocket Books/Simon & Schuster Inc., New York

http://www.heyne.de
Printed in Germany 2000
Umschlagbild: Pocket Books/Simon & Schuster, New York
Umschlaggestaltung: Nele Schütz Design, München
Technische Betreuung: M. Spinola
Satz: Schaber Satz- und Datentechnik, Wels
Druck und Bindung: Ebner Ulm

ISBN 3-453-17115-2

Für Harvey Ehrlich –
Wunder und Inspiration

Geschichtliche Anmerkung

Die Ereignisse dieses Romans finden zwischen der dritten und vierten Staffel von *Star Trek – Deep Space Nine* statt.

PROLOG

Pernon Obahr dachte an alte Freunde. Mit der Zeit lernte man sie fast so gut wie sich selbst kennen. Man liebte sie, man verließ sich auf sie. Irgendwann war man fest davon überzeugt, daß sie einen niemals im Stich lassen würden.

Trotzdem konnte man schließlich sogar von seinen ältesten Freunden hintergangen werden. Das war eine Tatsache des Lebens – nicht nur auf Bajor, sondern auf jeder Welt des großen, sternenübersäten Kosmos.

Pernon stand auf dem höchsten Balkon des höchsten Gebäudes von Karvis, während sein Blick der Krümmung des glitzernden Flusses folgte. Ein paar Kilometer nördlich der Stadt war am Ufer ein halbes Dutzend großer, grauer Wasserpumpen zu erkennen, die mit der Kraft und Ausdauer prähistorischer Tiere arbeiteten.

Und es war gut, daß sie es taten. Dank der Pumpen wurden etwa dreißig Prozent der Wassermenge des Flusses in einen Kanal umgeleitet, der mitten durch die Stadt führte. Auf der anderen Seite wurde das Flußwasser über einen steilen Hang verteilt, bis es schließlich das Meer erreichte.

Ohne die Pumpen wäre die Stadt schon vor langer Zeit fortgespült worden. In diesem Fall wären Pernon und seine Familie bettelarm geworden, wie es zu dieser Zeit vielen anderen Bajoranern widerfahren war. Das war der Grund für seine unerschütterliche Liebe zu diesen Maschinen, eine Liebe, die von allen Mitbewohnern der Stadt Karvis aus tiefstem Herzen geteilt wurde.

Doch die Dinge verändern sich, dachte er. *Alles vergeht irgendwann. Und das, was jemand in seiner Jugend für felsenfest hielt, erweist sich später als auf Treibsand gebaut.*

Diese Worte stammten von Inartha Dor, einem der größten bajoranischen Dichter vor der Besatzungszeit. Trotzdem paßten sie zur Situation, sagte sich Pernon, so wie eine Hand in einen gut gearbeiteten Handschuh paßt.

Nach drei Jahrzehnten begannen die Pumpen nun zu versagen. Nicht weil sie schlecht gebaut waren, denn man hatte sie im Laufe der Jahre aufmerksam gewartet. Nein, die Maschinen waren gar nicht das eigentliche Problem.

Es war die Energiequelle, mit der sie betrieben wurden. *Das* war das Problem. Und wenn es nicht gelöst werden konnte, würde Karvis irgendwann zerstört werden.

Pernon seufzte. Als junger Mann hatte er die Installation dieser Pumpen miterlebt. Er hatte gesehen, wie die cardassianischen Architekten und Landschaftsingenieure, die Tiefbauspezialisten und die Arbeiter gekommen waren. Er hatte beobachtet, wie sich die Bodenfahrzeuge Tag für Tag am Flußufer versammelt und die Baumaschinen, die Werkzeuge und die Rohmaterialien herangeschafft hatten.

Für die Cardassianer war die Pumpstation die Behandlung einer Wunde gewesen, die sie sich selbst zugefügt hatten. Um weiter nördlich billige Energie zu gewinnen, hatten sie an den Nebenflüssen des Hauptstroms herumgepfuscht. Eine enorme Vergrößerung der Wassermengen und mehrere schlimme Überflutungen während des folgenden Frühlings waren das Ergebnis gewesen.

Diese Situation war für den verantwortlichen Gul mehr als unbefriedigend gewesen. Er hieß Divok und war eine Bohnenstange mit schuppigem Hals. Und es war Divoks Kopf, der rollen würde, wenn er das Problem nicht irgendwie in den Griff bekam.

Der Sinn der Besetzung des Planeten lag darin, Bajors Rohstoffe mit einem Minimum an Aufwand auszubeuten. Eine nicht unbedeutende Stadt auszulöschen, gehörte nicht in dieses Konzept, da die Cardassianer sich nur ungern mit zusätzlichen Problemen herumschlugen.

Zu jener Zeit hatten sich bereits erste Ativitäten des Widerstands gezeigt. Warum sollten sie unnötig angestachelt werden?

Bereits als kleiner Junge hatte Pernon die Cardassianer genauso wie jeder andere Bajoraner gehaßt. Er hatte sie mit jedem Tropfen Blut, mit jeder Muskelfaser und jedem Knochen verachtet. Hätte er die Pumpen als etwas Cardassianisches angesehen, hätte er sie zweifellos genauso gehaßt.

Doch ihm war bereits von Anfang an der Mangel an Enthusiasmus bei der Errichtung der Maschinen aufgefallen. Die Invasoren hatten sie methodisch zusammengebaut, als wären sie selbst nicht mehr als Arbeitsroboter. Dieses Projekt hatte ihnen keine Genugtuung verschafft.

Und selbst nach der Fertigstellung schienen die Cardassianer die Maschinen nur als notwendiges Übel zu dulden. Das war der Hauptgrund, warum Pernon die Pumpen als etwas Bajoranisches betrachtete.

»Obahr? Bist du das?«

Pernon drehte sich um, als er die vertraute weibliche Stimme hörte. Er sah, wie seine Freundin aus dem schattigen Raum hinter ihm ins Licht trat.

»Nerys«, sagte er beglückt über die Gelegenheit, ihren Namen aussprechen zu können. »Wie lange ist es her? Fast ein Jahr, nicht wahr?«

»Eher anderthalb Jahre«, erwiderte sie, während sie mit ausgebreiteten Armen auf ihn zuging.

»Du willst mich zum Narren halten«, rief er.

»Ich würde niemals wagen, einen alten Widerstandskämpfer zu verspotten«, versicherte sie ihm.

Als sie sich umarmten, erinnerte er sich an die Zeit, als er gehofft hatte, sie würde mehr für ihn sein als nur eine Kameradin. Leider hatte er niemals die Gelegenheit erhalten, dieser Hoffnung Ausdruck zu verleihen. Und während ihres Lebens unter ständiger Bedrohung hatte er eine viel zu große Wertschätzung ihrer Freundschaft entwickelt, um diese durch eine Veränderung gefährden zu wollen.

Kira beugte sich zurück, um ihn anzusehen. »Du hast zugenommen«, stellte sie fest. »Der Posten des Stadtverwalters bekommt dir sehr gut, wie ich sehe.«

»Nun, das ist es nicht«, erwiderte er aufrichtig. »Ich hole alles nach, was mir entgangen ist, als wir mit hungrigen Bäuchen gegen die Cardassianer gekämpft haben.«

Ihr Lächeln verblaßte. »Ich erinnere mich daran.« Dann tätschelte sie liebevoll seine Schulter. »Was kann ich also für dich tun, Pernon Obahr? Oder hast du es ernst gemeint, als du mich zu einem Spiel Knauf-und-Kerbe eingeladen hast?«

»Ich wünschte, es wäre so«, erwiderte er.

Dann erzählte er ihr von den Pumpen. Und er erzählte ihr noch mehr Dinge, die er über Verbindungen zu ehemaligen Widerstandskämpfern erfahren hatte. Diese Verbindungen waren noch viel nützlicher geworden, seitdem Shakaar an die Macht gekommen war.

Kira nickte, während Pernon sprach. Als er fertig war, nickte sie noch immer. Trotz der Umstände mußte er insgeheim ihre bemerkenswerte Schönheit bewundern. Es war nicht leicht, seine Gedanken wieder auf das Thema zu konzentrieren.

»Glaubst du, daß du uns helfen kannst?« fragte er schließlich.

Sie blickte ihn an. »Ich kann es versuchen«, versprach sie.

Pernon lächelte erleichtert. Wenn Kira Nerys sagte, sie würde etwas versuchen, dann war die Sache bereits so gut wie erledigt. Es war gut zu wissen, daß er sich wenigstens noch auf eine alte Freundin verlassen konnte.

1

Jake Sisko beugte sich über das Geländer des oberen Bereichs der Promenade und lugte in Quarks Bar. Wenn er seinen Hals ein wenig reckte, konnte er seinen Vater erkennen, der mit Lieutenant Dax an einem Tisch saß.

Der ältere Sisko starrte in seinen Raktajino, eine Art Eiskaffee. Sogar von hier aus konnte Jake erkennen, daß tiefe Falten auf der Stirn seines Vaters standen.

»Jake?«

Der Junge drehte sich zu seinem Freund um, dessen Kopf kaum über das Geländer reichte. Das war nichts Ungewöhnliches, denn die Ferengi gehörten zu den kleiner geratenen Völkern auf der Station, und da Nog noch nicht das Erwachsenenalter erreicht hatte, war er selbst für einen Ferengi ziemlich klein.

»Hm?« gab Jake zurück.

»Warum sieht dein Vater so deprimiert aus?« fragte Nog.

Der Mensch seufzte. »Weil er ein paar seiner alten Freunde wiedertreffen wird.«

Der Ferengi blickte zu ihm auf. »Deswegen ist er deprimiert?« Er grunzte. »Dann waren es bestimmt keine guten Freunde.«

Jake betrachtete seinen Vater genauer. »Es waren sogar einige der besten Freunde, die er jemals hatte. Er hat sie während seiner letzten Dienstzeit kennengelernt, an Bord der *Saratoga.* Sie haben ihm sogar mehrere Male das Leben gerettet.«

Nog schüttelte den Kopf. »Warum freut er sich dann nicht darauf, sie wiederzusehen?«

Der Mensch zuckte die Schultern. »Das ist nicht einfach zu erklären. Weißt du, er wäre sehr glücklich gewesen, wenn er jemandem von ihnen zum Beispiel auf einer Starbase begegnet wäre. Aber hier handelt es sich um eine offizielle Angelegenheit.«

Der Ferengi dachte über diesen Punkt nach. »Aha, eine offizielle Angelegenheit, ich verstehe«, sagte er schließlich. »Natürlich verstehe ich das. Ich meine, wer würde es nicht verstehen?«

Er hielt inne. »Jake?«

Der Junge blickte sich zu ihm um. »Ich weiß. Du hast nicht die leiseste Ahnung, wovon ich rede.«

»Völlig richtig«, beklagte sich Nog, der seine Verzweiflung nicht verbergen konnte. »Was für einen Unterschied macht es, ob es offiziell oder inoffiziell ist? Freunde sind Freunde, oder etwa nicht?«

Jake schüttelte den Kopf. »Glaub mir«, sagte er, »es ist ein großer Unterschied. Dad wird mit seinen alten Kameraden an Bord der *Defiant* nach Utopia Planitia fliegen, zu den Raumschiffdocks im Marsorbit. Sie werden dabeisein, wenn die neue *Saratoga* in Dienst gestellt wird.«

»Die neue *Saratoga?*« wiederholte Nog mit verständnisloser Miene. »Was ist mit der alten *Saratoga* geschehen?«

Plötzlich wurde der Junge von Erinnerungen bestürmt, die ihn noch vor gar nicht allzu langer Zeit überwältigt hätten. Doch jetzt war er älter geworden. Jetzt konnte er tief durchatmen und sie verdrängen.

»Die alte *Saratoga*«, sagte er langsam und sorgfältig, »war das Schiff, auf dem meine Mutter ums Leben kam. Du weißt schon, in der Schlacht gegen die Borg.«

Er sah seinen Freund nicht an, aber er konnte sich die verlegene Miene des Ferengi vorstellen.

»Ach ja!« rief Nog in gezwungen beiläufigem Tonfall. »Jetzt erinnere ich mich.« Er machte eine kurze Pause. »Deshalb ist es für deinen Vater so schwierig, wenn er diese Leute wiedersieht? Weil sie ihn an den Tod deiner Mutter erinnern?«

Jake nickte. »Das ist der Grund«, antwortete er.

Für ihn selbst würde es auch nicht einfach werden. Aber er machte sich größere Sorgen um seinen Vater. Als befehlshabender Offizier von *Deep Space Nine* verriet der Mann nur äußerst selten, daß er überhaupt Gefühle hatte.

Doch Benjamin Sisko war natürlich keineswegs gefühllos. Und wenn es um jene schrecklichen Ereignisse an Bord der *Saratoga* ging, waren so tiefe Gefühle im Spiel, daß Jake bestenfalls die Spitze des Eisberges kannte.

Sisko wandte seinen Blick wieder Dax zu. Ihm wurde bewußt, daß er sich irgendwann aus ihrem Gespräch ausgeklinkt hatte.

»Hast du etwas gesagt?« fragte er.

Die Trill betrachtete ihn mit einer Mischung aus Mitleid und Tadel. »Ich habe sehr vieles gesagt, Benjamin. Ab welchem Punkt hast du mir nicht mehr zugehört?«

Der Captain starrte in seinen Raktajino und runzelte die Stirn. »Es tut mir leid, alter Knabe. Es scheint mir in letzter Zeit schwerzufallen, mich auf irgend etwas zu konzentrieren.«

»Weil du nur noch an die *Saratoga* denken kannst«, stellte Dax fest. »Und an das Wiedersehen mit deinen ehemaligen Kollegen.«

Er blickte auf. »Du weißt, daß ich über Jennifers Tod hinweggekommen bin. Ich denke, ich habe mich damit abgefunden. Dieser Abschnitt meines Lebens liegt für mich in der Vergangenheit.«

»Bis du diese Nachricht von Starfleet erhalten hast«,

warf seine Freundin ein, »in der es heißt, daß du eine Gruppe von Überlebenden der *Saratoga* zum Mars befördern sollst.«

Sisko seufzte. »Die Wunden haben sich zwar geschlossen«, erklärte er, »aber das bedeutet nicht, daß sie sich unter bestimmten Umständen nicht wieder öffnen.«

»Also scheinst du dich nicht auf die Zeremonie zu freuen, die in Utopia Planitia veranstaltet werden soll«, schlußfolgerte Dax.

Er blickte sie wieder an. »Wie soll ich mich darauf freuen? Lieber würde ich mich in scharfe klingonische Soße tunken lassen.«

Seine Kollegin zuckte die Schultern. »Ich bin etwas voreingenommen, was scharfe klingonische Soße betrifft. Es klingt nur halb so schlimm, wie es ist.«

Der Captain runzelte die Stirn. »Du weißt schon, was ich meine.«

Im Laufe ihrer früheren Leben als Trill-Symbiont war Dax Botschafter und Künstler, Wissenschaftler und Entdecker, männlich und weiblich gewesen. Diese kombinierte Lebenserfahrung hatte sie nicht nur mit einem verspielten Sinn für Humor ausgestattet, sondern auch mit einer wachen und scharfsinnigen Intelligenz.

»Wenn das so ist«, stellte sie mitfühlend fest, »solltest du vielleicht lieber nicht nach Utopia Planitia fliegen.«

Der Captain richtete sich auf. »Ich soll nicht daran teilnehmen, meinst du?«

Sie nickte. »Du könntest die Einladung einfach absagen – natürlich so respektvoll wie möglich. Sag den Leuten, daß die Lage auf der Station ziemlich angespannt ist, solange das Dominion praktisch vor der Tür steht und sich Bajor ständig am Rand einer Katastrophe befindet.« Sie schnaufte. »Das wäre nicht einmal sehr weit von der Wahrheit entfernt.«

Er schüttelte den Kopf. »Aber ich kann nicht absagen!«

»Warum nicht?« fragte die Trill.

Sisko hob die Hände, um an ihre Vernunft zu appellieren. »Ich bin der höchstrangigige Überlebende der *Saratoga.* Ich muß einfach teilnehmen. Das bin ich all jenen schuldig, die umgekommen sind – ganz zu schweigen von denen, die überlebt haben.«

»Das ist ein schlechter Grund«, warf sie ein.

Der Captain war anderer Meinung und wollte es ihr sagen, als seine Freundin bereits mit einem lebhaften Funkeln in den blauen Augen weitersprach.

»Tu es nicht für all die anderen«, sagte sie zu ihm, während sie mit dem Zeigefinger in seine Richtung stieß. »Tu es für dich selbst, Benjamin!«

Sisko blickte sie skeptisch an. »Für mich?« fragte er zurück.

»Genau«, bestätigte Dax lächelnd. »Weil du am Leben bist. Weil du alles für dieses stolze alte Schiff gegeben hast. Und vor allem, weil du es tief im Innern wirklich willst!« Sie beugte sich vor. »Vielleicht wird es für dich zu Anfang etwas unangenehm. Daran habe ich keine Zweifel. Aber am Ende wird es dir gefallen. Davon bin ich überzeugt.«

Der Captain mußte unwillkürlich zurücklächeln, wenn auch mit einer gewissen Skepsis. Die Begeisterung seines alten Freundes war schon immer ansteckend gewesen.

Er lehnte sich in seinem Sitz zurück. »So gut kennst du mich also schon?«

Dax brummte unwillig. »Wer sollte dich besser kennen?«

Sisko beobachtete sie für einen Moment, während er sich von ihrer Zuversicht anstecken ließ. Schließlich gab er sich geschlagen. »In Ordnung«, sagte er. »Ich hoffe nur, daß du recht behältst, alter Knabe.«

Ihr Lächeln wurde verschmitzt. »Benjamin«, sagte sie, »wann habe ich dir jemals einen falschen Rat gegeben?«

Quark lächelte. Alle seine Gäste schienen sich zu amüsieren. Sogar Captain Sisko, der noch vor wenigen Augenblicken ziemlich deprimiert ausgesehen hatte.

Dem Ferengi gefiel es sehr, wenn die Leute fröhlich waren. Denn fröhliche Leute aßen und tranken mehr. Und das bedeutete, daß sie mehr Geld ausgaben. Und das wiederum machte Quark glücklich.

Zu seinem größten Entzücken erzählte der langhalsige und schuppenhäutige Lu'ufan am anderen Ende der Theke gerade einem weiteren ahnungslosen Gast, wie groß der *Merragat*-Wurm gewesen war, den er für das Hochzeitsmahl seiner Schwester erlegt hatte.

Der Ferengi griff unter die Theke und holte die natürlich kultivierte *Erriz*-Kapsel hervor, die er dort aufbewahrte. Erst vor kurzem hatte er eine größere Menge der Kapseln erworben, die sich ausgezeichnet dazu eigneten, empfindliche Oberflächen zu säubern. Damit hatte er ein gutes Geschäft gemacht. Schließlich hieß es in den Erwerbsregeln unmißverständlich: *Wenn du ein gutes Geschäft witterst, greif sofort zu.*

Wenn es so weiterging, hatte Quark seinen kompletten Vorrat an *Erriz*-Kapseln aufgebraucht, bevor diese Woche zu Ende gegangen war. Doch das störte ihn überhaupt nicht.

Der Grund für seine Gelassenheit wurde schon im nächsten Augenblick offensichtlich – als nämlich der Lu'ufan eine ausladende Geste vollführte und dabei seinen Drink umwarf. Der zähflüssige Inhalt seines skintaavianischen Sonnenaufgangs ergoß sich über die zuvor makellos saubere Theke.

Der Lu'ufan drehte sich erschrocken über seine Tolpatschigkeit herum. Doch bevor er ausatmen konnte, hatte der Ferengi die Sache bereits im Griff. Er ließ seine *Erriz*-Kapsel ein paarmal über der Fläche kreisen und wischte damit die Bescherung auf. Dann stellte er mit einem strahlenden Grinsen das hohe, kannelierte Glas des Lu'ufan wieder auf.

»Ach du meine Güte!« sagte er, während er das Glas betrachtete, das nun bis auf einige gelbliche halbfeste Ablagerungen an der Innenseite leer war. »Wie es scheint, haben Sie Ihr Getränk verschüttet. Schon wieder!«

Der Lu'ufan seufzte – eine Reaktion, die mit einem ausgeprägten und beinahe komischen Heben und Senken seiner nahezu rechteckigen Schultern verbunden war. »Es scheint so«, pflichtete er Quark bei. »Zu ungeschickt von mir.«

»Möchten Sie einen neuen Drink?« bot Quark ihm an.

»Ja«, sagte der Lu'ufan. »Gerne.«

Der Ferengi richtete seinen Zeigefinger auf ihn. »Aber passen Sie diesmal etwas besser auf! Die Inhaltsstoffe ...«

»Ja, ich weiß«, schnitt der Lu'ufan ihm das Wort ab. »Sie stammen vom Planeten Skintaavi, der nicht mehr existiert, seit er vor mehreren Jahren durch einen Kometen zerstört wurde.«

»Nicht nur der Planet, sondern das gesamte Sonnensystem«, stellte Quark richtig. »Es ist ein Sakrileg, so seltene und exotische Ingredienzen zu vergeuden.«

Der Lu'ufan nickte betrübt. »Und teuer obendrein, was das schlimmste ist.« Er nahm eine weitere Goldmünze aus einer Tasche und legte sie auf die Theke. »Bitte. Ich verspreche Ihnen, daß ich diesmal besser achtgeben werde.«

»Also gut«, sagte der Ferengi so mitfühlend, wie es ihm möglich war. »Einverstanden. Ich vertraue Ihnen.« Und nachdem er mit der *Erriz*-Kapsel sicherheitshalber auch die letzten Spuren beseitigt hatte, entfernte er sich, um seinem Gast einen neuen Drink zu mixen.

Erriz-Kapseln wuchsen zwar nicht auf Bäumen, aber in Anbetracht dessen, was er für einen skintaavianischen Sonnenaufgang berechnete, wäre er vielleicht bald in der Lage, sich eine eigene *Erriz*-Farm zu kaufen.

»Bruder?« rief eine allzu vertraute Stimme.

Quark drehte sich um und sah, wie Rom sich der Theke näherte. Er trug etwas, das in einen Haufen Lumpen eingewickelt schien. Und er lächelte – was immer ein schlechtes Zeichen war, wenn es von Rom kam.

»Was gibt es jetzt schon wieder?« fragte Quark.

»Schau mal, was ich im Lagerraum gefunden habe«, sagte sein Bruder und streckte ihm den Gegenstand hin. »Es lag hinter einer Kiste mit *Adjittari*-Wein. Du weißt schon, das Zeug, von dem wir behaupten, es sei zehn Jahre älter als ...«

Quark hielt seinem Bruder sofort den Mund zu und blickte sich verstohlen um. Zum Glück schien niemand mitgehört zu haben, was Rom ausgeplappert hatte.

»Hör mir zu«, krächzte Quark. »Es interessiert mich nicht, wo du es gefunden hast. Es ist mir sogar ziemlich gleichgültig, was es ist. Ich will nur wissen, ob du herausgefunden hast, was du für mich herausfinden solltest.«

Rom bedachte ihn mit einem recht verwirrten Gesichtsausdruck. »Und was war das, Bruder?«

Quark fluchte leise. Wie war es nur möglich, daß er und Rom derselben Familie entstammten? Er konnte es einfach nicht fassen!

»Ich habe dich gebeten herauszufinden, wann die Überlebenden der *Saratoga* eintreffen werden. Du weißt schon, damit wir irgend etwas zu ihren Ehren veranstalten können – etwas, das mehr Gäste in die Bar lockt. Du erinnerst dich doch daran, oder?«

Sein Bruder dachte kurz nach. Dann schienen ihm Quarks Anweisungen wieder einzufallen, denn er schlug sich plötzlich mit der Hand an die Stirn.

»Du hast recht, Bruder. Und ich wollte es auch wirklich herausfinden, das schwöre ich! Bis mir einfiel, daß uns die kleinen *Menju*-Nüsse ausgegangen waren, die Morn so gerne mag.«

Quark knurrte. »Morns Rechnung ist länger, als er groß ist. Ich verbiete dir, ihm auch nur eine weitere Nuß zu geben, solange er seine Schulden nicht bezahlt hat.«

Rom schüttelte verlegen den Kopf. »Verstanden, Bruder. Ich werde ihm keine *Menju*-Nüsse mehr bringen. Aber ich wollte damit sagen, daß ich in den Lagerraum gehen mußte, um sie zu holen. Und während ich dort nach einem sauberen Behälter stöberte …«

Er hob das Ding, das er in den Händen hielt. Und er machte den Eindruck, daß er stolz auf seinen Fund war.

»… habe ich *das hier* gefunden!«

Quark seufzte. »Und was, bitteschön, soll das darstellen?«

Rom zuckte die Schultern. »Ich weiß es nicht«, gab er zu. »Ich hatte gehofft, du könntest es mir sagen.«

Während er sprach, wickelte Rom die Lumpen ab. Sie lösten sich nicht ohne weiteres und schienen eher auseinanderzufallen. Doch schließlich hatte er genügend abgezupft, um Quark einen Eindruck zu verschaffen, womit sie es hier zu tun hatten.

Und als dieser begriff, was es war, hielt er den Atem an.

Das Objekt war rauchblau und vollkommen rund – bis auf ein kleines Loch in der Oberseite. Größtenteils war es so glatt wie Glas, wenn man von einem Streifen aus rauherem Material absah, der ganz herumführte.

»Beim Großen Nagus!« keuchte Quark und streckte unwillkürlich die Hände nach dem Gegenstand aus. »Weißt du, was das ist?«

Rom verdrehte die Augen. »Wenn ich wüßte, was es ist, hätte ich dich nicht danach gefragt, Bruder.«

»Es ist ein Getränkebehälter«, verriet Quark ihm.

Rom neigte den Kopf zur Seite. »Ein Getränkebehälter?«

Er trat einen Schritt von Quark zurück, um das Objekt in einem günstigeren Licht zu betrachten. Doch dabei stieß er mit dem Fuß gegen einen Barhocker – worauf er ins Stolpern geriet und den rauchblauen Getränkebehälter durch die Luft wirbelte.

Quark mußte um jeden Preis verhindern, daß der Gegenstand zerbrach! Immerhin übertraf sein Wert das entsprechende Gewicht in Gold gepreßten Latinums um ein Mehrfaches. Er machte einen Satz, um das Ding aufzufangen, bevor es auf dem Boden aufschlug.

Er spürte, wie seine Finger den Getränkebehälter berührten, sich darum schlossen, ihn vor dem drohenden Unheil zu bewahren versuchten ...

Statt des Behälters landete Quark auf dem Boden. Der Aufschlag war so heftig, daß seine Zähne knirschten und ihm die Luft aus den Lungen gepreßt wurde.

»Bruder, ist alles in Ordnung?«

Während er auf dem Boden lag, nach Luft schnappte und davon überzeugt war, sich mehrere Rippen gebrochen zu haben, fand Quark die Kraft, zu Rom aufzublicken. Zum Glück für seinen Bruder war Quark in einer ungünstigen Position, um ihn zu erdrosseln, sonst hätte er vermutlich kurz darauf keinen Bruder mehr gehabt.

»Ich will dir helfen«, bot sich Rom an, packte Quark unter den Armen und zerrte ihn hoch – ohne sich darum zu kümmern, ob Quark damit einverstanden war.

Letztlich war es der besorgte Tonfall in Roms Stimme, der ihn davor bewahrte, zum Opfer eines Brudermordes zu werden. Wie konnte Quark das einzige Lebewesen im Universum töten, dem er noch irgend etwas zu bedeuten schien?

»Laß mich zufrieden«, knurrte er, während er immer noch nach Atem rang. »Mir geht es auch ohne deine Hilfe gut.«

Er lehnte sich ächzend gegen die Theke und blickte

sich um. Mehrere seiner Gäste warfen ihm neugierige Blicke zu. Er lächelte und winkte zaghaft, um ihnen zu zeigen, daß er nicht im Sterben lag und sie nicht auf einen Schuldenerlaß hoffen konnten.

Außerdem spielte es keine Rolle, in welche peinliche Situation er sich gebracht hatte – oder Rom ihn gebracht hatte, um genau zu sein. Das Wichtigste war die Tatsache, daß er den Getränkebehälter gerettet hatte, den er in den Händen hielt.

Quark stellte den Gegenstand vorsichtig auf die Theke und betrachtete ihn nun erstmals mit der angemessenen Ehrfurcht. Kurz darauf bemerkte er, daß sein Bruder ihm über die Schulter blickte.

»Ich verstehe es immer noch nicht«, sagte Rom. »Wenn es nur ein Getränkebehälter ist …«

»Es ist keinesfalls *irgendein* Getränkebehälter«, teilte Quark ihm mit. Er war jetzt fast wieder in der Lage, normal zu sprechen. »Er stammt von Thetalian Prime.«

Sein Bruder schüttelte den Kopf. »Thetalian Prime?«

»Völlig richtig«, sagte Quark. »Thetalian Prime.«

Er senkte die Stimme, da er keine Diebe in Versuchung führen wollte, die sich möglicherweise in Hörweite befanden. Schließlich konnte man nie wissen.

»Und wie jedes keramische Erzeugnis von diesem Planeten«, erklärte er weiter, »enthält es Spuren von Corlandium. Das ist ein Mineral, falls du noch nie davon gehört hast. Ein seltenes und sehr wertvolles Mineral.«

Rom kniff leicht die Augen zusammen. »Ich habe schon einmal davon gehört! Und es ist in diesem Getränkebehälter?« Er beugte sich näher heran. »Bist du sicher?«

»Absolut sicher«, erwiderte Quark. »Natürlich wäre dieses Ding noch wertvoller, wenn die Organismen, die das Mineral sekretiert haben, noch am Leben wären. Aber schließlich ist nicht alles in dieser Galaxis perfekt.«

»Wirst du den Profit mit mir teilen?« fragte sein Bruder.

»Das werde ich mit Sicherheit nicht tun«, entgegnete Quark. »Wie du selbst zugegeben hast, hast du diesen Behälter in meinem Lagerraum gefunden. Und obwohl ich nicht genau sagen kann, aus welchem Container er herausgefallen ist, gehört er eindeutig mir.«

Rom runzelte die Stirn. »Dann hast du recht. Nicht alles in dieser Galaxis ist perfekt.«

»Ich werde ihn lieber wegschließen«, sagte Quark, während er den Getränkebehälter an seine Brust drückte. »Zur Sicherheit.«

Doch er hatte sich kaum von der Theke abgewandt, als er auf eine bajoranische Uniform starrte. Und an den Formen, die diese Uniform ausfüllten, erkannte er unverzüglich, zu wem sie gehörte, noch bevor er zum Gesicht aufgeblickt hatte.

»Major Kira«, sagte er kichernd – ein wenig zu nervös, wie ihm auffiel. »Was verschafft mir die Ehre Ihres Besuchs?«

Kira lächelte. Quarks Miene war deutlich zu entnehmen, daß er angestrengt nachdachte, welcher seiner Betrügereien man diesmal auf die Schliche gekommen war.

Doch ausnahmsweise hatte sie ihm überhaupt nichts vorzuwerfen. Zumindest war sie nicht wegen einer seiner Betrügereien gekommen.

»Bitte«, sagte sie. »Die Ehre ist ganz auf meiner Seite.«

»Tatsächlich?« erwiderte Quark mit offensichtlicher Überraschung.

»Gewiß«, bestätigte die Bajoranerin. »Ich fühle mich hier fast wie zu Hause. Vielleicht weil ich mich in Ihrer Gesellschaft wie zu Hause fühle.«

Das Lächeln des Ferengi verblaßte. »Sie wollen etwas von mir«, stellte er fest.

»Ich soll etwas wollen?« fragte sie so unschuldig wie am Tag ihrer Geburt.

»Kommen Sie schon!« sagte er. »Geben Sie es zu!«

»Wie kommen Sie darauf, ich könnte etwas von Ihnen wollen?« fragte Kira.

Quark runzelte die Stirn. »Sie können mir nichts vormachen, Major. In all den Jahren, die Sie meine Bar besuchen, haben Sie noch nie etwas zu mir gesagt, das auch nur annähernd freundlich gewesen wäre. Und jetzt behandeln Sie mich auf einmal mit Respekt – fast wie einen guten Freund. Und dann wollen Sie behaupten, daß Sie nichts von mir wollen?« Er kicherte erneut, diesmal jedoch mit aufrichtiger Belustigung. »Heraus mit der Sprache, was ist es?«

Die Bajoranerin seufzte. »Also gut«, gab sie sich geschlagen. »Vielleicht habe ich tatsächlich einen Hintergedanken.«

»Aha!« sagte der Ferengi und stieß einen Zeigefinger in ihre Richtung. »Ich wußte es.«

»Dabei geht es eigentlich gar nicht um mich«, stellte sie eilig richtig. »Sondern um eine Stadt namens Karvis. Vielleicht haben Sie schon davon gehört.«

Quark dachte einen Moment nach. »Karvis ...« sagte er. »Auf dem südlichen Kontinent, nicht wahr? Eine mittelgroße Stadt an der Mündung des Teejan-Flusses, wenn ich mich nicht irre.«

»Genau die«, bestätigte Kira. »Bedauerlicherweise wurde Karvis vor etwa dreißig Jahren immer wieder überflutet – ungefähr zur selben Zeit, als die Cardassianer sich an den Nebenflüssen des Teejan zu schaffen machten. Um die Stadt zu retten, mußten sie mehrere schwere Wasserpumpen installieren.«

Der Ferengi nickte. »Eine interessante Geschichte«, sagte er mit leichtem Sarkasmus. »Aber was habe ich damit zu tun?«

»Darauf komme ich gleich«, versicherte Kira ihm.

»Wissen Sie, die Energiespulen dieser Pumpen funktionieren nicht mehr richtig. Die Stadtvertreter sagen, daß die ersten innerhalb der nächsten Wochen – vielleicht sogar in wenigen Tagen – versagen werden. Spätestens in ein paar Monaten wird die letzte der Pumpe wegen mangelhafter Energiezufuhr ihren Geist aufgegeben haben.«

»Dumme Sache«, stellte Quark fest. »Aber ich verstehe immer noch nicht, was ich …«

»Ein Bekannter von mir arbeitet in der Stadtverwaltung von Karvis«, fiel sie ihm ins Wort. »Er hat vor kurzem von der Existenz eines Postens cardassianischer Energiespulen erfahren. Es handelt sich um genau das Modell, das die Stadt für die Pumpen benötigt. Doch sie gehören einem Retizianer, der als Bezahlung einen Wucherpreis von der Stadt verlangt.«

Quark kniff die Augen zusammen. »Ein Retizianer, sagen Sie?«

Der Major nickte. »Aber nicht irgendein Retizianer. Dieser spezielle Retizianer geriet einmal in große Schwierigkeiten, aus denen er nur mit Hilfe eines speziellen Ferengi herauskam. Man könnte sagen, daß der Ferengi ihm das Leben gerettet hat.«

Quark runzelte die Stirn. »Fel Jangor«, murmelte er.

»Offenbar erinnern Sie sich an ihn«, stellte Kira fest. »Dann erinnern Sie sich bestimmt auch daran, wie Sie den cardassianischen Wachmann dazu überredet haben, ihn nicht zu töten – hier auf dieser Station, wenn ich mich nicht irre.«

Der Ferengi zuckte zusammen, als er sich dieses Zwischenfalls entsann. »Der Cardassianer glaubte, Jangor hätte ihn beleidigt. Natürlich hatte er das auch. Aber ich konnte einfach nicht mitansehen, wie ein so gerissener Geschäftsmann wegen einer so bedeutungslosen Kleinigkeit getötet wird.«

»Eine wahrlich humane Geste«, bemerkte die Bajoranerin. »Und sie könnte sich nun für uns alle als sehr günstig erweisen.«

Quark blickte sie an. »Sie wollen mich darum bitten, ein Wort bei Jangor einzulegen, weil er mir etwas schuldig ist?«

»Genau«, sagte sie nur.

Der Ferengi wand sich. »Das wäre nicht rechtens, Major.«

»Seit wann haben Sie Probleme damit, von jemandem Schulden einzufordern?« fragte sie.

»Das ist es nicht«, sagte Quark. »Diese Schuld hat einen konkreten Wert, wissen Sie. Ich wollte sie mir für ein richtig großes Geschäft aufheben. Wie kann ich sie ...« Er suchte nach einem angemessenen Ausdruck. »... wegen irgendwelcher Fremder vergeuden?«

»Es sind Fremde, die verzweifelt Ihre Hilfe benötigen«, warf Kira ein.

Quark schüttelte den Kopf. »Ich weiß nicht«, sagte er mit unübersehbarem Unbehagen. »Es wäre natürlich etwas anderes, wenn Sie daran interessiert wären, daß es sich auch für mich lohnt ...«

Sie wußte natürlich, worauf er hinauswollte. »Ach so«, sagte sie. »Man wird Sie für Ihre Mühen entschädigen. Das geht in Ordnung.«

Mit einem Mal leuchteten seine Augen. Unwillkürlich hob er die rechte Hand, um mit den Fingern sein Ohrläppchen zu streicheln.

»Es wird sich für mich lohnen?« fragte er.

Kira erwiderte sein Grinsen. »Selbstverständlich. Sie werden die Gelegenheit erhalten, weiterhin Ihre Geschäfte auf *Deep Space Nine* zu tätigen.« Sie strich mit ihrem Zeigefinger über den Rand seiner Ohrmuschel. »Und Sie können sich in Zukunft der bedingungslosen Bewunderung durch den Ersten Offizier dieser Station sicher sein.«

Der Ferengi seufzte. »Ich muß zugeben, daß ich auf

einen besseren Profit gehofft hatte. Daß sich meine Investitionen schneller rentieren würden.«

»Sie sollten Ihr Glück nicht überstrapazieren«, riet sie ihm und zog ihre Hand zurück.

Quark murmelte leise etwas nicht sehr Schmeichelhaftes. »Also gut«, erklärte er sich einverstanden, wenn auch mit sichtlichem Widerstreben. »Wie es scheint, bleibt mir überhaupt keine andere Wahl. Sie können auf mich zählen.«

Kira hatte das Gefühl, als wäre ihr ein furchtbar schweres Gewicht von den Schultern genommen worden. »Das ist gut«, erwiderte sie.

Sie wollte sich gerade beim Ferengi bedanken, als sie bemerkte, daß er etwas in den Händen hielt. Es war rund und blau und hatte oben ein kleines Loch.

»Was ich noch fragen wollte«, sagte sie. »Was ist das, was Sie da in den Händen halten?«

Der Ferengi blickte darauf und wirkte plötzlich überrascht.

»Ach«, rief er und drehte sich um, damit der Gegenstand dem Blick des Majors entzogen wurde. »Eigentlich ist es gar nichts. Nur ein altes Familienerbstück, das Rom im Lagerraum gefunden hat. Ich wollte es polieren und dann meiner Mutter schicken.«

Die Bajoranerin hatte das deutliche Gefühl, daß er nichts dergleichen tun würde. Aber sie wußte auch, daß jetzt kein günstiger Zeitpunkt war, um Quark eine Betrügerei nachzuweisen. Das hatte Zeit, bis er dafür gesorgt hatte, daß Karvis in Zukunft außer Gefahr war.

Also lächelte Kira nur. »Wenn Sie meinen«, sagte sie nur. Dann verließ sie Quarks Bar und ihren Besitzer, während sie genau wußte, daß ihr kleiner Freund auf irgendeine Weise die Energiespulen besorgen würde.

2

Während Captain Ishimaki vom Föderationsraumschiff *Zapata* den Aufenthaltsraum durchquerte, um zu seinem Lieblingstisch zu gelangen, betrachtete er das Quartett, das dort Platz genommen hatte.

Das einzige vertraute Gesicht war das seines Ersten Offiziers Mara Klein. Als die Frau ihn bemerkte, strahlte sie ihn geradezu an.

Seltsam, dachte der Captain. Mara war gewöhnlich nicht so erfreut, wenn sie ihn sah. Schließlich hatte es in letzter Zeit einige Differenzen zwischen ihnen gegeben. Wenn sie nicht ein so verdammt guter Offizier wäre, hätte er möglicherweise ausführlicher darüber nachgedacht, eine Versetzung für sie zu beantragen.

Die anderen am Tisch Versammelten beobachteten Ishimaki mit kaum verhohlener Neugierde. Nicht daß er etwas anderes erwartet hätte. Es war völlig natürlich für einen Besucher, daß er sich eine Weile zurückhielt, bis er seinen Gastgeber besser einschätzen konnte. Und wie es schien, stellten die drei in dieser Hinsicht keine Ausnahme dar.

Als erstes sah er die Vertreterin der Crayniden – eine von vieren, die bei Starfleet Dienst taten, und das einzige weibliche Exemplar. Die gebeugte, entfernt insektoide Gestalt, die blasse, beinahe durchsichtige Haut und die runden schwarzen Augen im massiven Kopf ließen keinen Zweifel an ihrer Zugehörigkeit.

An ihrer Seite saß ein Bolianer, der die goldene Uniform der technischen Abteilung trug. Die dritte Person war eine menschliche Frau in blauer Mediziner-Uniform, deren kurzes braunes Haar nur unzureichend von ihrem langen Gesicht ablenken konnte.

»Nun«, sagte Ishimaki, als er vor seinen Gästen stehenblieb, »endlich können wir uns kennenlernen. Ich muß mich entschuldigen, daß ich keine Zeit hatte, Sie persönlich bei Ihrer Ankunft zu begrüßen, aber ich kann mildernde Umstände zu meiner Verteidigung anführen.«

Kleins Lächeln wurde tatsächlich noch strahlender – was der Captain bislang für physikalisch unmöglich gehalten hätte. Seine Neugier auf den Grund für ihre ungewöhnliche Reaktion wuchs ins Unermeßliche.

»Geben Sie sich keine Mühe, Captain«, sagte sein Erster Offizier zu ihm. »Ich habe unseren Gästen bereits von unserem außerplanmäßigen Abstecher nach Beta Jalonis erzählt – und wie lange Sie auf Ihren wohlverdienten Schlaf verzichten mußten.«

»Glauben Sie mir«, warf der Bolianer ein, »wir alle haben uns bereits des öfteren um Notrufe von Kolonien kümmern müssen. Es besteht kein Grund, sich deswegen zu entschuldigen.«

Ishimaki neigte den Kopf, um seinen Respekt anzuzeigen. »Das weiß ich zu schätzen, Lieutenant. Zar, nicht wahr?«

Der Bolianer nickte freundlich. »Taktischer Offizier der *Crazy Horse.* Zu Ihren Diensten.«

Wäre Zar ein Mensch gewesen, hätte der Captain ihm die Hand hingestreckt. Doch er wußte, daß diese Geste für einen Bolianer überhaupt keine Bedeutung besaß.

Statt dessen wandte er sich an die Craynidin. »Und Sie müssen Lieutenant Commander Graal sein«, schlußfolgerte er. »Chefingenieur der *Charleston,* wenn ich mich nicht irre.«

Die Craynidin verneigte den klobigen Kopf. »Korrekt«, krächzte sie leise.

Schließlich wandte er sich dem letzten seiner Besucher zu. Und diesmal streckte er die Hand aus, da es sich um eine menschliche Artgenossin handelte.

Doch die Frau erwiderte seine Geste nicht sofort. Zunächst starrte sie auf seine Hand, als wäre es das Exemplar einer exotischen Fauna. Erst nach einer gewissen Zeit ergriff sie seine Hand.

Ihre Berührung war kühl und etwas unbeholfen. Und sie war kurz.

»Dr. Laffer«, stellte Ishimaki fest.

»Ja«, erwiderte sie nur.

Unvermittelt stand Klein auf. »Es tut mir leid, daß ich Sie so abrupt verlassen muß«, sagte sie, während sie sich noch einmal den Besuchern zuwandte. »Aber jemand muß auf der Brücke die Stellung halten, während der Captain für Ihr Wohlergehen sorgt. Wir sehen uns.«

Als sie an Ishimaki vorbeirauschte, versuchte er den Grund für den plötzlichen Aufbruch seines Ersten Offiziers zu erraten. Entgegen ihrer Behauptung lag auf der Brücke nichts an, was ihre sofortige Anwesenheit erfordert hätte. Sie hätte problemlos noch eine Weile bleiben können.

Also hatte sie nicht mehr bleiben wollen. Der Captain fragte sich, aus welchem Grund.

Zuerst das unerklärliche Lächeln, dann der unvermittelte Wunsch, sich zu entfernen. Man hätte meinen können, diese Leute hätten Klein mit klingonischen Schmerzstäben gefoltert.

Dr. Laffer beugte sich vor. »Captain?«

»Ja?« sagte er.

»Ich hoffe, Sie haben nicht daran gedacht, mich Miriam zu nennen«, sagte sie. »Denn ich ziehe Dr. Laffer als Anrede vor.«

Ishimaki warf ihr einen nachdenklichen Blick zu.

Zuerst dachte er, sie wollte ihn auf den Arm nehmen, doch als er sah, wie sie seinen Blick erwiderte, war er sich nicht mehr so sicher.

»Also Dr. Laffer«, pflichtete er ihr bei – für alle Fälle.

»Gut«, sagte die Ärztin – und schien es offensichtlich völlig ernst zu meinen.

Die Mundwinkel des Bolianers zogen sich kraus. Der Captain hatte den deutlichen Eindruck, daß der Mann sich zusammenreißen mußte, um nicht laut loszulachen.

Ishimaki betrachtete noch einmal alle drei Besucher der Reihe nach und lächelte dann. »Ist mir vielleicht irgend etwas entgangen?«

»Entgangen?« gab Graal zurück.

Der Captain nickte. »Die Pointe des Witzes möglicherweise?«

»Ich mache keine Scherze«, stellte Dr. Laffer fest.

Daran gab es für Ishimaki keinen Zweifel. Allmählich entwickelte er eine Ahnung, warum sich sein Erster Offizier aus dem Staub gemacht hatte.

»Also«, versuchte er das Gespräch in Gang zu bringen, »ich schätze, Sie alle freuen sich auf die Gelegenheit, die neue *Saratoga* taufen zu können?«

»Ja«, zischte die Craynidin.

Natürlich klang es in den Ohren des Captains nicht sehr begeistert. Und sie sah auch überhaupt nicht begeistert aus. Er hatte eher das Gefühl, daß sie sarkastisch war. Doch das war auf der Basis einer Antwort aus nur einem Wort schwer zu beurteilen.

»Graal ist nicht gerade ein Konversationsgenie«, bemerkte Dr. Laffer.

Auch daran hatte Ishimaki keinen Zweifel.

»Wir freuen uns darauf«, warf Zar ein. »Natürlich kann es den Verlust der ursprünglichen *Saratoga* nicht wettmachen. Ganz zu schweigen vom Tod all unserer mutigen und pflichtbewußten Kollegen.«

»Das ist richtig«, bestätigte die Craynidin.

»Andererseits«, fuhr Zar unverzagt fort, »haben wir schwer gearbeitet, um die *Saratoga* zum besten Schiff der Flotte zu machen. Es ist gut zu wissen, daß diese Mühen nicht unbemerkt blieben.«

»Seien Sie versichert«, sagte Ishimaki, »daß wir Sie so schnell wie möglich nach *Deep Space Nine* bringen werden. Dort können Sie dann …«

»Wann werden wir essen?« wurde er von Dr. Laffer unterbrochen.

Der Captain schaute sie verblüfft an. »Essen?«

»Ja«, bestätigte die Ärztin. »Essen. Nahrung zu sich nehmen. Sich ernähren.«

In ihrer Stimme lag keine Ironie – zumindest konnte Ishimaki keine Spur davon erkennen. Es war, als würde sie tatsächlich glauben, er wüßte nicht, was dieses Wort bedeutete.

Wieder hatte der Captain das Gefühl, daß ihm etwas entging. Entweder das, oder Dr. Laffer war der unfreundlichste Mensch, der ihm jemals begegnet war.

»Wir können jederzeit essen. Wann immer Sie möchten«, antwortete er.

»Wie wäre es mit jetzt?« fragte die Ärztin.

»Kein Problem«, erwiderte Ishimaki.

Er blickte sich um und entdeckte einen Kellner, einen großen, blonden Mann namens Soderholm. Er winkte ihm zu.

Kurz darauf stand Soderholm an ihrem Tisch. »Was darf ich Ihnen bringen?« wollte der Kellner gut gelaunt von Ishimaki und seinen Gästen wissen.

»Irgend etwas«, sagte Graal. »Hauptsache, es ist craynidische Nahrung.«

Soderholm blickte den Captain stirnrunzelnd an.

»Das geht in Ordnung«, beruhigte Ishimaki ihn. »Ich habe McCall angewiesen, den Replikator auf verschiedene beliebte Gerichte der Crayniden zu programmieren.«

»Bringen Sie mir irgend etwas«, zischte Graal.

Soderholm zuckte die Schultern. »Wie Sie meinen.« Dann schaute er Zar an. »Und was darf ich Ihnen bringen, Lieutenant?«

»Irgend etwas, das *keine* craynidische Nahrung ist«, antwortete der Bolianer mit einem freundlichen Grinsen. »Wenn Sie es sehen, werden Sie verstehen, was ich meine.«

Der Captain konnte es sich nur vorstellen. »Also gut. Dann nehmen Lieutenant Zar und ich das actumanische Ingwer-Hühnchen«, sagte er zum Kellner. »Aber sparen Sie nicht mit dem Seetang.« Dann wandte er sich an die Ärztin. »Und was möchten Sie, Dr. Laffer?«

Die Frau machte eine ablehnende Handbewegung. »Für mich nichts«, sagte sie.

Ishimaki starrte sie verblüfft an, bis Dr. Laffer seinen Blick erwiderte.

»Nichts?« fragte er nach. »Entschuldigen Sie, aber haben Sie nicht vorhin gefragt, wann wir essen werden?«

Sie dachte kurz darüber nach. »Ja«, sagte sie schließlich. »Das habe ich gesagt, wenn ich mich recht entsinne.«

Der Captain blickte zum Kellner auf, der jetzt ebenfalls leicht verwirrt schien. Dann wandte er sich wieder an Dr. Laffer. »Aber jetzt sagen Sie, daß Sie gar nichts essen wollen«, hakte er nach.

»Richtig«, bestätigte sie. »Ich habe keinen Hunger. Ich habe erst vor kurzem in meinem Quartier etwas zu mir genommen.«

Er schüttelte hilflos den Kopf. »Und warum haben Sie dann gefragt, wann wir etwas essen werden?« wollte er wissen.

Sie zuckte die Schultern. »Ich weiß es nicht. Aus Neugier vermutlich.«

»Doktor Laffer hält nicht viel von der Sitte der öffentlichen Nahrungsaufnahme«, erklärte Zar. »Das ist eine Marotte von ihr.« Er beugte sich vor und zwinkerte Ishimaki zu. »Eine ihrer zahlreichen Marotten, um genau zu sein.«

»Ich habe keine Marotten!« widersprach Dr. Laffer entschieden. »Ich habe ungewöhnliche, aber durchaus vorbildliche Verhaltensmuster.«

»Sie irren sich«, stellte die Craynidin fest. »Sie haben Marotten.«

Die Ärztin kniff die Augen zusammen. »Halten Sie die Klappe, Graal!«

Soderholm brummte verlegen. »Ich denke, ich sollte jetzt Ihre Bestellungen holen, Captain.« Damit machte er kehrt und ergriff die Flucht. Ishimaki beneidete ihn um diese Möglichkeit.

Zar seufzte und warf dem Captain einen entschuldigenden Blick zu. »Es war nur eine Frage der Zeit«, bemerkte er. »Normalerweise verlieren sie innerhalb der ersten dreißig Sekunden die Geduld.«

Ishimaki wappnete sich für das, was noch kommen würde. Alles deutete darauf hin, daß es ein äußerst interessanter Abend werden sollte.

Mara Klein würde ihm dafür büßen, beschloß er. Ja, seine Rache würde furchtbar sein.

Zina Forrest, der Erste Offizier des Raumschiffs *Agamemnon,* war keine impulsive Frau. Sie erlaubte sich niemals eine Indiskretion irgendeiner Art.

Doch als sie und ihr Begleiter um die Ecke eines Korridors bogen und auf den Haupttransporterraum der *Agamemnon* zuhielten, stand Forrest kurz davor, eine Indiskretion zu begehen, wie sie die Welt noch nicht gesehen hatte.

Die Türen des Transporterraums lagen direkt voraus, kaum mehr als zehn Meter entfernt. Sie würde sie innerhalb weniger Sekunden erreicht haben.

Sie wandte sich dem Mann an ihrer Seite zu, dessen blau-schwarze Uniform ihn als wissenschaftlichen Starfleet-Offizier auswies, und studierte einen Augenblick lang sein Gesicht. Seine großen, ausdrucksvollen Augen unter den geheimnisvollen schwarzen Brauen. Den glatten, ausgeprägten Unterkiefer. Das wuschelige schwarze Haar und die vollen Lippen.

Eben noch schien der Mann die Verkörperung jungenhafter Unschuld darzustellen – voller Unruhe und Entdeckungsdrang. Im nächsten Augenblick schien er alles zu wissen, was es in diesem Universum zu wissen gab.

Plötzlich packte Forrest ihren Begleiter an der Schulter, wirbelte ihn herum und drückte ihn gegen die Wand. Dann küßte sie ihn auf den Mund, so leidenschaftlich, wie sie noch nie zuvor jemanden geküßt hatte.

Und er wehrte sich nicht dagegen, sondern erwiderte den Kuß. Und als sie ihn einige Momente später losließ, sah sie, daß seine Augen sie anlächelten.

Auch sie lächelte. »Ich werde dich vermissen, Esteban Lopez.«

Plötzlich wirkte er betrübt. »Auch ich werde dich vermissen«, versicherte Lopez ihr. »Doch die *LaSalle* fliegt häufig auf denselben Routen wie die *Agamemnon*. Mit etwas Glück werden wir uns schon bald wiedersehen.«

»Und wenn nicht«, sagte sie, »haben wir immer noch unseren Urlaub.«

»Ja«, sagte er und fuhr mit den Fingern durch ihr honigblondes Haar. »Den Urlaub kann uns niemand nehmen.«

Er blickte sich um, als hätte er sich gerade daran erinnert, wo er war. Zum Glück hielt sich sonst niemand in diesem Korridor auf.

»Wir sollten zum Transporterraum gehen«, schlug er behutsam vor, obwohl seiner Stimme ein Zögern anzuhören war. »Falls jemand uns so sieht …«

Natürlich hatte er recht. Forrest trat zurück. Dann zupfte sie ihre Uniform zurecht, und ihr Liebhaber tat es ihr nach.

Schließlich – als wäre nicht das geringste zwischen ihnen vorgefallen, weder vor wenigen Augenblicken noch im Verlauf der letzten Tage – legten sie die restliche Strecke bis zur Tür zurück und traten vom Korridor in den Transporterraum.

Tanya Federovna, ein zierlicher, blaßblonder Fähnrich, nahm ein paar letzte Abstimmungen an der Kontrollkonsole vor. Sie blickte kaum auf, als der Erste Offizier an ihre Seite trat und der Wissenschaftler den Raum durchquerte.

Forrests Herz setzte für einen Schlag aus, als sie zusah, wie Lopez auf die Transporterplattform trat und sich wieder zu ihr umdrehte. Dann hob er pflichtbewußt sein markantes Kinn und wandte den Blick ab.

»Alles für den Transport bereit«, sagte Federovna.

»Energie«, befahl der Erste Offizier, während sie den Anblick ihres Liebhabers immer noch mit hungrigen Augen verschlang.

In nächsten Augenblick wurde Lopez vom Transportereffekt eingehüllt. Und noch einen Augenblick später war er verschwunden. Forrest seufzte.

»Wissen Sie«, sagte sie laut, während ihr Urteilsvermögen immer noch unter dem Bann dieses Kerls stand, »Männer wie er sind nicht leicht zu finden.«

»Ja«, stimmte Federovna mit ebensolcher Inbrunst zu. »Sie sind …«

Plötzlich starrten sie sich gegenseitig an. Der Fähnrich wirkte überrascht, vielleicht sogar schockiert. Vor den Augen des Ersten Offiziers wurde das Gesicht der Frau knallrot.

»Mein Gott!« sagte Forrest, während sie sich bemühte, die Situation einzuschätzen. »Sie etwa auch?«

Mit leichter Verlegenheit nickte Federovna. »Aber ich

dachte, ich wäre die einzige.« Sie zuckte zusammen. »Wie lange schon …?«

»Lange genug«, bemerkte Forrest.

Sie blickte auf die leere Transporterplattform und war sich nicht sicher, was sie davon halten sollte. Vorübergehend tendierte sie zu blinder Wut. Dann zur Verbitterung. Doch schließlich stahl sich ein Lächeln auf ihr Gesicht.

»Dieser Mistkerl!« sagte sie voller Bewunderung. »Dieser gutaussehende, charmante, verlogene Mistkerl!«

Und sie fragte sich, wie viele weitere Eroberungen Lopez im fraglichen Zeitraum hatte verbuchen können.

Als Esteban Lopez im Haupttransporterraum der *Endeavour* materialisierte, fügte er die *Agamemnon* im Geiste seiner Liste jener Raumschiffe hinzu, auf denen er nicht mehr willkommen war.

Zu schade, dachte er. Jede seiner drei Romanzen, die sich dort abgespielt hatten, war äußerst anregend gewesen, jede auf ihre eigene Art.

Zum Glück gab es noch zahlreiche andere Schiffe in der Flotte und zahlreiche andere attraktive Frauen, die noch nichts von ihm gehört hatten. Und eine von ihnen stand hinter der Transporterkonsole, wie er zufrieden bemerkte.

Er wollte soeben die Bekanntschaft dieser Frau machen, als die Tür zum Raum aufglitt. Ein Bär von einem Mann kam hereingestapft. Seine kleinen blauen Augen funkelten über seinem üppigen, goldbraunen Bart.

Lopez kannte diesen Mann. Sein Name war Aidan Thorn, und er war früher der Sicherheitsoffizier des Raumschiffs *Saratoga* gewesen. Und er war der beste Freund des Wissenschaftsoffiziers gewesen.

»Esteban!« rief Thorn.

Lopez stieg von der Plattform und streckte seine

Hand aus. Bei der folgenden überschwenglichen Begrüßung hätte der Sicherheitsoffizier sie ihm beinahe am Handgelenk abgerissen.

»Aah!« schrie Lopez und hielt sich mit der linken Hand den Unterarm. »Sei doch vorsichtig, du Rüpel!«

»Keine Chance!« brüllte der große Mann und umarmte den Wissenschaftsoffizier mit einer Urgewalt, die ihn schmerzhaft seine Rippen spüren ließ. Er konnte nicht einmal um Hilfe rufen. Er konnte die Schmerzen nur ertragen, bis sie vorbeigingen.

Endlich ließ sein Peiniger ihn frei. Lopez schnappte nach Luft und hob die Hand zum Zeichen des Friedens.

»Es genügt«, sagte er keuchend. »Ich mag die Borg überlebt haben, aber du wirst irgendwann mein Tod sein.«

Der große Mann grinste und wischte sich nicht vorhandenen Staub aus dem Bart und von der Uniformjacke. »Komm schon!« stichelte er. »Ich habe dich ganz sanft angefaßt. Wenn ich dir wirklich hätte weh tun wollen, wärst du jetzt schon längst auf dem Weg in die Krankenstation.«

Lopez lächelte. »Was hast du getrieben, alter Schurke? Wie läuft es auf der *Gorkon?*«

Thorn, der in Wirklichkeit nur ein Jahr älter als Lopez war, hob die mächtigen Schultern. »Hier ist alles in Ordnung«, sagte er, »so wie es ein Sicherheitsoffizier am liebsten hat.«

Lopez sah, wie sich hinter Thorn die Tür zum Transporterraum erneut öffnete. Unwillkürlich musterten seine Blicke die Gestalt, die sie freigaben – eine weibliche und eine recht wohlgeformte obendrein.

Dunkle Haut, dunkle Augen und noch dunkleres Haar. Die Lippen voll und einladend, der Körper gelenkig und athletisch. O ja, dachte Lopez, in der Tat eine wohlgeformte Figur.

Thorn drehte sich um und blickte in dieselbe Richtung. Dann vollführte er eine auffordernde Geste mit dem Arm. »Kommen Sie, Counselor, nur keine Schüchternheit. Das ist der Mann, von dem ich Ihnen erzählt habe – der, vor dem Sie und all die anderen Damen sich in acht nehmen sollten, wenn Sie wissen, was gut für Sie ist.«

Lopez fluchte stumm. Mußte sein alter Freund Thorn ihm unbedingt die Chancen vermasseln? Nicht daß er jetzt jede Hoffnung aufgeben konnte. Nein, es würde nur wesentlich schwieriger werden.

»Ich bin Esteban Lopez«, sagte er freundlich und verneigte den Kopf, als er auf die Counselor zutrat. »Und Sie sind ...«

»Constance Barnes«, erwiderte die Frau. »Ich arbeite hier.« Ihr Tonfall war distanziert und professionell. Und ihr Gesichtsausdruck schien diesen Eindruck zusätzlich zu unterstreichen. »Willkommen an Bord der *Endeavour*, Lieutenant Lopez.«

Der Wissenschaftsoffizier lächelte. »Es ist mir ein Vergnügen, Ihre Bekanntschaft zu machen, Counselor Barnes.«

Daraufhin veränderte sich die Haltung der Frau ein wenig, obwohl Lopez nicht genau sagen konnte, auf welche Weise. Sie räusperte sich.

»Wie es scheint«, sagte sie, »erinnern Sie sich nicht mehr an mich, Mr. Lopez.«

Der Wissenschaftsoffizier zuckte innerlich zusammen. Er starrte Barnes aufmerksamer an und hoffte verzweifelt, daß sie keine seiner Verflossenen war, die nun furchtbare Rache nehmen wollte.

Doch so sehr er sich auch bemühte, er konnte sich nicht an sie erinnern. Schließlich blickte er sich zu Thorn um, der nur ein Grunzen von sich gab.

»Ich habe mit Ihnen an Bord der *Saratoga* gedient«, offenbarte die Counselor schließlich. »Natürlich war ich damals noch in der Ausbildung und gerade erst eingetroffen, als das Schiff nach Wolf 359 abkommandiert wurde, wo wir den Borg begegneten. Wir beide hatten nie die Gelegenheit, uns offiziell miteinander bekannt zu machen.«

Lopez dachte kurz nach. »Ja«, sagte er dann. »Jetzt erinnere ich mich an Sie.« Das war natürlich eine Lüge.

Barnes schüttelte den Kopf. »Nein, das stimmt nicht. Ich spüre es. Vergessen Sie nicht, daß ich eine Counselor bin.«

Zum ersten Mal war der Wissenschaftsoffizier sprachlos. Für Thorn war diese Reaktion offensichtlich belustigend.

»Es besteht keine Notwendigkeit, mir zu schmeicheln«, erklärte die Frau. »Ich fühle mich nicht beleidigt, wenn Sie sich nicht an mich erinnern. Und falls es Sie in irgendeiner Weise tröstet, auch Mr. Thorn konnte sich nicht an mich erinnern.«

»Richtig«, bestätigte der Sicherheitsoffizier.

»Nichtsdestotrotz bedaure ich diesen Umstand«, sagte Lopez. »Und ich würde es gerne irgendwie wiedergutmachen. Vielleicht mit einem Abendessen?«

Endlich gestattete Barnes sich ein Lächeln. »Abendessen?« wiederholte sie.

Er nickte. »Wir haben noch etwas Zeit, bis wir *Deep Space Nine* erreichen. Als alte Kameraden sollten wir unsere Bekanntschaft unbedingt vertiefen.«

»Ich glaube kaum, daß ich dafür Zeit habe«, erwiderte die Counselor. »Schließlich bin ich hier kein Gast wie Sie und Mr. Thorn. Ich bin ein Mitglied der Besatzung. Und ich habe noch sehr viel Arbeit zu erledigen, bevor ich mit gutem Gewissen an der Utopia Planitia-Zeremonie teilnehmen kann.«

»Aber Sie müssen doch bestimmt gelegentlich etwas essen«, hakte Lopez nach.

»Ja«, sagte Barnes. »Doch bedauerlicherweise muß ich meine Mahlzeiten an meinem Arbeitsplatz einnehmen.« Sie hielt kurz inne. »Dennoch möchte ich Sie noch einmal an Bord der *Endeavour* willkommen heißen, Lieutenant. Mr. Thorn wird Ihnen Ihr Quartier zeigen.«

Damit drehte sie sich um und ließ die zwei Männer allein mit der Transportertechnikerin zurück. Lopez wandte sich an die junge Frau – eine schlanke Brünette mit Alabasterhaut.

»Wie es scheint, habe ich noch keine Verabredung zum Abendessen«, sagte er. »Sie wissen nicht zufällig jemanden, der die Stelle der Counselor einnehmen könnte?«

Die Transportertechnikerin bedachte ihn mit einem strengen Blick. »Ich habe Dienst«, sagte sie, doch plötzlich bildeten sich schelmische Fältchen in ihren Augenwinkeln. »Aber wenn mein Dienst zu Ende ist, habe ich bestimmt großen Hunger.«

Lopez grinste. »Ausgezeichnet. Dann treffe ich Sie hier am Ende Ihrer Schicht. Abgemacht?«

Die Frau nickte. »Abgemacht.«

Sehr gut, dachte Lopez, als er mit seinem Freund Thorn den Transporterraum verließ. Er war sich nicht sicher, ob er zwei Zurückweisungen innerhalb einer einzigen Minute ertragen hätte.

»Du hast dich kein bißchen verändert«, bemerkte der Sicherheitsoffizier, während er amüsiert die Augen zusammenkniff.

»Du auch nicht«, gab der Wissenschaftsoffizier zurück. »Du versuchst immer noch, mein Schiff zu versenken, bevor es überhaupt vom Stapel gelaufen ist.«

Thorn schlug ihm mit einer schweren Pranke auf die Schulter. »Entspann dich, Esteban. Bei Counselor Barnes hättest du ohnehin nicht die geringste Chance.«

»Wie kommst du darauf?« fragte Lopez.

Der bärtige Mann zuckte die Schultern. »Ich halte mich jetzt seit zwei Tagen in der *Endeavour* auf, und es ist mir nicht gelungen, der Frau auch nur ein einziges Lächeln zu entlocken.« Er schüttelte den Kopf. »Das ist nicht unbedingt das, was man von einer Schiffscounselor erwarten würde, nicht wahr?«

Lopez kicherte. »Nein«, stimmte er ihm zu. »Wenn ich darüber nachdenke, scheinst du richtig zu liegen.«

3

Captain Nikolas Kyprios schirmte seine Augen ab und betrachtete die mächtige kupferfarbene Scheibe einer Sonne. Sie hatte noch lange nicht den Zenit erreicht, aber sie beherrschte bereits den violetten Himmel von Danula II und brannte auf seiner ledrigen braunen Haut, wie es die Sonne Griechenlands niemals vermocht hatte.

Unter diesem gnadenlosen Himmel war die Landschaft eine flache, ausgetrocknete Ebene, die sich in jede Richtung erstreckte – außer im Süden. Wenn man in Richtung Äquator blickte, konnte man die goldbraunen, gedrungenen Hügel erkennen, deren Anblick schon vielen Läufern den Mut genommen hatte.

Doch wenn die Umgebung idyllischer gewesen wäre, hätte die Akademie sie niemals für den jährlichen Marathon ausgewählt. Es ging schließlich nicht darum, einen vergnüglichen Nachmittag zu verbringen, sondern die Kadetten auszusondern, die über wahren Mut und Durchhaltevermögen verfügten.

Natürlich war es schon dreißig Jahre her, daß Kyprios am echten Akademie-Marathon teilgenommen hatte. Dies war nur eine Simulation in der Holokammer, der er sich einmal im Monat unterzog, um fit zu bleiben.

Kyprios stemmte sich mit den Händen auf dem Boden ab und streckte sein rechtes Bein aus, um die Wadenmuskeln zu dehnen. Dann tat er das gleiche mit dem linken Bein. Schließlich erhob er sich und ließ sich nach vorne fa len, während er mit den Händen nach dem trockenen und rissigen Boden griff. Er spürte, wie sich seine Achillessehnen bei dieser Anstrengung spannten.

Erst als er sich fit und locker genug fühlte, ließ er das letzte noch fehlende Detail ergänzen, obwohl er seine Einsamkeit nur ungern aufgab. »Computer«, sagte er, »Kadetten hinzufügen.«

Kurz darauf war er von jungen Männern und Frauen unterschiedlicher Spezies umgeben. Für sie gab es natürlich keinen Grund, sich aufzuwärmen, denn sie bestanden nicht aus lebenden Muskeln, sondern aus magnetischen Feldern.

Die ersten paar Male war er ganz allein durch die simulierten Hügel gelaufen. Doch nach einer Weile hatte er festgestellt, daß das Programm auf diese Weise nicht sehr stimulierend war. Kyprios hatte sich nach Gesellschaft gesehnt – und nach Konkurrenz. Deshalb hatte er die anderen Läufer integriert.

Die Startlinie war eine in den Boden gezogene Rille. Die Läufer gingen gleichzeitig darauf zu, Kyprios mitten unter ihnen.

Ein Prokurator der Akademie, den er persönlich gekannt hatte – ein kleiner, muskulöser Mann namens Tarleggia, der ihn in Quantenmechanik unterrichtet hatte –, näherte sich der versammelten Läufergruppe. Er hob die Hand, um den unmittelbar bevorstehenden Start zu signalisieren.

Die Läufer gingen in Position, die Augen entschlossen zu schmalen Schlitzen verengt, die Muskeln angespannt. Kyprios beobachtete Tarleggia, weil er exakt in dem Moment loslaufen wollte, wenn sein alter Lehrer den Arm senkte.

Doch bevor das geschah, verschwand ein Teil des Horizonts. Das fehlende Stück hatte genau die Form des Eingangs zur Holokammer, durch die ein weiteres Lebewesen aus Fleisch und Blut eintrat. Der Captain richtete sich auf.

»Programm anhalten«, befahl er.

Unverzüglich erstarrten die Kadetten, die Körper leicht vorgebeugt, die Augen auf die ferne Ziellinie gerichtet, die von hier aus gar nicht zu sehen war.

Kyprios musterte den Eindringling. »Ich hatte mich schon gefragt, was mit Ihnen geschehen ist«, sagte er.

Counselor Barnes runzelte die Stirn. »Entschuldigen Sie, Captain. Ich mußte noch einige Berichte fertigstellen und habe darüber die Zeit vergessen.«

Der Captain lächelte verzeihend. »Das ist Ihnen in letzter Zeit häufiger passiert, Constance. Seit diese Sache mit Utopia Planitia aufkam, um genau zu sein. Sie können mir natürlich erzählen, daß es reiner Zufall ist, aber es würde mir schwerfallen, es Ihnen zu glauben.«

Barnes wandte den Blick ab, als würde sie sich plötzlich brennend für die anderen Läufer interessieren. Sie seufzte. »Nein«, sagte sie schließlich mit leiser Stimme. »Es ist kein Zufall.«

Kyprios betrachtete sie wieder. »Deshalb habe ich Sie gebeten, sich hier mit mir zu treffen, Constance. Ich mache mir Sorgen, wie Sie auf all diese Dinge reagieren – auf das Eintreffen Ihrer früheren Kollegen, auf die Aussicht, noch mehr von ihnen zu begegnen. Auf die erneute Konfrontation mit einer Phase Ihres Lebens, die für Sie zweifellos traumatisch ist.« Er machte eine kurze Pause. »Wir haben kaum über das gesprochen, was damals an Bord der *Saratoga* geschah.«

»Das ist richtig«, gab die Frau zu, ohne die Augen von den Läufern abzuwenden.

»Möchten Sie jetzt darüber reden?« fragte er.

Die Counselor drehte sich zu ihm herum. Die dunklen Augen waren voller Schmerz, aber nur für einen kurzen Moment.

»Die *Saratoga* war eine schlimme Erfahrung«, sagte sie. »So schlimm, wie Sie es sich vorstellen können, und noch etwas schlimmer. All die Menschen, die starben –

und ich konnte nichts, absolut nichts dagegen tun. Ich hatte es zu meiner Lebensaufgabe gemacht, anderen zu helfen, ihre Schmerzen zu lindern. Aber in einer solchen Situation ...«

»Ich weiß«, sagte der Captain. »Eine Counselor ist in einer solchen Situation von geringem oder gar keinem Nutzen. Sprühende Funken, einstürzende Wände, während überall der Alarm schrillt. Man kann nur versuchen, halbwegs seinen Verstand zusammenzuhalten.«

Barnes seufzte erneut. »Man glaubt, man sei darauf vorbereitet. Zumindest behaupten die Leute an der Akademie, daß sie einen darauf vorbereiten. Aber auf so etwas kann man sich einfach nicht vorbereiten.«

Kyprios wollte nicht, daß seine Counselor noch einmal diese Schmerzen durchlebte. Er sagte es ihr.

»Man würde Sie in Utopia Planitia vermissen«, gab er zu bedenken. »Aber die Leute können Ihnen gestohlen bleiben. Ich werde Ihnen eine Entschuldigung schreiben.«

Barnes schüttelte den Kopf. »Nein«, sagte sie. »Ich komme schon zurecht. Es ist komisch, aber irgendwie freue ich mich sogar darauf. Es gibt mir zumindest das Gefühl ...« Sie zuckte die Schultern. »Das Gefühl eines Abschlusses, vermute ich.«

Der Captain nickte. »Wenn Sie es wirklich so empfinden, dann ist es in Ordnung. Aber denken Sie daran, daß Sie es sich jederzeit anders überlegen können.«

»Vielen Dank«, sagte sie und lächelte ein klein wenig. »Aber ich glaube nicht, daß das nötig sein wird. Bis dahin verspreche ich Ihnen, daß ich versuchen werde, die Dinge etwas leichter zu nehmen.«

Kyprios lächelte. »Tun Sie das. Sie können gehen, Counselor.«

Der Captain blickte ihr nach, als Barnes die Holokammer verließ. Und er dachte immer noch an sie, nachdem sich die unregelmäßig geformte Tür hinter ihr geschlossen hatte.

Sisko hatte soeben hinter seinem Schreibtisch Platz genommen, als Dax' melodiöse, aber gleichzeitig verantwortungsvolle Stimme in seinem Büro erklang. »Benjamin, die *Zapata* ist eingetroffen. Captain Ishimaki ruft uns.«

Der Captain wandte sich seinem cardassianischen Monitor zu, einem Relikt der ursprünglichen Besitzer dieser Station. »Öffnen Sie einen Kanal, Lieutenant. Und machen Sie für die *Zapata* einen Platz am Andockring frei.«

»Verstanden, Captain«, kam die freundliche Antwort.

Kurz darauf erschien Ishimakis Gesicht auf dem Bildschirm. Es kam Sisko irgendwie bekannt vor, obwohl er keine Ahnung hatte, wo sie sich bereits begegnet sein mochten. Er hatte im Laufe seiner Karriere so viele Offiziere getroffen, daß ihre Gesichter schon vor längerer Zeit zu einer gestaltlosen Masse verwischt waren.

»Captain Sisko«, sagte Ishimaki. »Es freut mich, Sie wiederzusehen.«

Der Mann schien es ehrlich zu meinen. Außerdem hatte Sisko eine recht gute Ahnung, aus welchem Grund.

»Mich ebenfalls«, erwiderte er. »Wie ich höre, sind Sie so freundlich, einige meiner alten Kollegen herzubringen.«

»Ja, ich habe sie an Bord«, sagte Ishimaki, ohne auf die Freundlichkeit seiner Tat einzugehen. »Aber wie sehr ich ihre Gesellschaft auch genossen haben mag, muß ich sie nun Ihrer Obhut überantworten.«

Sisko bemerkte eine Spur von Erleichterung in den Worten des Mannes – was er sehr gut verstand, da er schließlich mehrere Jahre mit Dr. Laffer und Graal zusammengearbeitet hatte. Trotzdem konnte er es sich nicht verkneifen, Ishimaki ein wenig zu reizen.

»Bedauerlicherweise haben wir einige Probleme mit den Luftschleusen in unserem Andockring«, sagte er.

»Möglicherweise müssen Sie meine alten Kameraden noch einen oder zwei Tage bei Laune halten, bis wir die Sache behoben haben.«

Ishimaki riß die Augen auf. Darin stand nacktes Entsetzen, wie Sisko bemerkte. Dennoch gelang es ihm, keine Miene zu verziehen.

»Ich weiß, daß es bei Ihnen nicht üblich ist, Leute an und von Bord der Station zu beamen«, sagte der Captain der *Zapata.* »Aber in diesem Fall müssen wir eine Ausnahme machen. Schließlich werden wir dringend gebraucht … äh, anderswo.«

Sisko lächelte. »Davon bin ich überzeugt, Captain. In diesem Fall wird Lieutenant Dax Ihnen gerne die Koordinaten für …«

»Sie kann sich die Mühe sparen«, warf Ishimaki ein. »Meine Transportertechniker haben bereits einen für die Ankunft der Gäste angemessenen Ort lokalisiert.«

»Ich verstehe«, sagte Sisko und beugte sich vor. »In diesem Fall möchte ich Ihnen für Ihre Hilfe danken, Captain.«

»Keine Ursache«, antwortete Ishimaki. Er hatte kaum das letzte Wort gesprochen, als er auch schon die Verbindung unterbrach.

Sisko blickte auf und sah durch die Türen seines Büros, wie in der Stationszentrale neben Dax drei Gestalten materialisierten. Er stand auf, ging um seinen Schreibtisch herum und verließ den Raum.

Unter seinen Offizieren herrschte einige Verwirrung über das plötzliche Erscheinen der Neuankömmlinge. Sisko wollte die Situation so schnell wie möglich in den Griff bekommen.

»Zar!« rief er.

Der Bolianer drehte sich zu ihm um. Sein Gesicht verzog sich zu einem breiten Grinsen.

»Commander«, begrüßte er ihn herzlich.

»Captain«, stellte Sisko richtig. Er lächelte und legte

Zar freundschaftlich beide Hände auf die Schultern. »Es freut mich, Sie an Bord zu haben, Lieutenant.«

Der Bolianer verneigte den Kopf. »Vielen Dank ... Captain.«

Dann wandte Sisko sich an die Ärztin. »Willkommen auf *Deep Space Nine,* Dr. Laffer. Und keine Sorge – ich habe nicht die Absicht, Sie mit Miriam anzureden, obwohl wir uns jetzt schon seit vielen Jahren kennen.«

»Gut«, sagte Laffer und nickte. »Es freut mich, das zu hören.«

Schließlich begrüßte der Captain die Craynidin. »Lieutenant Commander Graal. Es ist mir eine Ehre, Sie hier willkommen heißen zu dürfen.«

Wie immer behandelte er die Ingenieurin mit großem Respekt. Auch wenn sie an Bord der *Saratoga* seine Untergebene gewesen war, so stellte sie in der Kultur ihrer Heimatwelt eine sehr hochrangige Persönlichkeit dar.

Graal warf ihm einen schiefen Blick zu. »Gesichtshaar«, stellte sie fest. »Und Sie haben sich den Kopf geschoren.«

Sisko nickte. »Ja. Gefällt es Ihnen?«

Die Craynidin zuckte die Schultern. »Es ist nur Haar«, bemerkte sie.

Der Captain lächelte. Er hatte Graals ungewöhnliche Sicht auf manche Dinge vermißt.

»Darf ich Ihnen jetzt mein Personal vorstellen?« sagte er. Dann deutete er auf die Leute, denen er am meisten vertraute. Entsprechend seinen Anweisungen hatten sich alle in der Zentrale rings um Dax' Station versammelt.

»Das ist Major Kira Nerys, mein Erster Offizier. Major, ich möchte Ihnen Lieutenant Zar, Lieutenant Commander Graal und Dr. Laffer vorstellen ... allesamt alte Freunde und Kollegen aus meiner Zeit an Bord der *Saratoga.*«

Kira nickte. »Angenehm«, sagte sie.

»Und Lieutenant Dax …«

»Der Trill«, bemerkte Laffer mit emotionsloser Stimme.

»Ja«, entgegnete Dax, ohne es an Freundlichkeit mangeln zu lassen. »Auch ich erinnere mich an Sie, Doktor.«

Leider waren ihre bisherigen Begegnungen nicht immer harmonisch verlaufen. Curzon Dax, ihr früherer Wirt, hatte sich immer wieder einen Spaß daraus gemacht, Laffer hochzunehmen. Curzon war stets zu derben Späßen aufgelegt gewesen – ganz im Gegensatz zur Ärztin.

»Wie Sie sehen«, warf der Captain ein, »hat Lieutenant Dax – ihre Freunde nennen sie Jadzia – nur *einige* Wesenszüge mit Curzon gemein.«

»Das ist gut«, stellte Zar fest. »Denn ich konnte *Curzon* Dax niemals beim Dom-Jot schlagen. Vielleicht habe ich bei *Jadzia* mehr Glück.«

Dax zuckte die Schultern. »Sie dürfen es gerne versuchen«, erwiderte sie grinsend.

Sisko räusperte sich und stellte auch seine übrigen Mitarbeiter vor. »Dr. Bashir, unser Erster Medo-Offizier.«

Bashir lächelte in seiner charmantesten Art. »Ich habe mich schon darauf gefreut, Sie kennenzulernen«, sagte er zu den Gästen. »Der Captain hat uns viel von Ihnen erzählt.«

Das stimmte zwar nicht ganz, dachte Sisko, aber es war sehr nett von ihm, das zu sagen. Bashir ließ sich nur selten die Gelegenheit zu höflichen Floskeln entgehen.

»Und *last but not least*«, sagte der Captain, »unser hart arbeitender Leiter der technischen Abteilung, Miles O'Brien.«

O'Brien, der in jeder Hand ein Werkzeug hielt, zuckte nur die Schultern. »Entschuldigen Sie bitte«, sagte er, »aber ich habe gerade an einigen cardassianischen Systemen gearbeitet. Ich träume manchmal von jenem fernen Tag, wenn wir alles gegen gute alte Föderationstechnik ausgetauscht haben.«

Zar wandte sich Sisko zu. »Und wo ist Ihr Sicherheitsoffizier? Der Gestaltwandler, von dem ich schon soviel gehört habe?«

Der Captain brummte mürrisch. »Sie werden Constable Odo schon noch kennenlernen, Lieutenant. Er wäre natürlich ebenfalls zur Begrüßung gekommen, wenn er sich nicht – wie hat er sich ausgedrückt? – um eine *dringende offizielle Angelegenheit* kümmern müßte.«

Odo beugte sich über die Theke, bis seine Nasenspitze beinahe die von Quark berührte. Der Ferengi schluckte.

»Was soll ich jetzt schon wieder angestellt haben?« protestierte Quark.

»Ich werde es Ihnen sagen«, erwiderte der Gestaltwandler in beherrschtem Tonfall. »Sie haben eine Kommunikationsverbindung mit einem Individuum namens Fel Jangor aufgenommen. Einem Retizianer, dessen illegale Geschäfte fast genauso gut bekannt wie Ihre eigenen sind.«

Odo lehnte sich zurück und gab vor, sein Spiegelbild in der polierten Oberfläche der Theke zu bewundern. Während das Spiegelbild selbst nahezu vollkommen war, wies das gespiegelte Objekt eindeutige Mängel auf.

Trotz seiner Fähigkeit zur Gestaltwandlung war es ihm nie gelungen, die humanoide Gestalt vollständig nachzubilden. Daher wirkten insbesondere seine Gesichtszüge unfertig, als hätte ihr Schöpfer kurz vor der Vollendung die Arbeit abgebrochen.

Odo wandte seinen Blick erneut dem Ferengi zu. »Natürlich könnten Sie alles abstreiten. Dann müßte ich Sie jedoch in mein Büro mitnehmen, wo ich Ihnen die Beweise für Ihre Kommunikation vorlegen würde. Sie könnten uns beiden jedoch eine Menge Arbeit und

Ärger ersparen, wenn Sie Ihre Verbindung zu Fel Jangor einfach wieder abbrechen.«

Quark seufzte. »Das kann ich nicht«, sagte er.

»Sie können es nicht?« wiederholte der Gestaltwandler. »Und warum nicht?«

Der Ferengi schien sich äußerst unwohl zu fühlen – wie Odo ihn schon seit sehr langer Zeit nicht mehr erlebt hatte. »Das kann ich Ihnen hier draußen nicht sagen«, antwortete er und deutete dann mit einem Kopfnicken auf einen Tisch in einer dunkleren Ecke seiner Bar. »Packen Sie mich, und zerren Sie mich dort hinüber.«

Der Gestaltwandler blickte ihn verwundert an. »Sie wollen, daß ich Sie *packe?*« fragte er.

»Ja«, flüsterte Quark. »Na los! Sie wollen doch wissen, was hier gespielt wird, oder etwa nicht?«

Natürlich wollte Odo wissen, was hier gespielt wurde. Also packte er den Ferengi am Oberarm und führte ihn ans Ende der Theke und dann zum Tisch, auf den er ihn aufmerksam gemacht hatte. Dort warf er Quark in einen Stuhl und zog sich dann einen weiteren heran, um selbst Platz zu nehmen.

»Also gut«, sprach der Constable mit einem leichten Unterton der Drohung weiter, »da wären wir. Was wollen Sie mir erzählen?«

Der Ferengi vergewisserte sich, daß niemand sie belauschen konnte, indem er sich ein paarmal verstohlen umblickte. Dann beugte er sich näher an Odo heran.

»Ich wollte vermeiden, daß meine Selbstlosigkeit an die Öffentlichkeit dringt«, erklärte er. »Das wäre schlecht fürs Geschäft. Aber ich habe nur auf Bitte von Major Kira Kontakt mit Fel Jangor aufgenommen.«

Der Gestaltwandler musterte ihn skeptisch. »Sie erwarten doch nicht, daß ich Ihnen das glaube?«

»Es ist aber wahr!« beteuerte Quark. »Der Major hat mich gebeten, einen Posten Energiespulen zu besorgen, den Jangor in seinem Besitz hat. Auf Bajor gibt es eine kleine Stadt, die sie dringend benötigt. Sie heißt Karvis.«

»Warum können die Bewohner dieser Stadt sie nicht selbst besorgen?« wollte Odo wissen. »Warum benötigt man ausgerechnet Sie dazu?«

»Weil die Spulen für sie zu teuer wären«, erklärte der Ferengi.

»Aber nicht für Sie«, schlußfolgerte der Constable.

»Genau. Sehen Sie, ich habe Jangor vor einiger Zeit einen Gefallen erwiesen. Und Kira glaubt, ich könnte die Energiespulen günstiger besorgen, weil Jangor mir noch etwas schuldig ist.«

Odo verengte die Augenlider zu schmalen Schlitzen, während er Quark betrachtete. »Und können Sie es?«

Der Ferengi zuckte die Schultern. »Ich kann es zumindest versuchen.« Er hob die Hände. »Was ist? Glauben Sie mir jetzt?«

Der Gestaltwandler gab keine Antwort. Er dachte immer noch über die Angelegenheit nach, während er in Quarks Gesicht nach Anzeichen betrügerischer Absichten suchte.

»Ich bin so unschuldig wie ein neugeborenes Baby«, bekräftigte der Ferengi. »Fragen Sie Kira, wenn Sie mir nicht glauben.«

Odo runzelte die Stirn. »Das wird nicht nötig sein«, erwiderte er. »Offenbar sagen Sie ausnahmsweise die Wahrheit.«

»Gut«, entgegnete Quark.

Er wollte aufstehen, doch der Constable hielt ihn zurück.

»Was ist los?« rief der Ferengi verzweifelt. »Ich dachte, wir wären uns einig, daß ich mir diesmal nichts vorwerfen lassen muß.«

Odo schüttelte langsam den Kopf. »Sie täuschen sich. Ich habe zwar Mitgefühl mit dem Problem der Bajoraner, aber ich kann trotzdem nicht zulassen, daß Fel

Jangor mit seinem Raumschiff an *Deep Space Nine* andockt. Dann wäre ich nämlich gezwungen, ihn auf der Grundlage verschiedener Haftbefehle, die gegen ihn ausgestellt wurden, festzunehmen.«

»Keine Sorge«, erwiderte Quark. »Wir hatten ohnehin nicht vor, das Geschäft auf der Station abzuwickeln. Schließlich sind Sie nicht der einzige, der von diesen Haftbefehlen weiß.« Er lächelte zufrieden über seine Kenntnisse. »Wir haben verabredet, uns in einem anderen Sonnensystem zu treffen. Auf diese Weise können wir beide gewiß sein, während unserer Transaktion nicht gestört zu werden.«

Der Gestaltwandler gab ein angewidertes Geräusch von sich. »Sie müssen mir nicht sämtliche Details anvertrauen«, erklärte er. »Es genügt mir, wenn Sie außerhalb meiner Verfügungsgewalt bleiben.«

»Darauf legen wir größten Wert«, beteuerte der Ferengi.

»Das will ich Ihnen auch geraten haben«, bemerkte Odo.

Er warf dem Ferengi einen letzten vernichtenden Blick zu und ließ ihn dann allein. Trotz Quarks Versicherungen wurde er das dumme Gefühl nicht los, daß er ihre Vereinbarungen eines Tages bereuen würde.

Miles O'Brien gelang es mit Mühe, die schwere Abdeckplatte über dem cardassianischen Energiewellenleitanschluß zu lösen. Er warf einen Blick über die Schulter und lächelte, so gut er es unter diesen Umständen konnte.

»Wenn es Ihnen nichts ausmacht, Madam, könnten Sie vielleicht einen Schritt zurücktreten. Diese Platte ist recht schwer, und ich würde sie gerne irgendwo abstellen.«

Lieutenant Commander Graal betrachtete ihn eine Weile, während ihre dunklen Augen in den runden

Höhlen ihres fremdartigen Schädels funkelten. Schließlich raffte sie sich auf, als hätte sie einige Zeit benötigt, um diese Aufforderung zu verarbeiten, und wich einige Schritte zurück.

Mit einem umständlichen Ächzen ließ O'Brien die Abdeckplatte zu Boden sinken, wobei er sorgsam darauf achtgab, daß sie ihm nicht aus den Händen glitt. Kurz nach seiner Ankunft in der Station war es ein einziges Mal passiert, daß ihm ein ähnliches Ungetüm aus den Fingern gerutscht war.

Der Schaden am Fußboden war unerheblich gewesen, aber er hatte sich dabei mehrere Zehen gequetscht. Die Schmerzen waren furchtbar gewesen. Also unternahm er alles Nötige, um eine Wiederholung dieses Mißgeschicks zu vermeiden. Er ging so sorgfältig damit um wie ein Cardassianer mit einem *Taspar*-Ei.

»So«, sagte er. »Da wäre es, Lieutenant Commander.« Er richtete sich auf und zeigte auf den freiliegenden Mechanismus. »Ein cardassianischer Energiewellenleitanschluß in all seiner geheimnisvollen Pracht – ganz wie Sie gewünscht haben.«

Eigentlich war es Siskos Idee gewesen, daß O'Brien die Craynidin durch die Station führte und ihr verschiedene Beispiele cardassianischer Technologie zeigte. Doch Graal hatte keine Einwände erhoben, als man ihr das Angebot vorgetragen hatte.

»Natürlich erkennen Sie auf den ersten Blick die Mängel dieser Technik«, sprach der Mensch weiter. »Und daß Sie überhaupt nicht mit Föderationstechnik kompatibel ist.«

Die Craynidin wagte sich wieder ein Stück vor, um das Ding genauestens zu betrachten. Nach einigen Minuten nickte sie.

»Ja«, sagte sie nachdenklich. »Mangelhaft und inkompatibel. Aber Sie behaupten, daß Sie es trotzdem integriert haben?«

»Richtig«, bestätigte O'Brien. »Es war nicht einfach, das kann ich Ihnen flüstern. Aber ich habe eine Methode gefunden, wie sich unsere Systeme so modifizieren lassen, daß sie zu einem cardassianischen Anschluß passen. Es war die einzige Möglichkeit, die Station in Betrieb zu halten, ohne sie komplett abzuschalten und noch einmal bei Null anzufangen.«

»Ich verstehe«, sagte Graal, die immer noch den Energiewellenleitanschluß studierte.

»Jetzt sind natürlich nur noch wenige von diesen Dingern übrig«, fuhr der Ingenieur fort. »Fast alle wurden inzwischen durch EPS-Leitungen ersetzt. Aber ich habe einige Jahre gebraucht, um so weit zu kommen.«

Die Craynidin drehte sich zu ihm um. »Mit einer Energie-Verfügbarkeitsrate von neunundachtzig Prozent«, stellte sie fest.

O'Brien runzelte die Stirn. »Eigentlich sind es nur achtundachtzig Prozent. Aber das ist ein recht guter Wert, würde ich sagen, wenn man bedenkt, womit ich arbeiten mußte.«

Graal zuckte die Schultern. »Sie hätten zweiundneunzig Prozent erreichen können – vielleicht sogar vierundneunzig.«

Der Mensch starrte sie an. »So? Und wie, wenn ich fragen darf?«

»Mit Hilfe von Feststoff-Energieleitern«, erklärte die Craynidin.

O'Brien glaubte, sich verhört zu haben. »Feststoff-Energieleiter werden schon seit fast vierzig Jahren nicht mehr benutzt, Lieutenant Commander.«

»Richtig«, krächzte Graal. »Aber es gibt noch welche in den Ersatzteillagern von Starfleet. Und Sie hätten festgestellt, daß sie viel besser mit einer cardassianischen Energiequelle kompatibel wären.«

Der Mensch dachte eine Weile darüber nach. Und je

länger er darüber nachdachte, desto mehr mußte er sich eingestehen, daß es gar keine so schlechte Idee war.

Zu dumm, daß er damals nicht von selbst darauf gekommen war.

Die Craynidin blickte sich wieder zu ihm um. »Ich habe jetzt alles gesehen, was ich sehen wollte. Sie können die Abdeckplatte wieder anbringen.«

O'Brien brachte ein gezwungenes Lächeln zustande. »Natürlich«, erwiderte er. »Ganz wie Sie meinen, Lieutenant Commander.«

Der Sarkasmus schien Graal völlig zu entgehen. Sie rührte nicht einen Finger, als er sich bückte, die Platte anhob und sie wieder anbrachte. Oder als er über den darauffolgenden Schmerz in seinem Rücken brummte und fluchte.

Erst als er fertig war und sich den Schweiß von der Stirn wischte, sprach sie ihn wieder an. »Als nächstes würde ich mir gerne einen cardassianischen Transportermechanismus ansehen«, teilte sie ihm mit.

Der Mensch schüttelte den Kopf. »So etwas besitzen wir nicht mehr. Zumindest nicht in funktionsfähigem Zustand.«

»Dann würde ich mir gerne einen ansehen, der nicht mehr funktioniert«, sagte die Craynidin.

O'Brien warf ihr einen nachdenklichen Blick zu und seufzte. »Also gut. Er befindet sich in einem der Lagerräume. Natürlich muß ich ein paar Sachen wegräumen, um heranzukommen – vorausgesetzt, es macht Ihnen nichts aus.«

Graal blickte ihn unverwandt an. »Nein«, antwortete sie, ohne auf seinen unterschwelligen Protest einzugehen. »Es macht mir nichts aus.«

Er biß sich auf die Lippe. »Also gut«, sagte er und führte sie durch den Korridor. »Hier entlang, Lieutenant Commander.«

Die Craynidin folgte ihm in ihrem seltsam schlurfenden Gang. Offensichtlich fand sie Gefallen an dieser kleinen Besichtigungstour.

Der Captain wäre sehr zufrieden, dachte O'Brien, während er das Gesicht verzog. Die einzige Frage war nur, wer zuerst nachgeben würde – Graals Neugier oder der schmerzende Rücken des Chiefs.

4

Wie Sie sehen«, sagte Bashir, als er mit einer Handbewegung die gesamte Krankenstation umfaßte, »sind wir hier draußen nicht gerade auf dem neuesten Stand. Doch irgendwie schaffen wir es, unsere Arbeit zu erledigen.«

Dr. Laffer nickte, während sie die Räumlichkeiten inspizierte, und machte den Eindruck, als würde sie einen Patienten untersuchen, der nur noch wenige Tage zu leben hatte. Unvermittelt drehte die Frau sich zu ihm herum.

»Sie haben hier einen Menas Baari behandelt«, stellte sie fest. »Nicht wahr?« Wie sie es sagte, klang es unangenehm nach einer Anklage.

Bashir war jedoch sicher, daß sie es nicht so gemeint hatte. Zumindest war er relativ sicher.

Die Menas Baari waren in der Tat die Geißel dieses Raumsektors – Wesen ohne jede Moral, gegen die sich Cardassianer wie wohltätige Waisenknaben ausnahmen. Wenn sie ihre Zahl nicht beständig durch interne Kämpfe reduziert hätten, würde man sie möglicherweise als größere Bedrohung als das Dominion betrachten.

Er zuckte die Schultern. »Ja, ich habe einen Menas Baari behandelt. Genauso wie einige Tausend anderer Patienten, einschließlich vereinzelter Ferengi, Cardassianer, Klingonen, In'taq, Pandriliten, Silesi und sogar eines Jem'Hadar – ganz zu schweigen von all den Bajoranern, die ich nicht an den Händen all meiner Assistenten abzählen könnte.«

Laffer runzelte leicht die Stirn. »Mich interessieren in erster Linie die Menas Baari. Wie ich hörte, litt der Patient am Goryyn-Syndrom. Blasse Haut mit grünen Pusteln, gesteigerter Transpiration und Entzündungen in den Gelenken, nicht wahr?«

Bashir lächelte, obwohl es ihm nicht leichtfiel. »Ich bin mit den Symptomen vertraut«, sagte er. »Und ich habe tatsächlich das Goryyn-Syndrom bei diesem Patienten diagnostiziert. Zum Glück handelte es sich nicht um die bösartige Variante.«

»Also hatten Sie keine Schwierigkeiten, die Viren einzudämmen?« fragte sie.

Für Bashir wurde es immer schwerer, sein Lächeln aufrechtzuerhalten. »Wir verfügen hier durchaus über Kraftfelder, Doktor. Es war wirklich kein Problem.«

»Und Ihre Therapie?« bohrte sie weiter.

Er lachte unterdrückt. Diese Fakten standen in jedem medizinischen Lehrbuch. »Eine kontinuierlich verabreichte Dosis Thoridiumsulfid«, antwortete er.

»Thoridiumsulfid?« gab Laffer zurück. Sie wandte den Blick ab und schüttelte den Kopf. »Dann haben Sie offensichtlich Dr. Secoris Arbeit über das Goryyn-Syndrom noch nicht gelesen.«

»Secori?« Er schüttelte den Kopf. »Dieser Name sagt mir nichts.«

Sein Gast schnaufte mit einem Anflug von Verachtung. »Ainad Secori von Muuldax Prime. Er ist die führende Kapazität auf dem Gebiet der Immunologie der inneren Organe. Ich bin ihm mehrere Male persönlich begegnet.«

Bashir empfand plötzlich eine leichte Verärgerung. Oder war es in Wirklichkeit das Gefühl der Minderwertigkeit?

»Und Sie sagen, er hätte eine Alternative zu Thoridiumsulfid entwickelt?« fragte er.

»Das ist richtig«, bestätigte Laffer. »Eine Substanz namens *Benarrh,* die aus den Staubgefäßen der muuldaxanischen *Kras'suda*-Blüte gewonnen wird. Die Heilungsquote liegt bei achtundneunzig Prozent, wenn sie innerhalb der ersten zwei Tage verabreicht wird.«

Das waren sechs Prozent mehr, als man bislang hatte erreichen können. Bashir war trotz allem beeindruckt. Dennoch verringerte sich seine Verärgerung nicht.

Wie war es möglich, daß dieser Secori solche Fortschritte auf diesem Gebiet erreicht und er noch nie davon gehört hatte? War er hier draußen auf *Deep Space Nine* wirklich so isoliert? Oder maß sein Gast der Arbeit des Muuldaxaners eine größere Bedeutung zu, als angemessen war?

»Ich werde mir seine Arbeit ansehen«, versprach er.

Laffer reagierte nicht auf seine Bemerkung. Statt dessen setzte sie ihre Inspektion der Krankenstation fort – wobei sie ihre besondere Aufmerksamkeit seinem Skalpell-Set widmete, das in einem durchsichtigen Plastiketui untergebracht war.

»Das war ein Geschenk«, erklärte Bashir. »Von meiner Tante Gauri und meinem Onkel Nigel. Ich habe es zum Abschluß meines Medizinstudiums bekommen.«

»Ich verstehe«, sagte Laffer.

Sie sagte nicht, daß die Skalpelle veraltet waren. Sie sagte nicht, daß sie unzulänglich waren. Aber in ihrer Stimme lag trotzdem etwas, das all diese Dinge implizierte.

»Sie erfüllen hervorragend ihren Zweck«, stellte Bashir fest.

»Davon bin ich überzeugt«, erwiderte Laffer.

Sie ging weiter zur chirurgischen Abteilung. Bashir trottete hinterher, obwohl er keineswegs begierig auf die Fortsetzung der Tour war. Allerdings blieb ihm kaum eine andere Wahl. Der Captain hatte ihm eine frühere Kollegin anvertraut, und er mußte nun das Beste aus der Situation machen.

Auf halbem Wege hielt Laffer an seinem Schreibtisch an und griff nach etwas. Zu Bashirs Verblüffung war es seine Racquetball-Trophäe.

»Erster Platz«, stellte sie fest, als sie die Schrift auf dem Sockel las.

Er nickte. »Ja, ich hatte wohl Glück. Dabei war mir zu diesem Zeitpunkt noch nie der Drei-Ecken-Deckenschuß gelungen.«

Laffer drehte sich zu ihm herum. »Aber Sie haben ihn inzwischen gemeistert?« fragte sie.

Bashir zuckte die Schultern. »Inzwischen? Ja, das könnte man sagen. Es ist der wirksamste Schuß in meinem Repertoire.« Er hielt kurz inne. »Äh … spielen Sie auch?«

Sie schüttelte den Kopf. »Nein, ich hatte niemals eine große Neigung zum Sport. Es geht zu sehr auf die Gelenke. Aber ich kenne jemanden, der das Turnier der Starfleet-Mediziner auf der Erde gewonnen hat.«

»Tatsächlich?« Er war beeindruckt. »Es handelt sich nicht zufällig um Marta Grindberg?«

»Ja«, erwiderte Laffer. »Sie habe ich gemeint.«

Bashir lächelte. »Ich wette, sie beherrscht den Drei-Ecken-Deckenschuß meisterschaftlich.«

Laffer stellte die Trophäe an ihren Platz zurück. »Um Ihnen die Wahrheit zu sagen, sie wendet ihn niemals an. Das heißt, nicht mehr.«

Er spürte, wie sein Lächeln erschlaffte. »Warum nicht?« fragte er.

»Ich weiß es nicht genau«, sagte sein Gast. »Sie sagt, er wäre aus der Mode gekommen. Keiner der besseren Spieler gibt sich noch damit ab.«

Bashir war sicher, daß seine Wangen aufglühten. »Oh«, brachte er mutlos hervor. »Wie es scheint, ist *Deep Space Nine* wirklich tiefste Provinz.«

Jetzt war ihm klar, welches Spiel diese Frau spielte. Sie setzte ihren Ehrgeiz daran, ihn immer um eine Nasenlänge voraus zu sein. Was immer er getan hatte, sie kannte jemanden, der es noch besser gemacht hatte. Was immer er sagte, sie hatte bereits ein Gegenargument im Ärmel.

Der Grund dafür mochte Boshaftigkeit oder Eifersucht sein. Oder es war einfach ihre Natur.

Wenn er die Zeit mit ihr überleben wollte, mußte er irgendwie dafür sorgen, das Thema zu wechseln. Das hieß, er mußte sie ins offene Messer laufen lassen. Und wie es der Zufall wollte, gab es tatsächlich etwas, das er Dr. Laffer hatte fragen wollen.

»Es gibt da etwas, zu dem ich gerne Ihre Meinung hören würde«, sagte er, während er sich zwischen Dr. Laffer und die chirurgische Abteilung schob.

Sie blickte ihn interessiert an. »Was möchten Sie wissen?«

Er rieb die Hände aneinander. »Es geht um die Siskos – sowohl den Captain wie auch Jake. Sie haben einen sehr interessanten Zellrückstand in ihrem Blut.« Er legte ihr den Sachverhalt genauer dar.

»Das ist korrekt«, bestätigte Laffer. »Es handelt sich um den Überrest einer recht seltenen Krankheit, der wir an Bord der *Saratoga* ausgesetzt waren. Wir alle haben diese Zellrückstände.«

Bashir hob die Hände, um ihren Redefluß zu unterbrechen. »Nach Ihren medizinischen Aufzeichnungen besitzen zwei Mitglieder der ehemaligen Besatzung diese Zellen nicht. Es sind Lieutenant Lopez und Counselor Barnes, um genau zu sein.«

Sie runzelte leicht die Stirn. »Und Ihnen ist nicht ganz klar, warum das so ist.«

»Sagen wir, ich bin ein wenig neugierig, wie es sich damit verhält«, erwiderte er.

»Die Antwort ist relativ einfach«, erklärte Laffer. »Weder Lieutenant Lopez noch Counselor Barnes befanden sich an Bord der *Saratoga*, als die Besatzung mit der

Krankheit konfrontiert wurde. Lopez stieß kurz danach zu uns, und Barnes kam erst ein volles Jahr später.« Sie starrte Bashir regungslos an. »Aber diese Informationen finden Sie in ihren medizinischen Akten. Sie sagten doch, daß Sie sie angefordert haben, oder nicht?«

Bashirs Wangen glühten noch heißer als zuvor. »Ja«, sagte er, während er zutiefst seine Unterlassungssünde bereute. »Ich habe sie angefordert und erhalten, aber ich bin noch nicht dazu gekommen, sie gründlich zu studieren.«

»Nun«, bemerkte Laffer, »wenn Sie es getan hätten, wüßten Sie, daß wir es mit einer recht gefährlichen Variante der Krankheit zu tun hatten. Und daß einige von uns – einschließlich Commander Sisko – bereits dem Tode nahe waren, als ich eine Therapie entdeckte.«

Daraufhin legte sie Bashir die Einzelheiten dar – wesentlich ausführlicher, als er es sich gewünscht oder auch nur im entferntesten für sinnvoll gehalten hätte. Und als er dachte, daß sie fertig war, fuhr sie fort, über weitere Gelegenheiten zu berichten, bei denen sie die Besatzung der *Saratoga* gerettet hatte.

Bashir seufzte. Er wünschte sich verzweifelt, er hätte dieses Thema nie angesprochen.

Siskos Gelächter hallte durch die obere Ebene der Promenade und veranlaßte mehrere Passanten dazu, sich interessiert umzudrehen. Er legte seinem Sohn einen Arm um die Schulter und schüttelte den Kopf.

»Abendessen?« wiederholte er. »Mit allen beiden? Am selben Tisch?«

Zar, der sie begleitete, lächelte schelmisch, während er nickte. »Ishimaki hatte schließlich keine Ahnung, mit wem er es zu tun hatte. Sie hätten sein Gesicht sehen sollen, als Laffer ihn dazu veranlaßte, einen Kellner zu rufen – um ihm anschließend zu sagen, daß sie bereits etwas gegessen hatte.«

»Der Ärmste«, sagte der Captain. »Jetzt tut es mir leid, daß ich ihn ein wenig geärgert habe, als er mit Ihnen eintraf.«

Der Bolianer drehte sich zu ihm herum. »Sie haben ihn geärgert? Bei den Gottheiten, Sie hätten ihm eine Medaille verleihen sollen!«

Sisko lachte und wandte sich an Jake. »Kannst du dich erinnern, wie es war, wenn diese beiden zusammen waren?« fragte er ihn.

Der Junge zuckte die Schultern. »Ich dachte, ich wüßte es noch. Auf mich haben sie gar keinen so schlimmen Eindruck gemacht – vielleicht, weil ich sie gar nicht so oft gesehen habe.«

»Danke deinen Sternen dafür«, witzelte Zar. »Ich wünschte, mein Schicksal hätte mich ebenfalls davor bewahrt.«

»Und jetzt«, bemerkte der Captain zerknirscht, »habe ich zwei meiner vertrauenswürdigsten Offiziere darum gebeten, die Babysitter für Graal und Laffer zu spielen. Ich bin ein furchtbar grausamer Vorgesetzter.«

»Sie hatten keine andere Wahl«, erwiderte der Bolianer. »Laffer wollte unbedingt die Krankenstation besichtigen. Und Graal hätte in jedem Fall darum gebeten, sich *irgend etwas* ansehen zu dürfen, wenn Sie ihr nicht mit Ihrem Vorschlag zuvorgekommen wären.«

Sisko seufzte. »Es scheint so. Erinnern Sie mich daran, falls O'Brien und Bashir demnächst eine Meuterei anzetteln sollten.«

»Sag mal, Jake«, wechselte Zar das Thema und zeigte auf einen exotischen Lebensmittelladen auf der Promenade. »Ich möchte wetten, daß es dort *Mak'terama*-Drops gibt.«

Der Junge lächelte. »In der Tat«, sagte er. »Sehr große sogar. Und in drei Geschmacksrichtungen, eine besser als die andere.« Seine Begeisterung wurde gedämpft, als er seinem Vater einen Blick zuwarf. »Aber mein Dad sagt, daß sie zu süß sind. Damit verderbe ich mir die Zähne.«

»Nun«, sagte der Bolianer und setzte eine ähnlich ernsthafte Miene auf, »in diesem Fall haben wir nur eine Möglichkeit.« Er blickte sich kurz zu Sisko um und beugte sich dann zu Jake herüber. »Wir sagen dem Alten nichts davon.«

Dann legte Zar lachend einen Arm um Jakes Schulter und drängte den Jungen in Richtung des Ladens. Der Captain schaute ihnen nach und konnte sich ein Grinsen nicht verkneifen.

Zweifellos hatte der Bolianer einen schlechten Einfluß auf Jake. Aber es war ein *guter* schlechter Einfluß. Besonders für Jake, der Zar während ihrer Zeit auf der *Saratoga* wie einen älteren Bruder betrachtet hatte.

Es war eine gute Zeit gewesen, dachte Sisko. Damals waren sie eine Familie gewesen. Und der Bolianer war praktisch ein Teil ihrer Familie gewesen.

Insbesondere hatte er Jennifer verehrt. Hatte Zar nicht bei jeder sich bietenden Gelegenheit gesagt, daß sie ihn für alle anderen Frauen verdarb? Daß Zar niemals Ruhe finden würde, bis er eine Partnerin gefunden hatte, die genauso schön, klug und bezaubernd wie Jennifer war?

Demnach konnte es auch für den Bolianer nicht einfach gewesen sein, Jennifer an Bord der *Saratoga* zurückzulassen – den Anblick ihres zerschmetterten Körpers zu ertragen und ihren Ehemann von ihr wegzuzerren. Aber Zar hatte damals keine andere Wahl gehabt.

Er hatte getan, was er hatte tun müssen. Und Sisko war dem Bolianer dankbar dafür gewesen.

Außer in den ersten Tagen danach, verstand sich. In dieser Zeit hatte der Captain ihn gehaßt. Und zwar leidenschaftlich. Erst nachdem er länger darüber nachgedacht hatte, war ihm bewußt geworden, welch großen Gefallen Zar ihm erwiesen hatte. Wenn der Bolianer nicht gewesen wäre, wäre Sisko jetzt ein toter Mann.

Wenn Zar es sich nun in den Kopf setzte, ein wenig schlechten Einfluß auf Jake auszuüben, und ihn unbedingt mit diesen verdammten *Mak'terama*-Drops vollstopfen wollte, dann war der Captain bereit, über diese Sünde hinwegzusehen. Schließlich hatte der Bolianer sich das Recht verdient, Spaß mit Jake zu haben.

Unvermittelt piepte sein Kommunikator. Er tippte darauf. »Sisko hier.«

Es war Kira. »Captain«, sagte sie, »die *Endeavour* ist eingetroffen. Wir haben ihr Andockmast zwei zugewiesen.«

Der Captain brummte zum Zeichen der Bestätigung. »Danke, Major. Ich bin schon unterwegs.«

Kiras Timing war exzellent, denn in diesem Augenblick kehrten Jake und Zar mit einer zum Bersten gefüllten Tüte aus dem Lebensmittelladen zurück. Ihr Grinsen reichte von einem Ohr zum andern – ein Anblick, der Siskos Herz guttat.

»Kommt schon!« rief er ihnen zu. »Beeilt euch, ihr beiden! Wie es scheint, sind auch unsere letzten Gäste eingetroffen.«

Als Captain Kyprios in der Luftschleuse stand, blickte er auf Counselor Barnes, die an seiner Seite Stellung bezogen hatte. Er suchte nach einem Anzeichen von Beklommenheit in ihrem Gesicht, nach etwas, das ihm verriet, ob sie ihn hinsichtlich ihrer Entschlossenheit, an dieser Utopia Planitia-Zeremonie teilzunehmen, angelogen hatte.

Doch er stellte nichts dergleichen fest. Die Counselor wirkte gefaßt – Barnes schien sich sogar auf die Begegnung zu freuen.

Sie war ein so guter Offizier und ein so guter Freund, daß Kyprios die Vorstellung zuwider war, sie könnte sich freiwillig Schmerzen zufügen. Wenn er auch nur das leiseste Anzeichen von Unbehagen an ihr bemerkt hätte, wäre er bereit gewesen, sie sofort aus irgendeinem Grund von dieser Verpflichtung zu entbinden.

Aber es gab kein solches Anzeichen. Und daher bestand auch kein Grund, sie aus der Schußlinie zu zerren.

Er zwang sich dazu, völlig ruhig zu bleiben. Sie war eine erwachsene Frau. Sie wußte, was sie tat. Er wünschte sich nur, er könnte daran glauben.

Als er den Kopf drehte, bemerkte er, daß Thorn und Lopez sich auf seiner anderen Seite eingefunden hatten. Wenn die Counselor sich auf diese Begegnung freute, dann sprühten die beiden vor ekstatischer Begeisterung. Seit Lopez' Ankunft hatten die beiden sich pausenlos auf die Schulter geklopft und nicht einen Moment lang aufgehört zu lachen.

Es bestand kein Zweifel, daß es für sie eine ganz andere Erfahrung war als für Counselor Barnes. Völlig anders. Ihnen war es gelungen, die Tragödie zu vergessen und wieder nach vorne zu schauen.

Kyprios' Gedanken wurden von knirschendem Metall abgelenkt. Dann sah er, wie das Schott cardassianischer Bauart zur Seite rollte. Er hatte das Gefühl, genau zu wissen, wer sich auf der anderen Seite befand.

Der Captain war Benjamin Sisko nie zuvor begegnet, obwohl er schon viel über ihn gehört hatte – schon lange bevor Lopez und Thorn als Gäste auf die *Endeavour* gekommen waren. Schließlich hatte sich der Mann in den letzten Jahren im Zentrum eines aufziehenden Sturmes befunden, und er hatte sich besser gehalten, als irgendwer von ihm erwartet hatte.

Während sich das Schleusenschott weiter zur Seite bewegte, mußte Kyprios sich stillschweigend eine gewisse Neugier eingestehen – ein Interesse an diesem Mann, der eine heruntergekommene Station führen konnte und sie zu einer Schlüsselfigur auf dem galaktopolitischen Schachbrett gemacht hatte. Kurz darauf wurde seine Neugier befriedigt, als die Öffnung groß genug war, um drei Gestalten zu offenbaren.

Die erste war ein Bolianer. Das war also nicht Sisko.

Die zweite war viel zu jung, um der Leiter einer Raumstation sein zu können. Sie trug nicht einmal eine Starfleet-Uniform.

Also mußte es die dritte Person sein. Der Mann mit dem kahlgeschorenen Kopf und dem dunklen Bart und der Aura der Zuversicht. Außerdem trug er die entsprechenden Insignien. Ja, das mußte er sein.

Kyprios trat ein paar Schritte vor und streckte seine Hand aus. »Captain Sisko, vermute ich?«

Der Befehlshaber der Station lächelte freundlich. »Captain Kyprios. Willkommen auf *Deep Space Nine.*« Er deutete mit einem Kopfnicken auf seine Begleiter. »Das ist Lieutenant Zar von der *Crazy Horse.* Und das ist mein Sohn«, sagte er, ohne seinen väterlichen Stolz zu verbergen. »Jake.«

Der Bolianer nickte. Der Junge ebenfalls, obwohl er die typische Verlegenheit eines Jugendlichen an den Tag legte.

»Es freut mich, Ihre Bekanntschaft zu machen«, sagte Kyprios und wandte sich dann wieder Sisko zu. »Ich schätze, Sie kennen diese drei bereits.« Damit blickte er sich kurz zu seinen Begleitern um.

Siskos Lächeln wurde eine Spur ernster. »Ja«, entgegnete er. »Lieutenant Lopez und Mr. Thorn sind alte Freunde von mir.«

»Darauf können Sie Gift nehmen!« platzte der Sicherheitsoffizier heraus.

Lopez versetzte ihm wegen dieses Protokollbruchs einen Rippenstoß. »Benimm dich gefälligst!« zischte er ihn an, aber auch er hatte Schwierigkeiten, sein Grinsen zu unterdrücken.

»Was Counselor Barnes betrifft«, sagte Sisko, ohne auf

die Männer einzugehen, »so glaube ich, daß wir uns nur flüchtig kennengelernt haben.«

»Das ist richtig«, stellte sie gleichmütig fest. »Ich war noch neu auf der *Saratoga*, als sie zerstört wurde. Aber es ist mir ein Vergnügen, Ihnen jetzt zu begegnen, Captain.«

Sisko verbeugte sich höflich. »Das Vergnügen ist auf meiner Seite, Counselor.« Er wandte sich wieder Kyprios zu. »Werden Sie ebenfalls eine Weile unser Gast sein, Captain?«

Kyprios schüttelte den Kopf. »Ich fürchte, nein. Ich wollte Ihnen nur meine Aufwartung machen – und mich überzeugen, wem ich die Counselor meines Schiffes anvertraue.«

»Ich werde gut auf sie achtgeben«, versprach Sisko.

»Tun Sie das bitte«, sagte Kyprios – und es war offensichtlich nicht ironisch gemeint. »Ich werde in einigen Wochen wieder hier sein. Bis dann, Captain.«

»Bis dann«, sagte der Captain der Station.

Kyprios konnte in seinen Augen erkennen, daß Sisko seine Besorgnis verstand. Er fühlte sich ein wenig besser als vor seiner Ankunft und nickte seiner Counselor noch einmal zu, bevor er auf sein Schiff zurückkehrte.

Sisko blickte Kyprios nach. Er wußte, daß der ältere Mann keine leeren Worte gesprochen hatte. Er machte sich Sorgen um seine Counselor und gab sich keine Mühe, es zu verbergen.

»Nehmen Sie meinen Vorgesetzten nicht zu ernst«, sagte Barnes.

Sisko blickte sie an. »Wie bitte?«

Sie lächelte entschuldigend, was ein hübscher und unerwarteter Anblick war. »Captain Kyprios ist dafür bekannt, es manchmal zu übertreiben. Er ist sehr um seine Leute besorgt.«

Genauso wie ich, dachte Sisko. Aber er zeigte es nicht so offen. Zumindest *glaubte* er, daß er es nicht tat.

»Das ist völlig in Ordnung«, versicherte er ihr. »Ich bin überzeugt, daß er das Herz auf dem rechten Fleck hat.«

Inzwischen hatten sich Zar und Jake mit Lopez und Thorn bekannt gemacht. Der große Mann hob Jake wie ein kleines Baby auf – was Sisko schon seit etlichen Jahren nicht mehr versucht hatte.

»Früher warst du ein solcher Winzling!« sagte Thorn. »Und jetzt bist du schon größer als Lopez!«

»Das ist er«, stimmte der Wissenschaftsoffizier zu. »Ich wette, die Mädchen können einfach nicht die Finger von ihm lassen.«

Jake wand sich verlegen unter der Musterung durch seine alten Freunde. »Hört auf damit. Ihr nervt!«

»Lassen Sie ihn herunter«, griff Sisko ein. »Und was die Mädchen betrifft«, fügte er mit einem tadelnden Seitenblick auf Lopez hinzu, »so ist Ermutigung das letzte, was er nötig hat.«

»Völlig richtig«, warf Zar in väterlichem Tonfall ein. »Er verbringt bereits mehr Zeit mit den Dabo-Mädchen als mit seinen Hausaufgaben.«

Barnes räusperte sich. Offenbar kam sie sich bei dieser Versammlung wie das fünfte Rad am Wagen vor.

»Könnte mir vielleicht jemand mein Quartier zeigen?« bat sie den Captain. »Ich glaube, ich würde mich jetzt gerne zurückziehen.«

Sisko nickte. »Natürlich. Ich werde Sie persönlich hinführen.«

Sie hob eine Hand. »Das ist nicht nötig«, erwiderte sie. »Ich möchte Sie nicht von der Begrüßung Ihrer alten Freunde abhalten.«

»Aber ich bestehe darauf«, sagte der Captain. Er wandte sich an Lopez und Thorn. »Ich werde Sie alle jetzt zu Ihren Quartieren bringen. Die Wiedersehensfeier kann warten, bis ich mich um verschiedene Dinge gekümmert habe.«

Der große Mann nickte verständnisvoll. »Natürlich. Sie müssen eine Station in Betrieb halten. Sie haben alle Hände voll zu tun.«

Sisko brummte. »Bedauerlicherweise.« Er wandte den Kopf, um die Richtung anzuzeigen, in die sie gehen sollten. »Hier entlang.«

Als der Captain sie durch den Korridor führte, liefen sein Sohn und die anderen hinter ihm, während Lopez an seine Seite kam.

»Esteban«, nutzte er die Gelegenheit, während die anderen ihre eigenen Gespräche führten.

Der Wissenschaftler blickte ihn an. »Ja?«

Sisko lächelte. »Sie wissen schon, was ich Ihnen sagen will, nicht wahr?«

Lopez schüttelte mit Unschuldsmiene den Kopf. »Nein. Was?«

Offenbar hatte Thorn sie belauscht. Mit ein paar langen Schritten holte er sie ein.

»Du sollst die weiblichen Bewohner dieser Station nicht belästigen«, warf der bärtige Mann ein. »Das will er dir sagen.«

Der Wissenschaftsoffizier täuschte Entrüstung vor. »Ich?« erwiderte er und schüttelte den Kopf. »Sie tun mir unrecht, Captain! Ich bin nicht mehr der Schürzenjäger, der ich einmal war. Auch ich bin älter geworden.«

»Red kein dummes Zeug!« sagte Thorn.

Lopez warf ihm einen tadelnden Blick zu. »Es geht nichts über die gute Empfehlung eines Freundes«, murmelte er.

Sisko lachte leise. »Sie sind durchschaut, Esteban.«

»Keine Sorge«, sagte der Sicherheitsoffizier. »Ich werde ein Auge auf ihn haben, Captain. Er wird keine Schwierigkeiten machen, solange ich in der Nähe bin.«

»Ich mache Sie persönlich dafür verantwortlich!«

drohte Sisko grinsend. »In dieser Station wimmelt es nur so von verlockenden Angeboten. Ich möchte nicht erleben, daß ein guter Bekannter plötzlich zu einem eifersüchtigen Ehemann wird.«

»Sie können sich auf mich verlassen«, versicherte Thorn ihm.

Der Wissenschaftsoffizier warf seinem kräftig gebauten Freund einen vernichtenden Blick zu. »Ja«, sagte er. »Und auf mich auch.«

»Gut«, bemerkte der Captain. »Dann wird es keine Mißverständnisse geben.« Zufrieden, daß er seine Aufgabe erledigt hatte, machte er sich auf den Weg zur Promenade.

5

Bashir blendete mental den Lärm in Quarks Bar aus, wie er es immer tat, während er den Dartpfeil in seiner Hand in die richtige Position zur Zielscheibe zu bringen versuchte. Doch irgendwie schien es ihm diesmal nicht gelingen zu wollen, sich zu konzentrieren.

»Was ist los?« fragte O'Brien.

Der Doktor drehte sich gereizt zu ihm um. »Was los ist?« fragte er. »Was soll schon los sein, verdammt noch mal?«

Der Ingenieur zuckte leicht zusammen. »Tschuldigung«, sagte er. »Sie müssen mir nicht gleich den Kopf abreißen, nur weil ich gefragt habe.«

Bashir biß sich auf die Unterlippe. »Sie haben recht, Chief. Ich muß mich entschuldigen. Es liegt nur an ...« Er blickte sich um und vergewisserte sich, daß niemand in Hörweite war. »... an Dr. Laffer«, sprach er den Satz zu Ende.

O'Brien blickte auf. »Sie hat Ihnen Ärger gemacht?«

Der Doktor brummte unwillig. »Das eigentlich nicht. Ich meine, sie hat in der Krankenstation nichts kaputt gemacht oder so. Allerdings hat sie dafür gesorgt, daß ich mich etwa so klein fühle.« Mit Daumen und Zeigefinger deutete er einen Abstand von ungefähr einem Millimeter an. »Zuerst hat sie meine Methoden kritisiert, dann meine Ausrüstung und schließlich sogar meine Einstellung zum Racquetball. Als sie mit mir fertig war, habe ich mich ernsthaft gefragt, ob ich in meinem Leben schon einmal irgend etwas richtig gemacht habe.«

Der Ingenieur lachte tonlos. »Das klingt fast so schlimm wie Lieutenant Commander Graal.« Er betrachtete seine Dartpfeile und runzelte die Stirn. »Wenn ich ihretwegen gezwungen gewesen wäre, noch eine weitere Abdeckplatte oder Ersatzteilkiste anzuheben, würde ich jetzt auf Ihrem Operationstisch liegen – um mir eine neue Wirbelsäule einpflanzen zu lassen.«

Bashir grinste über diese Vorstellung. »Sie hätten Dr. Laffer bitten müssen, die Transplantation durchzuführen. Weder meine Ausbildung noch meine Ausrüstung erlaubt es, daß ich etwas Komplizierteres als die Entfernung eines Splitters vornehme.«

Sein Freund schien noch etwas sagen zu wollen, doch er wurde durch etwas abgelenkt. Als Bashir dem Blick des Ingenieurs folgte, erkannte der Arzt, was O'Briens Aufmerksamkeit so plötzlich gefesselt hatte.

Es war Lopez, der wissenschaftliche Offizier von der *LaSalle.* Und er führte soeben Dax zu einem gemütlichen Tisch im Hintergrund der Bar.

Bashir bemerkte, daß er mit den Zähnen knirschte. Er warf den Dartpfeil, der weit daneben ging und in der Wand steckenblieb.

O'Brien knurrte ungehalten. »Wir sind doch nicht etwa eifersüchtig, oder?«

Der Doktor funkelte ihn an. »Worauf sollte ich eifersüchtig sein?« gab er zurück. »Jadzia ist eine erwachsene Frau. Was sie in ihrer Freizeit unternimmt, geht nur sie etwas an.« Wieder blickte er zu Lopez hinüber, der gerade mit seinem Stuhl etwas näher an die Trill heranrückte. »Außerdem sind wir nur gute Freunde«, fügte er hinzu.

»Ach ja, richtig«, entgegnete der Chief, während er mit einem Pfeil auf die Dartscheibe zielte. »Wenn Sie es sagen, Julian ...«

Er warf den Pfeil – der genau in der Mitte der Scheibe landete.

Bashir wirbelte zu ihm herum und wollte sich gegen O'Briens Andeutung verteidigen. Doch dann hielt er inne. Was hätte er davon? Manche Menschen waren eben leichter zu durchschauen als andere, dachte er, und er gehörte offenbar zur ersten Gruppe.

»Also gut«, gab er schließlich zu. »Vielleicht bin ich wirklich ein wenig eifersüchtig – auf geschwisterliche Art, versteht sich. Und etwas irritiert. Ich meine, ich verstehe einfach nicht, was Jadzia an diesem Kerl findet!«

Der Ingenieur zuckte die Schultern. »Irgend etwas scheint sie an ihm gefunden zu haben«, meinte er. »Andernfalls würde sie nicht mit ihm an einem Tisch sitzen.«

Er hatte kaum zu Ende gesprochen, als Dax sich entschuldigte und Lopez allein am Tisch zurückließ. Bashir schnaufte. Immerhin konnte er dieser Wendung der Ereignisse eine gewisse Befriedigung abgewinnen. Wie es schien, hatte seine Freundin Dax einen besseren Geschmack, als er vermutet hatte.

»Sie hat ihn alleingelassen«, stellte O'Brien fest.

Der Doktor lächelte. »Ach ja? Das hatte ich gar nicht bemerkt.«

»Und wie es aussieht, hat er sich entschieden, nun statt dessen uns Gesellschaft zu leisten«, setzte der Chief hinzu.

Bashir warf einen Blick über seine Schulter. In der Tat, Lopez zielte genau in ihre Richtung, während er sich durch die Menge schob. Der Doktor runzelte die Stirn. Was konnte der Mann von ihnen wollen?

»Entschuldigen Sie bitte«, sagte der Wissenschaftsoffizier, als er in Hörweite gekommen war. Sein Lächeln war geradezu entwaffnend. »Mein Name ist Lopez. Esteban Lopez, Wissenschaftsoffizier der *LaSalle.* Sie wissen schon, einer von Captain Siskos alten Busenfreunden von der *Saratoga.* Die gekommen sind, um hier alles durcheinander zu bringen und Ihnen auf den Wecker zu gehen, bis wir endlich zum Stapellauf aufbrechen können.«

O'Brien lachte. Auch Bashir konnte sich ein leichtes Schmunzeln nicht verkneifen.

»Ich würde nicht behaupten, daß Sie uns auf den Wecker gehen«, log der Ingenieur. »Zumindest jetzt noch nicht.«

»Ach, dann hatten Sie offenbar noch nicht das Vergnügen, Lieutenant Commander Graal kennenzulernen«, erwiderte Lopez. »Oder gar Dr. Laffer.« Er wandte sich an den Arzt. »Doch nach Ihrer säuerlichen Miene zu urteilen, scheinen Sie dieses Vergnügen möglicherweise bereits genossen zu haben.«

Bashir wollte protestieren. »Das war keine säuerliche Miene! Ich ...«

O'Brien legte ihm freundschaftlich eine Hand auf die Schulter. »Geben Sie es auf, Julian. Der Mann hat uns voll durchschaut.« Dann wandte er sich an Lopez. »Wie haben Sie es damals nur auf der *Saratoga* ausgehalten?« fragte er.

Lopez zuckte die Schultern. »Ich habe mich von diesen Leuten ferngehalten, so gut es ging.«

»Eine ausgezeichnete Strategie«, stellte der Chief fest. »Ich werde sie mir ebenfalls aneignen.«

»Natürlich sind diese beiden nicht die einzigen, vor denen Sie sich in acht nehmen sollten«, führte der Wissenschaftsoffizier aus. »Da wäre auch noch mein Freund Thorn. Der Kerl kann seine eigene Kraft einfach nicht einschätzen. Passen Sie auf, daß er Ihnen nicht auf die Schulter klopft, wenn er ein Gläschen zuviel intus hat. Sonst können Sie anschließend den Abdruck Ihres Gesichts in der Tischplatte bewundern.«

»Auch diesen Rat werde ich mir zu Herzen nehmen«,

versprach O'Brien, der bei dieser Vorstellung leicht zusammenzuckte.

»Beinahe hätte ich mich selbst vergessen«, sprach Lopez weiter. »Sperren Sie Ihre Frauen und Töchter ein, wenn Esteban Lopez in der Stadt ist.« Er grinste. »Aber ich muß zugeben, daß ich mich durch meinen Ruf geschmeichelt fühle. Manchmal wünsche ich mir jedoch, ich hätte all die Schandtaten wirklich begangen, die mir nachgesagt werden.«

»Sie meinen, die Gerüchte entbehren jeglicher Grundlage?« erkundigte sich Bashir beiläufig.

»Ach, in jedem Gerücht steckt ein Körnchen Wahrheit«, entgegnete der Wissenschaftsoffizier mit einem Seufzer. »Und in manchen Fällen auch mehr als nur ein Körnchen, befürchte ich. Aber wie Sie sicherlich bemerkt haben, waren meine Bemühungen um Lieutenant Dax nicht gerade von Erfolg gekrönt. Sie sehen, daß ich genauso fehlbar wie jeder andere bin.«

Bashir brummte. »Das ist gut zu wissen.«

Lopez blickte ihn an. »Um ehrlich zu sein, Doktor, nach Auskunft von Dax sollen Sie hier der große Charmeur sein. Sie hat sogar zugegeben, daß Sie Ihnen gegenüber nicht unbedingt abgeneigt ist – was für Sie jedoch keine Überraschung darstellen dürfe, wie ich überzeugt bin.«

»Tatsächlich?« sagte Bashir. »Ich meine … nein, für mich ist es natürlich keine Überraschung.« Er brachte ein gezwungenes Lächeln zustande. »Was hat Sie Ihnen sonst noch erzählt?«

Der Wissenschaftsoffizier warf ihm einen bedauernden Blick zu. »Ich denke, daß ich vielleicht nicht mehr verraten sollte. Es ist schon schlimm genug, daß ich als Herzensbrecher verschrien bin. Ich möchte nicht, daß man mich außerdem für ein Klatschmaul hält.«

Der Doktor biß sich auf die Unterlippe. »Ich verstehe«, sagte er.

Wie es schien, war Lopez doch nicht so schlimm, wie er gedacht hatte. In Bashirs Augen hatte der Mann bereits etliche Pluspunkte gewonnen.

»Nun ja«, sagte der Wissenschaftsoffizier und deutete mit einem Kopfnicken auf das Dartbrett. »Hätten Sie etwas dagegen, wenn ich mich Ihrem Spiel anschließe?«

Der Doktor und der Chief blickten sich kurz an und zuckten gleichzeitig die Schultern.

»Überhaupt nicht«, sagte O'Brien.

»Nur zu«, sagte Bashir.

O'Brien winkte Rom zu, der gerade mit einem leeren Tablett vorbeikam. »Noch eine Runde, bitte«, rief er und warf Lopez einen Seitenblick zu. »Was darf ich Ihnen bestellen, Esteban?«

»Ich möchte ein Bier«, sagte der Wissenschaftsoffizier. »Aber lassen Sie mich diese Runde übernehmen. Auf diese Weise möchte ich versuchen, mich für das Benehmen meiner Kollegen zu entschuldigen.«

»Das kann ich nicht annehmen«, widersprach O'Brien und hob abwehrend eine Hand.

»Aber ich bestehe darauf!« beteuerte Lopez. »Ich meine es ernst.«

Der Chief seufzte. »Also gut«, sagte er und wandte sich wieder an Rom. »Sie haben gehört, was der Mann möchte.«

Der Ferengi nickte. »Ich setze es auf Ihre Rechnung«, sagte er zum Wissenschaftsoffizier.

»Danke«, entgegnete Lopez. »Jetzt möchte ich Sie warnen«, sagte er zu O'Brien. »Ich bin keineswegs ein Anfänger in diesem Spiel. Auch an Bord der *LaSalle* gibt es eine Dartscheibe.«

Der Doktor unterdrückte ein Grinsen. »Es gibt viele Dartscheiben in diesem Universum«, bemerkte er. »Aber es gibt nur einen Miles O'Brien.«

Wie sich herausstellte, war ihr Gast ein ausgesprochen geschickter Spieler. Natürlich nicht so gut wie O'Brien, aber besser, als Bashir erwartet hätte.

Und das war nicht der einzige Punkt, in dem Lopez den Arzt überraschte. Während sie spielten, stellte Bashir fest, daß der Wissenschaftsoffizier ein richtig netter Kerl war – und daß seine Eifersucht auf ihn völlig unbegründet gewesen war.

»Nun«, sagte Lopez, nachdem er beim zweiten Spiel in Folge Dritter geworden war, »wie es scheint, ist Chief O'Brien hier nicht der einzige Profi«, sagte er und klopfte Bashir auf die Schulter. »Auch Sie sind sehr gut, Doktor.«

Bashir lächelte. »Glauben Sie mir, ich hatte nur Glück.«

Lopez blickte sich mit einem verschmitzten Funkeln in den Augen um. »Was halten Sie davon, wenn wir das Spiel etwas interessanter gestalten würden?«

»Inwiefern?« fragte Bashir.

»Wir könnten zum Beispiel eine Wette auf den Ausgang abschließen«, sagte der Wissenschaftsoffizier. »Gleicher Einsatz für alle, und der Gewinner erhält alles.«

Dem Doktor war dieser Vorschlag nicht ganz geheuer. Schließlich war es nicht seine Gewohnheit, mit Freunden um Geld zu spielen. Im Grunde hatte er gar nicht viel für Glücksspiele übrig.

Offensichtlich ging es dem Chief genauso. »Ich weiß nicht«, erwiderte er unbehaglich. »Ich meine, normalerweise spiele ich nur zum Vergnügen.«

»Und eine Wette würde das Vergnügen erheblich steigern«, entgegnete Lopez. »Es sei denn, Sie haben das Gefühl, daß Ihr Geschick unter diesem Erfolgsdruck nachlassen würde.«

Anscheinend hatte er damit O'Briens schwachen Punkt gefunden – seinen Stolz. Der Chief lachte. »Ich soll unter Erfolgsdruck nachlassen?« fragte er. »Ich werde Ihnen zeigen, daß ich unter Druck zur Höchstform auflaufe!«

»Das will ich sehen!« erwiderte der Wissenschaftsoffizier. »Abgemacht. Ich setze einen Streifen Latinum.«

»Einen Streifen Latinum?« wiederholte O'Brien und zuckte leicht zusammen. »Das ist ein nicht unerheblicher Geldbetrag.«

Lopez kicherte. »Eine Wette ist uninteressant, wenn es nur um lächerliche Beträge geht«, erklärte er und wandte sich dann an Bashir. »Sind Sie dabei, Doktor?«

Bashir gefiel es nicht, in welche Richtung die Sache sich jetzt bewegte. Er hatte fast das Gefühl, daß Lopez ihm kaum eine andere Wahl ließ. Und dieses Gefühl brachte ihn auf einen unangenehmen Gedanken.

War Lopez möglicherweise ein Spieler? Ein Betrüger? Der sie bei den ersten Spielrunden in Sicherheit wiegte, um sie anschließend auszunehmen? Zu Anfang mit einem Streifen Latinum – und was dann?

Der Wissenschaftsoffizier lächelte. »Sie zögern, mein Freund. Das ist ein schlechtes Zeichen. Es bedeutet, daß Sie mir nicht vertrauen.«

Der Doktor errötete. »Das ist es nicht«, sagte er.

»Sie sind also dabei«, stellte Lopez fest. Dann wandte er sich an O'Brien – vielleicht eine Spur zu hastig. »Und Sie, Chief?«

Der Ire zuckte die Schultern. »Es scheint so«, erwiderte er.

»Gut«, sagte der Wissenschaftsoffizier. »Dann wollen wir es versuchen. Ein Spiel zu drei Runden?«

Bashir hatte das äußerst unangenehme Gefühl, daß er hereingelegt worden war. Er fühlte sich bereits um einen Streifen Latinum erleichtert.

In der ersten Runde waren die Ergebnisse genauso wie zuvor. O'Brien ging sofort in Führung, während sich Bashir und Lopez ein Kopf-an-Kopf-Rennen um den zweiten Platz lieferten. In der zweiten Runde baute der Chief seinen Vorsprung weiter aus. Und in der dritten Runde zog der Arzt am Wissenschaftsoffizier vorbei auf den zweiten Platz.

Lopez seufzte. »Ein gutes Spiel«, sagte er zu seinen neuen Spielkameraden. »Wie wäre es mit einem weiteren? Sagen wir, zum doppelten Einsatz?«

Der Arzt fluchte stumm. Die Angelegenheit entwickelte sich genauso, wie er befürchtet hatte. Sein unangenehmes Gefühl wurde noch unangenehmer.

»Ohne mich«, sagte Bashir. »Ich weiß, wann für mich Feierabend ist.«

Der Wissenschaftsoffizier warf ihm einen leicht enttäuschten Blick zu, bevor er sich an O'Brien wandte. »Wie es aussieht, sind nur noch Sie und ich im Spiel, Chief.«

Der Arzt hoffte, daß sein Freund genauso wie er aussteigen würde. Doch kurz darauf erkannte er, daß es nicht dazu kommen sollte. O'Brien lag die Rolle des Spielverderbers nicht. Und es war erst recht nicht sein Stil, Lopez durch eine Ablehnung den indirekten Vorwurf zu machen, er sei ein Gauner.

»Sieht ganz danach aus«, stimmte der Chief zu, wenn auch nur zögernd.

Der zweite Wettkampf verlief im Grunde genauso wie der erste. Natürlich konnte ihr Gast diesmal nicht Dritter werden, nachdem der Doktor ausgestiegen war. Trotzdem lag das Ergebnis des Wissenschaftsoffiziers nur um zehn Punkte unter dem des Chiefs.

»Verdammt!« fluchte er leise, als er seine Dartpfeile aus der Zielscheibe zog. »Jetzt schulde ich Ihnen noch zwei Streifen Latinum«, sagte er zu O'Brien.

Der Chief vollführte eine wegwerfende Handbewegung. »Hören Sie, Esteban, Sie schulden mir gar nichts. Vergessen wir die Sache einfach, einverstanden?«

Lopez schüttelte den Kopf. »Ich kneife nicht, Chief. Geben Sie mir noch eine Chance. Wir werden den Einsatz wieder verdoppeln. Das wären dann vier Streifen Latinum.«

O'Briens Lippen wurden zu einem dünnen Strich. Vier Streifen Latinum waren eine Menge Geld. Und obwohl er gut war, bestand immer die Möglichkeit, daß er irgendwann Pech hatte – oder ihr Gast unwahrscheinliches Glück.

Bashir starrte seinen Freund angestrengt an. *Tu es nicht!* dachte er. *Der Kerl will dich nur ausnehmen!*

Doch O'Briens Ehre ließ es einfach nicht zu, daß er jetzt einen Rückzieher machte. »Okay«, sagte er zu Lopez. »Vier Streifen.«

Inzwischen hatte das Spiel nichts mehr mit Vergnügen zu tun, wie Bashir feststellte, und zwar für keinen der Beteiligten. Es war jetzt ein verbissener Kampf und kein netter Zeitvertreib mehr, wie es ein freundliches Dartspiel eigentlich sein sollte.

Die erste Runde ging an Lopez. Der Chief hatte seinen ersten Wurf verpatzt und war dadurch ins Hintertreffen geraten. Und der Wissenschaftsoffizier nutzte diesen Vorteil aus, als er seine bislang beste Vorstellung ablieferte.

In der zweiten Runde jedoch lag O'Brien wieder vorn. Sein Mißerfolg in der ersten schien ihn angespornt zu haben, denn er plazierte alle Pfeile im Zentrum oder in der unmittelbaren Nähe. Auch Lopez schlug sich gut – sogar viel besser als in ihren vorherigen Spielen –, aber er war nicht gut genug.

Die dritte Runde würde alles entscheiden. Der Wissenschaftsoffizier wandte sich an O'Brien. »Wie fühlen Sie sich, Chief?«

O'Brien nickte. »Nicht schlecht. Und Sie?«

»Recht zuversichtlich, um offen zu sein«, sagte Lopez. »Und zwar so zuversichtlich, daß ich den Einsatz noch einmal verdoppeln möchte, wenn Sie den Mut dazu haben.«

Er lächelte, aber ohne jedes echte Gefühl. Es war das Lächeln einer Katze, dachte Bashir, die sich darauf freute, einer armen kleinen Maus den Garaus zu machen.

Der Chief wirkte angespannt und verhärmt. Er schluckte. »Wie Sie meinen«, sagte er schließlich zum Wissenschaftsoffizier.

Der Arzt zuckte innerlich zusammen. Acht Streifen Latinum? Sein Freund mußte sehr lange arbeiten, um so viel Geld zu verdienen.

Aber O'Brien hatte den Wetteinsatz bereits angenommen. Seine Miene war verbissen und angestrengt, als er auf die Zielscheibe starrte und seinen Dartpfeil in der Hand wog. Dann holte er aus und warf ihn aus dem Handgelenk, so daß er sich in der Luft überschlug.

Er landete auf halber Strecke zwischen dem Mittelpunkt und dem Rand der Scheibe. Kein schlechter Wurf, aber gewiß nicht der beste des Chiefs.

Der nächste Pfeil steckte ungefähr an derselben Stelle. Bashir sah, daß ein Schweißtropfen über O'Briens Wange lief. Dann warf er seinen dritten Pfeil – der genau ins Zentrum traf.

Doch er wußte jetzt, daß er Fehler machte. Bashir seufzte. Er konnte die Verzweiflung seines Freundes nachempfinden. Wie sollte er Keiko erklären, was geschehen war? Daß er ihre gesamten Ersparnisse und möglicherweise noch mehr verspielt hatte?

Dann war Lopez an der Reihe. Sein erster Pfeil landete in der Nähe von O'Briens drittem. Seine Mundwinkel verzogen sich zu einem Lächeln – was Bashir aufmerksam zur Kenntnis nahm.

Doch der zweite Pfeil des Wissenschaftsoffiziers war nicht so gut gezielt. Er hätte beinahe das Brett verfehlt, was dem Mann einen unterdrückten Fluch entlockte. Und sein dritter Wurf ging völlig daneben.

O'Brien hatte gewonnen. Bashir konnte sehen, wie der Chief vor Erleichterung ausatmete.

Lopez dagegen war blaß geworden. Seine Verzweiflung war geradezu fieberhaft. Zumindest für eine Weile. Doch dann kehrte allmählich die Farbe in sein Gesicht zurück, und er blickte zu O'Brien auf, um ihm eine Hand entgegenzustrecken.

»Wie es aussieht, haben Sie gewonnen«, bemerkte er mit klarer und ruhiger Stimme. »Ich werde veranlassen, daß Sie Ihren Gewinn erhalten.«

Der Chief schüttelte den Kopf. »Dazu besteht kein Grund«, sagte er mit Nachdruck. »Der Wettkampf allein war mir mehr wert als irgendeine Menge Latinum.«

Lopez war jedoch genauso hartnäckig. »Wie ich Ihnen schon sagte, Chief, ich kneife nicht«, erwiderte er. »Wir sehen uns. Wir auch«, setzte er an Bashir gewandt hinzu.

Der Arzt nickte, immer noch ein wenig benommen. Er blickte dem Wissenschaftsoffizier nach, wie er in der Menge verschwand, und drehte sich dann zu O'Brien um.

»Ich hätte schwören können, daß er Sie reinlegen wollte«, murmelte er.

Der Chief brachte die Andeutung eines Lächelns zuwege. »Ich auch«, sagte er. »Offenbar können wir beide in puncto Menschenkenntnis noch einiges dazulernen.« Er atmete einmal tief durch. »Natürlich kann ich nicht zulassen, daß er mir all das Latinum ausbezahlt.«

»Natürlich nicht«, stimmte der Arzt zu.

Er wollte es immer noch nicht glauben. Was war dieser Esteban Lopez für ein Mensch? Welcher Teufel hatte ihn geritten, die Einsätze so hochzutreiben ... obwohl er damit rechnen mußte, daß er verlieren würde?

Bashir schüttelte den Kopf. Es gab Dinge im Leben, die er niemals verstehen würde.

6

»Was man auf keinen Fall vergessen sollte«, sagte Kira, während sie mit dem Zeigefinger über die roten Linien der taktischen Anzeigen fuhr, »ist die Tatsache, daß die Cardassianer sich nicht daran stören, hier und dort ein paar Truppen zu verlieren, wenn die Aussicht besteht, daß sie letztlich den Sieg erringen.«

»Ich verstehe«, sagte Zar, der neben ihr in der Stationszentrale stand.

»Um genau zu sein«, fuhr sie fort, »würden sie sogar lieber ein paar Truppen als gar keine Truppen verlieren, weil …«

»Weil es so aussieht«, unterbrach Zar sie, »als wäre es kein harter Kampf gewesen, wenn sie ihn ohne Verluste überstehen.«

Kira blickte zu ihm auf und lächelte. »Richtig. Aber ich dachte, Sie wüßten gar nicht viel über die Cardassianer …«

»Das stimmt«, bestätigte er. »Aber ich kenne andere Völker, die ähnlich denken. Nach einer Weile erkennt man das zugrundeliegende Muster.«

Kira nickte. »Ja«, sagte sie, »es scheint so.«

Schließlich war Zar schon seit vielen Jahren taktischer Offizier. Er mußte sich einfach mit diesen Dingen auskennen.

Nach einer Weile setzte Kira ihr Studium der Darstellung fort. Wo war noch gleich dieses verdammte Ding?

»Ach ja«, rief sie kurz darauf. »Da ist es.«

Sie zeigte auf den cardassianischen Schildgenerator. Es war das einzige Exemplar, das auf diesem Monitor zu erkennen war, obwohl es elf weitere in der Station gab.

Der Bolianer verfolgte alles aufmerksam, indem er ihr über die Schulter blickte. »Und er ließ sich einfach umgehen?« fragte er. »Ganz automatisch?«

»Richtig«, antwortete sie. »Die Schildgeneratoren sind so ausgelegt, daß sie situationsbedingt Energie an sich ziehen können. Das Kriterium ist die zur Verteidigung notwendige Deflektorenergie. Wenn die Station also angegriffen wird und die Schilde unter, sagen wir, fünfundsiebzig Prozent Leistung fallen, dann ...«

»Dann wird Energie aus den weniger lebenswichtigen Bereichen abgezogen und ins Operationszentrum umgeleitet«, führte Zar den Gedanken zu Ende. »Wo sich natürlich die hochrangigen Offiziere konzentrieren.« Er deutete auf die Zentrale, in der sie sich befanden. »Die Schilde rings um das OPS erhalten wieder volle Energie, während andere Teile der Station ohne jede Verteidigung sind.«

»Genau.« Kira blickte sich zu ihm um. »Und wenn es an diesen ungeschützten Stellen zu einem Leck in der Außenhülle kommt, wird die Sektion durch interne Kraftfelder abgeschirmt, damit das OPS die Atmosphäre nicht verliert.«

Der Bolianer brummte. »Sie haben klare Prioritäten gesetzt, das muß man den Cardassianern lassen.«

»Auch wenn sie grausam erscheinen mögen«, fügte die Bajoranerin hinzu. »Insbesondere wenn man nicht zu den wenigen Glücklichen gehörte, die in der Zentrale arbeiten durften.«

Zar brummte erneut. »Und all das haben Sie herausgefunden, als Sie die Kontrolle dieser Station übernahmen?« fragte er.

»Nicht ich«, entgegnete Kira. »Im Widerstand haben

wir cardassianische Strategie studiert, bis sie uns wieder zu den Ohren herauskam.«

»Im Widerstand?« fragte er.

Sie erkannte eine Mischung aus Bewunderung und Mitleid in seinen Augen. Aber es störte sie nicht sehr, weil sie diesen Blick schon des öfteren gesehen hatte.

»Ich gehörte zu Shakaars Zelle«, teilte sie ihm mit. »Wir waren besser vorbereitet als andere Gruppen.«

Zar kniff ein wenig die Augen zusammen. »Das ist nicht zufällig derselbe Shakaar, der jetzt Premierminister von Bajor ist?« wollte er wissen.

Kira nickte. »Genau der.«

Er lächelte. »Dann befinde ich mich in der Tat in vornehmer Gesellschaft«, bemerkte er. »Zumindest ist sie vornehmer, als ich erwartet hatte.«

Die Ironie in seinen Worten entging ihr nicht. Es hatte eine Zeit gegeben, in der sie nicht damit gerechnet hatte, sich jemals wieder in Gesellschaft zu befinden, ganz zu schweigen von vornehmer.

»Es tut mir leid«, entschuldigte sich der Bolianer zu ihrer Überraschung. »Offenbar habe ich schmerzhafte Erinnerungen geweckt.«

Major Kira wurde bewußt, daß sie mit gerunzelter Stirn ins Leere starrte. Sie lachte verlegen und schüttelte den Kopf.

»Es muß Ihnen nicht leid tun«, erwiderte sie. »Es ist nicht Ihre Schuld, daß sie schmerzhaft sind.«

Zar schien nach Worten zu suchen, mit denen er die Situation entspannen konnte. Doch dann sagte er nur: »Auch ich habe einige schreckliche Dinge erlebt.«

Kira betrachtete ihn und fragte sich, welche Erfahrungen er gemacht haben mochte, daß er sie in einem Atemzug mit dem Elend erwähnen konnte, das sie durch cardassianische Hände hatte erdulden müssen.

Dann erinnerte sie sich. Die *Saratoga*. Natürlich!

»Ja«, bestätigte die Bajoranerin. »Ich glaube, daß es schrecklich war.«

Zars Augen blickten plötzlich in weite Ferne. Es war, als würde er wieder das Borg-Schiff vor sich sehen.

Kira hatte auf einmal das Bedürfnis, seinen Schmerz zu lindern, wie er es zuvor bei ihr versucht hatte. Sie überlegte sich genau, was sie als nächstes sagte.

»Ich habe davon gehört«, begann sie, »aber ich kenne längst nicht alle Einzelheiten. Außer daß Sie Captain Sisko das Leben gerettet haben.«

Der Bolianer zuckte die Schultern. »Wie soll ich es erklären? In einer solchen Situation denkt man nicht mehr nach. Man handelt einfach.« Er zuckte zusammen. »Jennifer – die Frau des Captains – war bereits tot, genauso wie viele andere. Das Schiff war nur noch ein rauchender Trümmerhaufen. Und die Borg setzten ihren Angriff fort. Sie wollten auf jeden Fall zu Ende führen, was sie begonnen hatten.«

»Sie wollten die *Saratoga* vernichten«, warf Kira ein.

Zar nickte. »Der Warpkern war beschädigt. Es ging nur um die Frage, wer uns zuerst erwischen würde – der Feind oder das dem Untergang geweihte Schiff. Wenn es nach unserem Freund Benjamin gegangen wäre – der völlig am Boden zerstört war –, wäre er bei seiner Frau zurückgeblieben. Er hätte an den verkohlten und verbogenen Trümmern gezerrt, unter denen sie lag, bis es zu spät gewesen wäre. Dann wäre Jake jetzt ein Vollwaise.«

Er atmete einmal tief durch, bevor er weitersprach. »Letztlich gab dieser Punkt für mich den Ausschlag. Ich habe sehr viel für Jake übrig, wie Sie vielleicht bemerkt haben. Es war schlimm genug, daß er bereits seine Mutter verloren hatte. Ich konnte nicht zulassen, daß ihm auch noch der Vater genommen wurde.«

»Also haben sie ihn von ihr weggezerrt«, sagte Kira.

»Ja«, sagte der Bolianer, während seine Augenmuskeln zuckten. Doch sein Tonfall blieb verhältnismäßig ruhig. »Ich übergab Jake einem Sicherheitswächter, nahm all meine Kraft zusammen und packte meinen Freund. Dann zerrte ich ihn durch den zertrümmerten Korridor, in Richtung der Rettungskapseln.« Er schüttelte den Kopf, als er sich an diese Szenen erinnerte. »Ich muß wohl nicht erwähnen, daß er sich wie ein Wahnsinniger gegen mich wehrte. Er versuchte sich loszureißen, obwohl seine Hände bereits blutig und verbrannt waren. Er wollte einfach nicht wahrhaben, daß er seiner Frau nicht mehr helfen konnte. Und er schrie ...«

Plötzlich unterbrach sich Zar. Als er mit der Erzählung fortfuhr, war eine Beklemmung in seiner Stimme, die vorher nicht dagewesen war.

»Er schrie, bis er heiser war«, sagte der Bolianer. »Er flehte mich an, Jennifer dort herauszuholen. Aber ich war nicht bereit, ihm nachzugeben. Ich habe um jeden Zentimeter gekämpft, bis wir die Rettungskapseln erreichten. Und mit meiner letzten Kraft habe ich ihn hineingestoßen.«

Kira wußte, daß Bolianer stärker als Menschen waren. In diesem Fall war es ein Glück, weil Zar sonst sein Ziel vielleicht nicht erreicht hätte.

In diesem Augenblick wandte er sich ihr zu. »Andererseits hat dieser Mann *mir* öfter das Leben gerettet, als ich nachzählen kann«, fügte er hinzu.

»Ich verstehe«, erwiderte sie und legte eine Hand auf seine Schulter. »Aber dadurch wird Ihre Tat nicht weniger heldenhaft. Oder unwichtiger für jene, die ihn später kennengelernt haben.«

Zars Miene heiterte sich wieder auf. »Wenn Sie meinen. Und vielen Dank, Major.«

»Wofür?« fragte sie.

Jetzt lächelte er. »Daß Sie mir zugehört haben.«

Sie zuckte die Schultern. »Kommen Sie mit«, sagte sie und nahm seinen Arm. »Ich werde Ihnen einen dieser

Generatoren zeigen – beziehungsweise das, was noch davon übrig ist. Die Cardassianer haben das System sabotiert, bevor sie die Station an uns übergaben.«

Und ohne ein weiteres Wort drängte sie ihn in den Turbolift.

Odo saß an seinem Schreibtisch und ging die übliche Sammlung der neuesten Sicherheitskommuniqués von Starfleet durch, als er durch die transparenten Türflügel seines Büros sah, daß sich ein Besucher näherte. Er erkannte den Mann als Aidan Thorn, einen der Kollegen des Captains von der *Saratoga.*

Der Gestaltwandler runzelte die Stirn. Einige der anderen Offiziere hatten Siskos Bitte erfüllt, seine Freunde in der Station herumführen. Doch Odo war dazu viel zu beschäftigt. Er war der Sicherheitsoffizier von *Deep Space Nine* und kein Fremdenführer.

Die Tür öffnete sich, um den Mann einzulassen. *Wenn ich ihn ignoriere,* überlegte Odo, *verschwindet er vielleicht wieder.*

Doch es kam anders. Thorn marschierte direkt zum Tisch des Constable, als wäre er hier zu Hause, und beugte sich darüber, um Odos Aufmerksamkeit auf sich zu lenken.

»Constable?« sagte er und benutzte einen Begriff, den Odo für sich akzeptiert hatte – sofern er nicht von einem völlig Fremden geäußert wurde.

Ohne sich von seinem Platz zu erheben, blickte er zum Menschen auf. »Kann ich Ihnen helfen?« fragte er sachlich zurück.

»Ich dachte nur, ich schaue mal bei Ihnen vorbei«, sagte Thorn, während sich sein goldbrauner Bart zu einem Grinsen verzog. »Schließlich arbeiten wir als Sicherheitsleute auf demselben Gebiet. Und ich bin noch nie einem …« Er zuckte die Schultern. »Sie wissen schon.«

»Einem Gestaltwandler begegnet, wollten Sie sagen?« half Odo ihm aus. »Sie dürfen es ruhig sagen. Es ist kein Schimpfwort – zumindest nicht auf dieser Station.«

»Das wollte ich damit keineswegs andeuten«, erwiderte Thorn.

Er schien verstanden zu haben, daß er hier nicht willkommen war. Das war ein hoffnungsvolles Zeichen, dachte der Gestaltwandler. Vielleicht würde er die zwingende Schlußfolgerung daraus ziehen und wieder verschwinden.

»Hm«, machte Thorn. »Irgendwie scheinen wir einen ungünstigen Moment erwischt zu haben. Vielleicht sollte ich besser ein andermal wiederkommen.«

»Vielleicht«, stimmte Odo ihm zu.

Der große Mann wandte sich zum Gehen. Doch dann hielt er inne und blickte sich noch einmal über die Schulter um. »Fast hätte ich es vergessen«, sagte er, »Tarl Posset läßt Sie grüßen.« Dann setzte er seinen Weg zum Ausgang fort.

Tarl Posset? »Einen Augenblick«, rief der Gestaltwandler.

Thorn drehte sich wieder herum. Sein Gesichtsausdruck war ein einziges großes Fragezeichen.

»Woher kennen Sie Tarl Posset?« fragte Odo.

Der Mensch zuckte die Schultern. »Das ist eine lange Geschichte, die bis in unsere gemeinsame Akademiezeit zurückreicht. Doch richtige Freunde wurden wir erst während unserer Dienstzeit auf Butera Fünf. Sie wissen schon, das Dilithium-Verarbeitungszentrum.«

»Ja«, sagte Odo. »Er hat es mir gegenüber gelegentlich erwähnt.« Er zögerte eine Weile, dann deutete er auf den leeren Stuhl vor seinem Schreibtisch. »Bitte, setzen Sie sich.«

Thorn blickte ihn zweifelnd an. »Sind Sie sicher?«

Der Gestaltwandler nickte. »Absolut.«

Der Mensch setzte sich. »Sie haben hier ein nettes

Büro. Obwohl ich zugeben muß, daß mir die Innenarchitektur der Föderation besser als die der Cardassianer gefällt. Aber so schlimm ist es eigentlich gar nicht.«

»Es erfüllt seinen Zweck«, sagte Odo. »Das ist alles, was für mich zählt.«

»Mir ist klar, warum Sie sich ganz gut mit Tarl verstehen«, bemerkte Thorn. »Er hat nämlich die gleiche Einstellung. Das Aussehen ist nicht so wichtig, solange es funktioniert. Hauptsache, er kann seine Arbeit erledigen.«

»Und Sie?« wollte der Gestaltwandler wissen.

Der große Mann lächelte. »Ich stelle gewisse ästhetische Ansprüche«, gab er zu. »Obwohl ich längst nicht so anspruchsvoll wie beispielsweise Joe Simko bin.«

Odo brummte unwillig. »Joe Simko kennen Sie also auch?«

Thorn nickte. »Ihn habe ich ebenfalls an der Akademie kennengelernt. Nur daß Joe und ich uns auf Anhieb verstanden haben. Natürlich sehen wir uns seltener, als mir lieb ist, aber wir versuchen in Verbindung zu bleiben.«

Der Constable lehnte sich in seinem Sitz zurück. »Wenn Sie sowohl Tarl als auch Joe kennen, dürfte Ihnen auch bekannt sein, wieviel ich den beiden zu verdanken habe. Wie ich versucht habe, als diese Station unter die Verwaltung der Föderation gestellt wurde, mit Sicherheitspersonal von anderen Stationen Kontakt aufzunehmen – ohne viel Erfolg.«

»Das habe ich gehört«, gab der große Mann zu. »Die beiden waren die einzigen, die Ihnen unter die Arme greifen wollten – und heute sind sie froh darüber, es getan zu haben. Wie mir zu Ohren gekommen ist, haben sie mehr Informationen erhalten, als sie weitergegeben haben. Zumindest auf lange Sicht.«

Odo schnaufte. »Ja, das könnte sein.« Er neigte den Kopf. »Und wo haben Sie außerdem gearbeitet, Mr.

Thorn? Abgesehen von der *Gorkon* und der *Saratoga*? Und der Dilithiumfabrik auf Butera Fünf?«

»An verschiedenen Orten«, antwortete Thorn und zählte sie auf. »Ich habe den Job wahrscheinlich häufiger gewechselt, als für die Karriere gut war. Aber ich neige dazu, meine Vorgesetzten recht schnell zu verschleißen.«

»Oh«, sagte der Gestaltwandler. »Und warum?«

Der Mensch grinste. »Ich habe meine Marotten«, gestand er. »Ich erledige bestimmte Dinge auf meine Art. Und anscheinend ist darüber nicht jeder der gleichen Ansicht wie ich. Aber ich finde, daß die Arbeit an erster Stelle kommt. Wenn ich mein Schiff und meine Besatzungskollegen vor Schaden bewahren konnte, habe ich meine Aufgabe erfüllt. Es schert mich nicht, was gewisse Leute anschließend von mir halten.«

»Ich verstehe«, sagte Odo.

Vielleicht hatten er und Thorn mehr miteinander gemeinsam, als er zu Anfang gedacht hatte. Und zwar nicht nur, was die Wahl ihrer Freunde betraf.

Sie unterhielten sich noch eine Weile über Sicherheitstechnik und Bajor und sogar über Captain Sisko. Und Odo stellte fest, daß es ihn nicht im geringsten störte. Im Gegenteil, es war ein recht angenehmes Gespräch.

»Wie dem auch sei«, sagte der große Mann schließlich. »Ich sollte mich wieder auf den Weg machen. Es war nett, Sie kennengelernt zu haben, Constable.«

Der Gestaltwandler erhob sich. »Mir geht es genauso, Mr. Thorn.«

»Aidan«, erwiderte der Mensch.

»Aidan«, wiederholte Odo. »Und bitte ... fühlen Sie sich hier jederzeit willkommen.«

Thorn versprach, daß er dieses Angebot in Anspruch nehmen würde. Dann ging er.

Der Gestaltwandler brummte. Wie lautete noch gleich diese Redensart der Menschen? Ach ja.

In einer rauhen Schale steckt oft ein weicher Kern. Allmählich erkannte er die Weisheit in diesen Worten.

Während seiner ersten Zeit in *Deep Space Nine* hatte Sisko sich fast jeden Abend auf der Promenade aufgehalten, manchmal bis tief in die Nacht. Er hatte aus den großen Aussichtsfenstern auf die majestätischen Sterne gestarrt und sich verzweifelt gefragt, was jemand wie er an einem solchen Ort verloren hatte.

Zu dieser nächtlichen Stunde war es hier menschenleer. Nicht einmal Odo war in der Nähe – soweit der Captain wußte. Und Sisko war froh darüber. Schließlich konnte er die Antworten auf seine Fragen nur in sich selbst finden.

Natürlich hatte er mit der Zeit einige Antworten gefunden. Er hatte sein Gleichgewicht zurückgewonnen und wußte nun wieder, wofür er lebte. Er hatte das Gefühl entwickelt, daß diese Station mit all ihren Problemen und Gefahren sein neues Zuhause geworden war.

Und an diesem Tag der Erkenntnis hatte er damit aufgehört, sich nachts auf der Promenade herumzutreiben.

Bis jetzt, dachte er, während er über die obere Ebene spazierte und auf die fernen, kalten Sterne blickte. Doch im Grund überraschte es ihn nicht, daß er in dieser Nacht nicht schlafen konnte.

Morgen würden er und seine ehemaligen Kameraden zu den Werften im Orbit um den Mars aufbrechen. Wieder einmal würde er mit seiner Vergangenheit konfrontiert. Und obwohl er sich gefreut hatte, Zar und die anderen wiederzusehen, wußte er immer noch nicht genau, wie er auf den Anblick einer nagelneuen *Saratoga* reagieren würde.

»Captain Sisko?«

Er drehte sich um, als er die weibliche Stimme hörte. Am anderen Ende der Galerie entdeckte er die schlanke Gestalt von Counselor Barnes.

Die Frau lächelte, als sie näher kam. Es war ein gutes Lächeln. Viel ansprechender als ihr flüchtiger, mißlungener Versuch während ihrer Ankunft.

»Was führt Sie zu dieser nächtlichen Stunde hierher?« fragte er sie.

Natürlich wußte er bereits, wie die Antwort lauten würde. Aber er wollte auf jeden Fall höflich zu ihr sein.

Barnes zuckte die Schultern. »Vermutlich ist es eine Art Unruhe. Ich habe mich so ... eingesperrt gefühlt.« Sie hielt inne. »Und Sie?«

»Mir geht es genauso«, sagte er. »Mehr oder weniger.«

Ihr Lächeln verblaßte ein wenig. »Sie machen den Eindruck, als wären Sie jetzt am liebsten allein. Vielleicht sollte ich mich wieder verziehen.« Sie wandte sich zum Gehen.

»Nein«, rief er, ohne darüber nachzudenken. Er war selbst überrascht, daß er es gesagt hatte.

Die Counselor drehte sich wieder zu ihm um. »Sind Sie sicher?« fragte sie. »Ich möchte mich keineswegs aufdrängen.«

Sisko schüttelte den Kopf. »Keine Sorge. Wirklich nicht.«

Barnes blickte ihm in die Augen, um sich zu vergewissern. »Also gut«, sagte sie schließlich. »Wenn Sie sicher sind.«

Als er seinen Spaziergang fortsetzte, folgte sie ihm. Eine Zeitlang gingen sie schweigend nebeneinander, doch dem Captain war die Stille in keiner Weise unangenehm.

Er begann zu verstehen, warum Kyprios so große Stücke auf seine Counselor hielt. Barnes strahlte eine Ruhe aus, die er zuvor nicht an ihr bemerkt hatte. Sie gab einem das Gefühl der Harmonie – nicht nur mit ihr, sondern auch mit einem selbst.

»Die Sterne sind hübsch«, bemerkte sie.

Er nickte. »Ja, das sind sie. Aber ich kann mich erinnern, daß sie eigentlich überall hübsch sind.«

Sie schien einen Moment darüber nachzudenken. »Ich denke«, erwiderte sie, »sie sind es immer dann, wenn man sich die Zeit nimmt, sie zu betrachten. Aber an Bord eines Schiffes kommt man selten dazu. Man ist immer irgendwohin unterwegs.«

Sisko verstand, was sie meinte. »Dort sieht man nur Lichtspuren. Gar nicht die eigentlichen Sterne, sondern einen Nebeneffekt der Warpgeschwindigkeit.«

»Genau«, sagte die Counselor. »Wenn unsere Vorfahren zum Himmel aufschauten, sahen sie keine Lichtspuren oder Warp-Effekte, sondern makellose kleine Juwelen.«

Er mußte zugeben, daß er es noch nie auf diese Weise betrachtet hatte, was er ihr sagte.

»Ich auch nicht«, räumte Barnes ein und lächelte über diese Erkenntnis. »Zumindest bis jetzt nicht.«

Er grinste ebenfalls. Er konnte nicht anders. Die Gelassenheit der Frau hatte etwas Ansteckendes.

»Und was«, sprach sie schließlich weiter, »sehen Sie in diesen Sternen? Welche Zukunft verheißen sie für Benjamin Sisko?«

Er blicke sie an. »Was ich mir erhoffe, wollen Sie wissen?« Er holte tief Luft und atmete langsam wieder aus. »Ich glaube nicht, daß ich sehr weit vorausdenke. Im Augenblick gibt es mehr als genügend in der Gegenwart zu tun. Ich kann mir nicht vorstellen, daß ich in absehbarer Zeit meine Wirkungsstätte verlege.« Er machte eine kurze Pause. »Und Sie?«

Barnes lachte, als hätte er auf einen Insiderwitz angespielt. »Wenn Sie Captain Kyprios fragen, wird er Ihnen sagen, daß ich mich immer nur dort aufhalten werde, wo sich die *Endeavour* gerade befindet.«

»Aber Sie selbst sind sich nicht so sicher«, stellte Sisko fest.

»Ganz und gar nicht«, bestätigte sie. »Ich habe das Gefühl, daß ich meinen Platz in der Ordnung der Welt noch nicht gefunden habe.«

»Aha?« entgegnete er.

»Verstehen Sie mich nicht falsch«, sagte die Counselor. »Meine bisherige Zeit auf der *Endeavour* war eine wunderbare Erfahrung, und ich habe sehr viel von Captain Kyprios gelernt. Aber es ist nicht das, womit ich den Rest meines Lebens verbringen möchte.«

Als sie zu ihm aufblickte, nachdem sie sich so mühelos einem praktisch wildfremden Menschen geöffnet hatte, mußte der Captain insgeheim ihren Mut bewundern. Und es war nicht das einzige, was er an ihr bewunderte.

In ihren Augen war ein Leuchten, das er zuvor noch nie bemerkt hatte. Es war nicht nur die Reflexion des Sternenlichts, das durch die Aussichtsfenster hereindrang. Dieses Licht kam von innen.

Sisko empfand eine unverhoffte Sympathie für sie. Doch er war sich nicht sicher, ob er sie als Menschen oder als Frau bewunderte.

Aber er war nicht gewillt, der Sache genauer auf den Grund zu gehen. Er hatte bereits eine gute Beziehung zu Kasidy Yates aufgebaut, und er war nicht der Typ von Mann, der von einer Affäre zur nächsten sprang.

Plötzlich erklang eine vertraute Stimme auf der Promenade. »Dad?«

Der Captain sah, wie sein Sohn über die Treppe von der unteren Ebene heraufkam. Seine erste Reaktion war die eines Vaters – er fragte sich, was Jake so spät hier machte.

»Ich weiß«, sagte der Junge, als er am Ende der Treppe anhielt. »Ich sollte schon längst im Bett sein.« Er warf Counselor Barnes einen kurzen Blick zu. »Du kannst mir glauben, daß ich nur wegen einer wichtigen Sache gekommen bin. Es geht um Admiral Pardee.«

Sisko spürte, wie sein Gesicht blutleer wurde. »Admiral Pardee«, wiederholte er dumpf und seufzte dann.

Die Berichte des Geheimdienstes über die Handelsrouten des Dominion im Gamma-Quadranten. Bei all der Aufregung über das Wiedersehen mit seinen alten Freunden hatte er die Angelegenheit völlig vergessen. Er hätte den Bericht schon vor zwei Tagen abschicken sollen.

»Der Admiral wollte sich nicht vertrösten lassen«, erklärte Jake. »Er wollte sofort mit dir sprechen, aber ich habe ihm gesagt, daß du dich in einem Teil der Station befindest, wo du nicht erreichbar bist.«

Sisko nickte anerkennend. »Danke, Jake.«

»Gibt es Probleme?« fragte Barnes.

»Nichts Weltbewegendes«, erwiderte der Captain. »Nur einen bürokratischen Vorgang, den ich viel zu lange aufgeschoben habe. Und bedauerlicherweise kann die Sache nicht warten, bis ich von Utopia Planitia zurückgekehrt bin.«

Er zuckte die Schultern. Wie es schien, hatte ihr Spaziergang ein jähes Ende gefunden.

»Das geht schon in Ordnung«, versicherte die Counselor ihm. »Ich bin ohnehin müde, und wir haben noch eine lange Reise vor uns. Gute Nacht, Captain Sisko.«

Sisko verneigte den Kopf. »Gute Nacht, Counselor Barnes.«

Er blickte ihr nach, als sie sich umdrehte und den Weg zurückging, den sie gekommen war. Mit einem Stirnrunzeln ging er mit seinem Sohn zur Treppe und stieg hinunter.

»Ich habe euch hoffentlich nicht bei etwas Wichtigem unterbrochen«, sagte der Junge.

Der Captain warf ihm einen Blick zu. »Ich habe nicht die Absicht, eine Romanze mit der Counselor zu beginnen, falls du etwas Derartiges andeuten willst. Sie ist nur eine Kollegin.«

Jake lächelte. »Wenn du es sagst, Dad.«

Sisko war sich nicht sicher, aber er glaubte eine Spur von Skepsis in der Stimme seines Sohnes zu bemerken. »Was soll das heißen?«

Sein Sohn zuckte die Schultern. »Nichts, Dad. Wirklich gar nichts.«

Der Captain wollte der Sache zunächst auf den Grund gehen, entschied sich dann jedoch dagegen. Wenn hinter seinem Verhalten gegenüber Barnes mehr als Freundschaft steckte, dann wollte er es gar nicht wissen.

Verdammt, das Leben war ohnehin schon kompliziert genug. Das letzte, was er jetzt gebrauchen konnte, wäre eine Affäre mit *zwei* Frauen.

7

Kira stand in der Zentrale und beobachtete, wie Sisko in den Lift trat, dicht gefolgt von O'Brien und Dax. Nachdem alle in der Kabine waren, drehte sich der Captain noch einmal zu ihr um.

»Ich wünsche Ihnen viel Vergnügen«, sagte sie zu ihm.

Sisko bedachte sie mit einem Blick, der ihr verriet, daß er es versuchen wollte, obwohl er in dieser Hinsicht Zweifel hegte. Dann drückte er auf die Kontrollen, um den Lift in Bewegung zu setzen. Kurz darauf fuhren die drei zur Andockebene hinunter.

Das letzte, was Kira von ihnen sah, war Dax' Lächeln – womit die Trill ihrer Freundin zu verstehen gab, daß sie gut auf ihren Vorgesetzten achtgeben würde. Doch im Grunde zweifelte die Bajoranerin ohnehin nicht daran.

Nachdem sie nicht mehr zu sehen waren, drehte Kira sich um und musterte das OPS-Personal. Obwohl außer ihr niemand von der Stammbesatzung anwesend war, wußte sie, daß sie sich auf die Leute verlassen konnte. Sie rechnete nicht damit, daß es mit ihnen zu Problemen kam.

Im Grunde rechnete sie überhaupt nicht mit irgendwelchen Problemen, aber es konnte nicht schaden, auf alle Fälle vorbereitet zu sein. Daher wies sie die Leute an, einen Diagnose-Check der Stufe 1 für alle Hauptsysteme durchzuführen. Nur für alle Fälle.

Sie waren kaum damit fertig, als eine Bajoranerin den Kopf hob. »Die *Defiant* ist startbereit«, meldete sie.

»Andockklammern lösen«, befahl Kira.

»Klammern gelöst«, bestätigte die Frau.

»Traktorkontakt unterbrechen.«

»Kontakt unterbrochen.«

Unvermittelt wurde der cardassianische Sichtschirm auf der Vorderseite des OPS aktiviert und zeigte Siskos Bild. Der Captain blickte sehr ernst – viel zu ernst. Dies war schließlich nur eine Art Ausflug und kein Selbstmordkommando.

Sisko runzelte die Stirn. »Die Station gehört Ihnen, Major.«

Kira lächelte. »Nur bis Sie wieder da sind, Captain.«

Der Gesichtsausdruck des Captains wurde noch ernster. Ohne ein weiteres Wort unterbrach er die Verbindung. Der Bildschirm zeigte nun die *Defiant,* die sich vom Andockplatz löste und dann mit Hilfe der Manövrierdüsen von der Station entfernte.

Die Bajoranerin schüttelte den Kopf. In gewisser Weise war sie froh, daß Sisko sie nicht mitgenommen hatte. Hier würde mit Sicherheit eine fröhlichere Atmosphäre herrschen als in der Umgebung des Captains, dachte sie.

Eigentlich hätte Sisko auch auf Dax und O'Brien verzichten können. Schließlich waren mehrere seiner früheren Kollegen erfahrene Piloten. Und mit Graal hatten sie sogar einen fähigen Ingenieur an Bord.

Doch der Captain hatte darauf bestanden, Leute mitzunehmen, die mit den Eigenarten der *Defiant* vertraut waren. Deshalb waren Dax und O'Brien an Bord. Und obwohl Kira zweifellos genauso qualifiziert war wie die anderen beiden, war sie auch der Erste Offizier und damit die Person, die am besten geeignet war, die Station während Siskos Abwesenheit zu führen.

Als sie zusah, wie die *Defiant* auf Impulsantrieb ging

und vor dem Sternenhintergrund schrumpfte, wurde der Major an einen anderen Abflug erinnert, an dem sie ein großes Interesse hatte. Wenn sie sich nicht täuschte, würde auch Quarks Schiff in Kürze die Starterlaubnis anfordern.

Da sie den Ferengi kannte, beschloß sie, sich persönlich darum zu kümmern. Wenn für ihre Freunde in Karvis soviel auf dem Spiel stand, wollte sie vermeiden, daß es in letzter Minute zu irgendwelchen Zwischenfällen kam.

Sie blieb noch etwa fünfzehn Minuten auf ihrem Posten, bis sie davon überzeugt war, daß nichts mehr anlag, das ihre Anwesenheit unbedingt erforderte. Dann machte sie sich auf den Weg zu Quarks Bar.

Sie hatte kaum die Promenade erreicht, als ihr auch schon Rom über den Weg lief. Sie wäre beinahe mit ihm zusammengestoßen.

Der Ferengi blickte zu ihr auf, die Augen vor Bestürzung weit aufgerissen, die Hände zu kleinen Fäusten geballt. Er wirkte, als hätte jemand seinen letzten Barren in Gold gepreßtes Latinum gestohlen.

»Major!« rief Rom. »Ich bin so froh, Sie zu sehen. Es ist etwas geschehen – etwas Schreckliches!«

Kira seufzte. »Was gibt es, Rom? Ist eine Holokammer kaputt? Oder sind Ihnen wieder diese kleinen Salznüsse ausgegangen, die Morn so schätzt?«

»Nein«, stöhnte der Ferengi. »Es ist noch viel schlimmer. Mein Bruder ist in … in ein Koma oder etwas Ähnliches gefallen!«

Die Bajoranerin fühlte sich plötzlich, als hätte sie einen Phaserschuß in den Bauch erhalten. Sie starrte Rom entgeistert an.

»Ich möchte, daß Sie das noch einmal wiederholen«, sagte Kira, während sie ihre Gefühle zu beherrschen versuchte. »Und zwar ganz langsam.«

»Es geht um meinen Bruder, wie ich schon sagte«,

jammerte Rom. »Er ... er ist in Ohnmacht gefallen, als er gerade zu seinem Treffen mit Fel Jangor aufbrechen wollte. Und ich konnte ihn nicht wieder zu Bewußtsein bringen.« Der Ferengi rang die Hände. »Sie müssen etwas tun, Major!«

Kira fluchte unterdrückt. Das klang nicht gut. Sie tippte auf ihren Kommunikator und blickte unwillkürlich zum Interkomsystem der Station hinauf.

»Kira an Dr. Bashir.«

Es dauerte nur einen kurzen Moment, bis der Arzt antwortete. »Ja, Major. Was kann ich für Sie tun?«

»Es geht um Quark«, kam ihr der Ferengi zuvor, der sich nicht mehr zurückhalten konnte. »Er ist in eine Art Koma gefallen.«

»Rom zieht möglicherweise voreilige Schlüsse«, bemerkte der Major. »Aber es scheint tatsächlich etwas nicht in Ordnung zu sein. Ich erwarte Sie in Quarks Privaträumen.«

»Bestätigt«, sagte Bashir.

Als Kira sich auf den Weg machte, lief Quarks Bruder neben ihr her, wobei er Mühe hatte, mit ihr Schritt zu halten. »Glauben Sie, daß er einen dauerhaften Schaden davontragen wird?« fragte er.

Die Bajoranerin brummte unwillig. »Nur wenn er den Anfall vorgetäuscht hat«, erwiderte sie.

Sie brauchten nicht lange, um die Quartiere der Ferengi zu erreichen und um mit Roms Hilfe Quarks vielfältige Sicherheitssysteme zu umgehen.

»Quark sagt immer, daß man heutzutage niemandem mehr trauen kann«, bemerkte Rom, als sich die Tür zu den Räumen seines Bruders öffnete. »Seiner Ansicht nach wäre so etwas ein bodenloser Leichtsinn.«

»Wo ist er?« fragte Kira, ohne darauf einzugehen.

»Hier entlang«, sagte Rom und huschte an ihr vorbei zum weiter hinten gelegenen Raum, der offenbar Quarks Schlafzimmer darstellte.

Als sie dem Ferengi folgte, bemerkte der Major zwei Schuhe, die vor einer offenen Tür im Korridor lagen. Erst als sie näher herankam, wurde ihr klar, daß Quarks Füße noch darin steckten. Er lag am Boden, als hätte ein wutentbrannter Gast ihn mit einem kräftigen Schlag niedergestreckt.

Aber es gab einen entscheidenden Unterschied. Wenn Quark niedergeschlagen worden wäre, hätte er nicht diese rötlichen Pusteln auf dem ganzen Gesicht gehabt.

Rom keuchte entsetzt auf. »Diese Flecken«, brachte er hervor. »Sie waren vorher noch nicht da, Major.«

Kira ging neben dem bewußtlosen Ferengi in die Knie und lockerte seinen Brokatkragen. Quarks Gesicht fühlte sich kühl und feucht an. Doch dann fiel ihr ein, daß seine Haut sich fast immer so anfühlte. Auf jeden Fall hatte er immer noch einen guten, kräftigen Pulsschlag.

Rom blickte ihr über die Schulter. »Wissen Sie«, sagte er, »wenn ich es nicht besser wüßte, würde ich sagen, daß das *Gruw'r*-Pickel sind.«

Der Major drehte sich zu ihm herum. »*Gruw'r*-Pickel?« wiederholte sie. »Und was im Namen der Propheten soll das sein?«

»Eigentlich ist es ganz einfach«, erklärte Bashir. »*Gruw'r*-Pickel bekommt man, wenn man *Gruw'r* hat, eine keineswegs ungewöhnliche Kinderkrankheit der Ferengi, ähnlich wie Mumps oder Windpocken, die früher auf der Erde genauso normal waren.«

Er untersuchte Quark in der Krankenstation, nachdem der bewußtlose Ferengi mit Hilfe von Kira, Rom und anderem Stationspersonal hergeschafft worden war. Es hatte nicht lange gedauert, bis der Doktor seine Tests abgeschlossen hatte – und bis er wußte, was Quark fehlte.

»Also hat Quark jetzt diese Kinderkrankheit bekommen«, faßte Kira zusammen. »*Gruw'r.*«

Der Doktor sah sich über die Schulter zu Quark um und nickte. »Ja. Natürlich erkrankt die große Mehrheit der Ferengi daran, bevor sie das Alter von neun Jahren erreicht hat. Danach haben sie keine Probleme mehr damit. Bei Quark jedoch scheint sich die Sache anders zu verhalten.«

»Das ist richtig«, bestätigte Rom, nachdem er sein Gedächtnis bemüht hatte. »Ich habe *Gruw'r* bekommen, als ich sechs war. Aber Quark hat sich aus irgendeinem Grund niemals damit angesteckt.«

»Das kommt bei manchen Ferengi vor«, erklärte Bashir. »Sie besitzen eine natürliche Immunität gegen *Gruw'r.* Doch im Laufe der Jahre kann diese Immunität nachlassen. Das ist offensichtlich mit unserem Freund hier geschehen. Er hat seine Immunität verloren.«

Quarks Bruder seufzte. »Also ist er mit jemandem in Kontakt gekommen, der diese Krankheit hat, und dann ...«

»Dann hat es ihn voll erwischt«, führte der Doktor den Gedanken zu Ende. »Allerdings können die Keime durch jeden übertragen worden sein, nicht nur durch einen Ferengi.« Er lächelte Rom mitfühlend zu. »Und die Tests zeigen, daß Sie es nicht waren, Rom. Also wird Quark Schwierigkeiten haben, jemanden zu finden, den er verantwortlich machen kann, wenn er aufgewacht ist.«

»Das erleichtert mich«, entgegnete Rom aufrichtig.

»Wie schnell können Sie ihn heilen?« fragte Kira, die an diesem Aspekt offenbar mehr als an allem anderen interessiert war.

Sie hatte Bashir bereits hinsichtlich der Mission, die Quark im Interesse Bajors durchführen sollte, ins Vertrauen gezogen. Vor diesem Hintergrund wußte er, daß ihr überhaupt nicht gefallen würde, was er ihr antworten mußte.

»Ich kann ihn nicht heilen«, sagte er nur.

»Aber Sie müssen es tun!« rief der Major.

Der Arzt schüttelte den Kopf. »Bei einem Kind ist diese Krankheit nicht gefährlich. Aber wenn sich ein Erwachsener ansteckt, kann es gefährlich werden. Außerdem ist sie nicht einfach zu behandeln. Ich fürchte, ich kann nicht erlauben, daß der Patient die Krankenstation verläßt, auch nicht, nachdem er das Bewußtsein wiedererlangt hat.«

Kira hob verzweifelt die Hände. »Es muß doch eine Möglichkeit geben«, sagte sie. »Etwas, mit dem sich die Symptome unterdrücken lassen ...«

»Nein«, entgegnete der Arzt unbeirrt. »Es gibt keine Möglichkeit. Wenn ich Quark gehen lasse, ist er ohnehin nicht in geeigneter Verfassung für das, was Sie mit ihm vorhaben. Obendrein könnte er sterben.«

Gegen dieses Argument ließ sich nur schwer etwas einwenden. Die Enttäuschung des Majors war ihrem Gesicht und ihrer ganzen Haltung deutlich anzusehen. Schließlich war Kira kurz davor gewesen, das Problem ihres Freundes zu lösen. Sie hätte viele Menschen vor harten Zeiten bewahren können. Und jetzt löste sich diese Hoffnung vor ihren Augen in Luft auf.

Bashir hatte aufrichtiges Mitleid mit ihr. Dennoch konnte er nichts tun, um ihr zu helfen, wie es in seinem Beruf häufig der Fall war.

»Ich verstehe«, erwiderte Kira betrübt.

Rom zerrte an ihrem Ärmel. »Warten Sie mal!« rief er. »Vielleicht können wir unser Vorhaben doch noch durchführen.«

Die Bajoranerin runzelte die Stirn. »Was soll das, Rom? Sie haben doch gehört, was Dr. Bashir gesagt hat. Quark darf die Krankenstation nicht verlassen.«

Der Ferengi blickte zu ihr auf. »Das weiß ich. Aber Quark ist nicht der einzige, der weiß, wie man ein Geschäft abschließt.«

Kira kniff leicht die Augen zusammen. »Was wollen Sie damit sagen?«

Rom stöhnte ungeduldig. »Ich will damit sagen, daß auch ich ein Ferengi bin. Ich habe die Regeln des Erwerbs genauso wie Quark gelernt. Auch wenn ich vielleicht nicht ganz so gut wie mein Bruder bin, so konnte ich doch einige lukrative Transaktionen abschließen.«

Der Major legte dem Ferengi eine Hand auf die Schulter. »Ich danke Ihnen für dieses Angebot«, sagte sie. »Aber Jangor würde niemals mit Ihnen verhandeln. Schließlich haben nicht Sie ihm das Leben gerettet. Es ist Quark, dem er noch etwas schuldig ist.«

Rom wollte protestieren, doch dann überlegte er es sich anders. Er sackte in sich zusammen, als hätte jemand die Fäden einer Marionette durchschnitten. »Sie haben wahrscheinlich recht«, räumte er ein. »Jangor würde nur Quark vertrauen, und Quark kann nicht ...«

Plötzlich richtete der Ferengi sich wieder auf. In seinen Augen war ein Funkeln, wie es normalerweise nur durch die Aussicht auf größere Menge Latinum ausgelöst wurde – doch Bashir hatte das deutliche Gefühl, daß zumindest diesmal etwas anderes dafür verantwortlich war.

»Einen Augenblick!« sagte Rom. »Vielleicht kann Quark den Termin doch einhalten!«

Der Arzt schenkte dem Ferengi seine volle Aufmerksamkeit. Das mußte er sich genau anhören.

Odo benötigte niemals viel Zeit, um festzustellen, was in der Station vor sich ging. Auf diese Fähigkeit war er besonders stolz.

Daher wußte der Constable sehr schnell Bescheid, als Quark in Dr. Bashirs Krankenstation gebracht wurde. Und genauso schnell machte er sich auf den Weg dorthin.

Trotz des äußeren Anscheins – an dessen Aufrechterhaltung er schwer arbeitete – empfand er eine gewisse

Seelenverwandtschaft zum Ferengi. Schließlich waren sie beide an diesem Ort zur Außenseiterrolle verdammt.

Quark, weil seine Wertvorstellungen erheblich von denen der übrigen Stationsbewohner abwichen, und Odo, weil ... nun, weil er ein Gestaltwandler war, dessen Volk die möglicherweise größte Bedrohung aller Zeiten für die Föderation darstellte. Und das waren zwei äußerst bedeutsame Gründe.

Außerdem war der Ferengi der einzige an Bord von *Deep Space Nine,* der ein ähnlich ausgeprägtes Interesse an Kriminologie hatte wie Odo. Natürlich betrachtete Quark das Problem aus der Perspektive des Kriminellen, was jedoch nichts am grundsätzlichen Sachverhalt änderte. Außerdem war es nicht ungewöhnlich, daß der Gesetzeshüter und sein Gegenspieler feststellten, daß sie mehr miteinander gemeinsam hatten als mit der übrigen Gesellschaft.

Der Constable sinnierte gerade über diese Ironie seines Berufes nach, als er sah, wie Kira und Rom ihm vom anderen Ende des Korridors entgegenkamen. Das Ungewöhnlichste war jedoch die Tatsache, daß sie sich sehr angeregt unterhielten.

Wie es schien, folgerte Odo, stand es doch nicht so schlimm um Quark. Andernfalls hätten der Major und der Ferengi eine bedrücktere Stimmung an den Tag gelegt.

»Das kann nicht funktionieren«, sagte Kira und unterstrich ihre Ansicht mit einer wegwerfenden Handbewegung. »Außerdem würde Odo niemals mitmachen.«

Der Gestaltwandler blieb mitten im Korridor stehen und räusperte sich. »Wobei würde ich niemals mitmachen?« wollte er wissen.

Der Major blickte verdutzt zu ihm auf – genauso wie Rom.

Kira lächelte. »Ach, nichts«, beteuerte sie.

»Woher wollen Sie das wissen?« hakte Odo nach.

»Ich weiß es einfach«, entgegnete der Major.

»Ich glaube, Sie irren sich«, warf der Ferengi ein.

Der Constable seufzte. »In welcher Hinsicht?«

Kira und Rom tauschten einen Blick aus. Schließlich war es der Ferengi, der mit der Sprache herausrückte.

»Ich behaupte, daß Sie dem Major bestimmt bei einem Problem helfen würden«, erklärte Rom. »Sie jedoch meint, daß Sie sich weigern würden.«

Kira schüttelte den Kopf. »In Wirklichkeit ist es etwas komplizierter, Odo.«

»Ja, das ist es«, bekräftigte der Ferengi und warf dem Constable einen kritischen Blick zu. »Entweder er hilft Ihnen, oder er tut es nicht.«

Odo richtete sich auf. Er musterte Kira, für die er mehr als nur Freundschaft empfand. Wenn er ehrlich war, liebte er sie sogar, obwohl er es niemals gewagt hätte, es ihr gegenüber einzugestehen.

»Ich fürchte«, sagte er, »daß Rom in diesem Fall recht hat. Wenn ich Ihnen helfen soll, müssen Sie nur das Zauberwort aussprechen.«

Der Major betrachtete ihn skeptisch. Offensichtlich wußte sie nicht recht, was sie mit der Blankovollmacht anfangen sollte, die er ihr soeben ausgestellt hatte. »Sind Sie sicher?« fragte sie nach.

»Ich bin mir sicher«, bestätigte er.

Kira schien noch nach den geeigneten Worten zu suchen, als der Ferengi ihr zuvorkam.

»Also abgemacht«, sagte er und ergriff Odos Hand, um sie zu schütteln. »Glauben Sie mir, Sie werden es nicht bereuen.«

»Oh, doch! Das wird er!« entgegnete der Major.

Zur wachsenden Bestürzung des Constable erzählte Kira ihm nun, worauf er sich soeben eingelassen hatte.

8

O'Brien saß bereits eine ganze Weile an der Navigationskonsole der *Defiant*, als er plötzlich das Gefühl hatte, daß jemand hinter ihm stand. Uralte Instinkte übernahmen die Kontrolle, und er wirbelte herum, auf alles gefaßt.

Aber es war kein ungebetener Gast. Zumindest nicht im strengen Sinne. Es war Graal, und ihre runden schwarzen Augen blickten so unergründlich wie immer.

Auf der anderen Seite der Brücke führte Dax an der wissenschaftlichen Konsole verschiedene Testroutinen durch. Sie ließ sich nicht anmerken, ob Graals Erscheinen sie überrascht hatte.

Murrend versuchte der Chief sich einzureden, daß die Craynidin ihn nicht absichtlich hatte erschrecken wollen. Es war einfach nur ihre natürliche Art, sich lautlos zu bewegen.

»Ja?« fragte er.

Eine Weile herrschte Schweigen. O'Brien hatte den Eindruck, daß Graal über etwas nachdachte, was wie immer einige Zeit brauchte.

»Chief?« krächzte sie schließlich.

Er seufzte. »Ja, Lieutenant Commander?« Er gab sich Mühe, seine Ungeduld nicht deutlich werden zu lassen.

Zum Glück mußte sich O'Brien hier auf der *Defiant* nicht mit schwierigen Problemen auseinandersetzen. Außerdem tat ihm der Rücken immer noch weh, nachdem er in der Station so viele Sachen hatte beiseite räumen müssen.

»Ich glaube, Sie haben sich eine Gelegenheit entgehen lassen«, bemerkte die Craynidin.

Er brummte. »Eine Gelegenheit?«

»Ja«, zischte sie. »Eine Gelegenheit, die Leistungsfähigkeit dieses Raumschiffs zu erhöhen.«

Der Chief hatte den Geschmack von Galle in der Kehle. »Tatsächlich«, erwiderte er. »Nun, bei allem gebührenden Respekt, Lieutenant Commander, aber es würde mich wirklich überraschen, wenn das der Fall wäre. Schließlich habe ich die *Defiant* bis zur letzten Schraube durchgecheckt. Und das sogar mehrfach.«

Und das konnte er mit gutem Gewissen behaupten. Es war eine Sache, seine Arbeit auf *Deep Space Nine* zu kritisieren, wenn man berücksichtigte, welche Probleme er von den Cardassianern geerbt hatte. Doch auf seine Fähigkeiten als Raumschiffingenieur bildete er sich einiges ein, insbesondere auf seine Arbeit mit der *Defiant*.

»Nichtsdestotrotz«, beharrte Graal auf ihrer Ansicht, »sind nicht alle Möglichkeiten zur Verbesserung ausgeschöpft.«

O'Brien hätte ihr am liebsten gesagt, sie solle Leine ziehen. Aber das konnte er natürlich nicht. Sie hatte einen höheren Rang als er. Und selbst wenn dieser Punkt keine Rolle spielen würde, blieb die Tatsache, daß die Craynidin eine gute Freundin von Captain Sisko war.

Also biß er sich auf die Zunge und riß sich zusammen. Er versuchte sogar zu lächeln, obwohl er sich vorstellen konnte, daß es nicht sehr überzeugend ausfiel.

»Nun«, entgegnete der Chief. »Ich werde mich gerne weiter mit Ihnen über dieses Thema unterhalten, sobald meine Schicht vorbei ist.«

Graal schien über seine Antwort nachzudenken. Dann sagte sie: »Das dürfte genügen.« Und ohne weitere Umstände entfernte sie sich in Richtung Turbolift.

O'Brien wandte sich wieder seiner Konsole zu, während er mit den Zähnen knirschte. Es hatte Tage in seinem Leben gegeben, an denen er dem Ende seiner Schicht entgegengefiebert hatte.

Heute war kein solcher Tag.

Odo keuchte. »Ich soll *was* tun?«

Kira blickte ihn mitfühlend an. »Ich wußte, daß Sie von dieser Idee nicht begeistert sein würden. Aber Sie würden den Bewohnern von Karvis damit einen großen Dienst erweisen.«

»Und wir haben eine Vereinbarung getroffen«, warf Rom mit erhobenem Zeigefinger ein.

Der Constable warf ihm einen vernichtenden Blick zu. »Das war, bevor ich wußte, was Sie mir vorschlagen wollten«, erwiderte er.

»Abgemacht ist abgemacht«, sagte der Ferengi.

Odo wandte sich wieder an den Major, um an ihr Verständnis zu appellieren. »Aber die Vorstellung, Quarks Gestalt anzunehmen ...« Er schauderte bei diesem Gedanken. »... ist für mich ein Greuel. Ganz zu schweigen von der Beteiligung an einem Ferengi-Geschäft ...«

»Ich weiß«, sagte Kira. »Auch mir würde es eine Gänsehaut verursachen.«

Streng genommen war der Gestaltwandler gar nicht zu einer solchen Reaktion in der Lage – obwohl er mit bewußter Anstrengung durchaus eine Gänsehaut hätte imitieren können. Trotzdem verstand er, was der Major ihm damit sagen wollte.

»Außerdem«, argumentierte er weiter, »wäre ich gar nicht für eine solche Aufgabe geeignet. Ich habe keine Ahnung von geschäftlichen Verhandlungen. Und Sie wissen, daß ich niemals das präzise Aussehen einer anderen Person annehmen kann – weder das von Quark noch von irgend jemand anderem.«

Das war keineswegs eine Notlüge. Wenn er in der Lage gewesen wäre, eine überzeugende humanoide Gestalt anzunehmen, hätte er es schon vor langer Zeit getan – statt sich mit seinen nur unvollkommen ausgeprägten Zügen zufriedenzugeben.

»An dieser Stelle komme ich ins Spiel«, warf Rom ein und trat zwischen Odo und Kira. Er blickte zum Gestaltwandler auf. »Ich werde Sie Schritt für Schritt durch die Verhandlungen führen. Und was das überzeugende Aussehen betrifft …« Er zuckte die Schultern. »Machen Sie sich darum keine Sorgen. Jangor ist fast blind. Wenn Sie auch nur entfernt an Quark erinnern, wird er keinen Verdacht schöpfen.«

Odo musterte den Ferengi stirnrunzelnd. »Sie haben doch bereits eine gewisse Ähnlichkeit mit Quark. Warum übernehmen Sie nicht selbst diese Rolle?«

»Weil Quark bereits angekündigt hat, mich mitzunehmen«, erklärte Rom. »Wenn ich allein auftauche und behaupte, Quark zu sein, wird er wissen, daß etwas nicht stimmt.«

Der Constable fühlte sich allmählich in die Enge getrieben, was keine angenehme Erfahrung war. Und wenn es nicht Kira gewesen wäre, die ihn um einen solchen Gefallen bat, hätte er keinen weiteren Gedanken an diesen widerwärtigen Vorschlag verschwendet.

»Hören Sie«, sagte die Bajoranerin mitfühlend, da sie seine Gedanken offenbar erraten hatte. »Wenn es nicht um eine so wichtige Sache gehen würde, hätte ich Sie niemals gefragt. Aber Karvis kann nicht auf diese Energiespulen verzichten!«

Odo blieb keine andere Wahl. Wenn Kira ihn auf diese Weise ansah, schmolz er dahin. Natürlich nicht buchstäblich, aber beinahe.

Er gab ein Schnaufen von sich, mit dem er gleichzeitig seinen Widerwillen zum Ausdruck brachte und sich geschlagen gab. »Also gut«, sagte er schließlich. »Ich werde es versuchen – obwohl ich noch nicht überzeugt bin, daß es funktionieren wird.«

Vermutlich würde es nicht nur zu einem Fehlschlag, sondern zu einer äußerst erniedrigenden Situation für alle Beteiligten führen, dachte der Gestaltwandler. Und am erniedrigendsten wäre es natürlich für ihn selbst.

Dax blickte von ihrer wissenschaftlichen Konsole an Bord der *Defiant* auf. Sie sah, wie Lieutenant Commander Graal sich bereits zum zweiten Mal innerhalb der letzten Stunde an Chief O'Brien anschlich. Und zum zweiten Mal konnte sie beobachten, wie der Ingenieur plötzlich herumfuhr, als wäre er von einem Gespenst erschreckt worden.

»Oh«, sagte O'Brien. »Sie sind es wieder ... Lieutenant Commander.«

Graal zeigte keinerlei Reaktion auf diese Bemerkung. »Ich glaube, Ihre Schicht ist zu Ende«, stellte sie fest.

Während der Chief einen Blick auf das Chronometer in seiner Konsole warf, überprüfte auch Dax die Uhrzeit. In der Tat, O'Brien hatte in Kürze Feierabend.

Wie zur Bekräftigung der Bemerkung der Craynidin öffneten sich die Turbolifttüren, um Lieutenant Thorn einzulassen. Er ging schnurstracks zum Posten des Navigators und schien sich mächtig auf seine bevorstehende Arbeit zu freuen.

Der Chief seufzte. »Offensichtlich haben Sie recht«, sagte er zu Graal.

Mit einem geradezu schmerzhaften Zögern erhob sich O'Brien von seinem Sitz und machte Thorn Platz. Dax hatte den Eindruck, daß Thorn seinem Kollegen einen mitleidvollen Blick zuwarf, bevor er sich setzte – und daß O'Brien diese Geste zur Kenntnis nahm.

Während der Chief der Craynidin zum Lift folgte, machte Thorn es sich an der Navigationskonsole bequem. Er benötigte nicht länger als eine Minute, um sich einen ersten Überblick zu verschaffen und sogar ein paar kleine Anpassungen vorzunehmen.

Dax lächelte über die Begeisterung und das Geschick des Mannes. Wie sie anhand ihrer Anzeigen erkennen konnte, waren Thorns Modifikationen durchaus sinnvoll.

»Ich sehe, daß Sie mit dieser Arbeit vertraut sind«, stellte Dax fest.

Thorn drehte sich zu ihr um und hatte plötzlich ein breites, entwaffnendes Grinsen im Gesicht. *Es dürfte schwierig sein,* dachte sie, *gegen diesen Mann Antipathien zu entwickeln.*

»Ich habe es schon ein- oder zweimal gemacht«, erwiderte er mit einem Zwinkern seiner fröhlichen blauen Augen. »Sehen Sie, bevor ich Sicherheitsoffizier wurde, war ich einer der besten Piloten, die jemals die Akademie verlassen haben.«

Die Trill schmunzelte. »Wir sind ja heute besonders bescheiden.«

»Das ist keine Prahlerei«, versicherte der Mann ihr. »Sie können jeden Fluglehrer fragen, der mich jemals unterrichtet hat. An meinem allerersten Tag an Bord der *Victory* wurde ich sogar auf den Pilotensessel beordert.«

Plötzlich war Dax' Interesse geweckt. »Die *Victory,* sagen Sie? Ich kenne jemanden, der auf der *Victory* gearbeitet hat. Eine Vulkanierin namens Simora.«

Thorns Lächeln verblaßte nur ein wenig. »Sie kennen Simora gut?«

Dax nickte. »Wir haben uns kennengelernt, als sie mit der *Wellington* hier vorbeikam. Ein kluges Mädchen. Nur etwas still. Aber eine hervorragende Köchin. Als sie uns verließ, war meine *Plomeek*-Suppe in diesem Raumsektor unübertroffen.«

Der Sicherheitsoffizier zuckte die Schultern. »Dann sind Sie mit Simora offensichtlich besser zurechtgekommen als ich. Ich glaube, ich war für ihren Geschmack ein wenig zu – wie soll ich sagen? – *ungestüm,* etwas zu ungebärdig. Aber ich hatte den Eindruck, daß sie ohnehin nicht allzuviel für Menschen übrig hatte.«

Dax betrachtete ihn nachdenklich. Nach einer Weile nickte sie. »Ja«, sagte sie. »Das ist Simora, ohne Zweifel.«

Ohne weiteren Kommentar wandte sie sich wieder ihrer Konsole zu. Doch in Wirklichkeit waren ihre Gedanken mit etwas ganz anderem beschäftigt.

Als O'Brien der Craynidin aus dem Lift folgte, war er wieder einmal über ihre langsame und beinahe schmerzlich angestrengt wirkende Bewegungsart erstaunt. Offenbar brachte die Evolution auf manchen Planeten bessere Ergebnisse als auf anderen hervor.

Allerdings war die vergleichende Biologie eher Julians als sein Fachgebiet. O'Brien war Ingenieur. Und Graal hatte zumindest angedeutet, daß seine Fähigkeiten hier unten bei den Lebenserhaltungssystemen benötigt wurden. Andernfalls wäre er gar nicht erst mitgekommen.

»Könnten Sie mir vielleicht etwas mehr über das Problem verraten?« fragte er sie.

Sie drehte sich nicht zu ihm um, sondern starrte nur geradeaus in den Korridor. Offenbar hatte sie ein klares Ziel ins Auge gefaßt, obwohl der Mensch immer noch keine Ahnung hatte, was es sein konnte.

»Nicht einmal einen kleinen Hinweis?« bohrte er weiter.

»Sie werden es früh genug sehen«, zischte sie.

Früh genug! Das gibt mir sofort ein besseres Gefühl! dachte er. *Nach einem langen Arbeitstag auf der Brücke gibt es nichts Schöneres, als einer maulfaulen Craynidin wegen irgend etwas irgendwohin zu folgen.*

Unvermittelt hielt seine Begleiterin an und blickte sich um. Nach einer Weile schien sie gefunden zu haben, wonach sie suchte. Mit einer Art Seufzer näherte sie sich einem Verteilerknoten für das System der Trägheitsabsorber.

Er befand sich in einem quadratischen Kasten, der an der Wand befestigt war. Für das ungeübte Auge sah er vermutlich genauso wie all die anderen quadratischen Kästen aus, die an den Korridorwänden verteilt waren. Natürlich nur, bis das ungeübte Auge nahe genug herankam, um die Beschriftung lesen zu können.

»Hier«, krächzte die ehemalige Chefingenieurin der *Saratoga*.

O'Brien blickte sie ratlos an. »Stimmt etwas nicht mit diesem Verteilerknoten? Hat er eine Fehlfunktion?«

Graal schüttelte bedächtig den unförmigen Kopf. Zweifellos hatte sie sich diese Geste während ihrer langjährigen Arbeit für Starfleet von ihren menschlichen Kollegen abgeschaut.

»Es stimmt etwas nicht«, bestätigte sie. »Aber es handelt sich nicht um eine Fehlfunktion.« Die Craynidin beugte sich näher an ihn heran. »Sabotage«, flüsterte sie.

Mit einer solchen Antwort hatte O'Brien überhaupt nicht gerechnet. Einen Moment lang glaubte er, sie müsse sich irren. Doch dann erinnerte er sich an die Sache mit den Schaltkreisen auf *Deep Space Nine*.

Stirnrunzelnd machte er sich an die Arbeit und entfernte die Abdeckung vom Verteilerknoten, um sie auf den Fußboden zu stellen. Zum Vorschein kam eine Reihe knaufartiger Vorsprünge, die mit winzigen Emittern gespickt und durch Energieleitungen verbunden waren.

Alles wirkte unberührt und völlig in Ordnung. Aber um sicher zu gehen, holte O'Brien seinen Tricorder hervor und richtete ihn auf die Angelegenheit. Dann betrachtete er die Anzeigen des Geräts – und erkannte, daß in der Tat etwas nicht stimmte.

Er stieß einen unterdrückten Fluch aus und blickte sich zu Graal um. »Sie haben recht«, brummte er. »Jemand hat sich an diesem Ding zu schaffen gemacht. Wenn wir unvermittelt beschleunigen würden, wäre die Struktur dieser Schiffssektion in großer Gefahr. Es könnte sogar die Außenhülle aufreißen.«

Die Craynidin ging nur indirekt auf seine Feststellung ein. »Es ist Arbeit nötig, um es zu korrigieren«, lautete ihre Erwiderung.

Er hielt den Tricorder hoch, damit sie auf den kleinen Monitor blicken konnte. »Sogar eine ganze Menge«, bestätigte er.

Doch das war keineswegs der beunruhigendste Aspekt ihrer Entdeckung. Während O'Brien den Kopf schüttelte, betrachtete er den Verteiler in einem völlig neuen Licht.

Wer in diesem Schiff würde an den Trägheitsabsorbern herumpfuschen? Und was noch viel bedeutsamer war ... zu welchem Zweck?

Odo zwängte einen Finger zwischen seinen Hals und den engen Brokatkragen, um ihn zu lockern. Doch es nützte nichts. Das verdammte Ding war genauso ungemütlich und unnachgiebig wie zuvor.

Natürlich war die sonstige Umgebung durchaus gemütlich eingerichtet – beinahe zu gemütlich. Geradezu pompös, konnte man mit Fug und Recht behaupten. Aber schließlich handelte es sich um ein gemietetes Raumfahrzeug. Je luxuriöser die Einrichtung war, desto mehr konnte der raffgierige Captain dafür berechnen.

Der Gestaltwandler schaute nach rechts und warf einen weiteren Blick auf die spiegelnde Oberfläche, die die Wand neben ihm zierte. Darin konnte er sein Abbild erkennen. Beziehungsweise das Abbild von *Quark,* wie er zu seiner Bestürzung feststellte.

»Was gibt es?« fragte Rom, der soeben mit einem Tablett voller Delikatessen vom Replikator zurückkehrte.

Odo runzelte die Stirn, während er sein Spiegelbild

betrachtete. »Es stimmt nicht ganz«, sagte er. »Die Stirnwülste sind noch nicht genügend ausgeprägt.«

»Sie sind in Ordnung«, erwiderte der Ferengi.

»Nein, das sind sie nicht«, widersprach der Constable.

Er zwang sich dazu, sie etwas stärker hervortreten zu lassen, und musterte das Ergebnis der Verwandlung.

»Hören Sie damit auf«, sagte Rom und stellte das Tablett auf einem kleinen Tisch ab.

Der Gestaltwandler blickte sich zu ihm um. »Es ist schon schlimm genug, daß ich mich dieser unglaublich dummen Scharade unterziehen muß. Erlauben Sie mir zumindest die Befriedigung, es ordentlich zu machen.«

»Wenn Sie es ordentlich machen wollen«, führte der Ferengi aus, »sollten Sie sich mehr auf Ihr Verhalten als auf das Äußere konzentrieren. Ich hoffe, Sie haben sich alles gemerkt!«

Odo verdrehte geringschätzig die Augen. »Sie meinen Ihre Erwerbsregeln? Ja, ich habe sie mir gemerkt – obwohl es mir eine große Selbstbeherrschung abverlangt.«

»Gut«, sagte Rom, während er sich neben das Ebenbild seines Bruders hockte. »Dann sagen Sie mir Regel Nummer sechzehn.«

Der Constable fuhr zu ihm herum. »Wie bitte?«

»Sie haben gehört, was ich gesagt habe«, erwiderte der Ferengi. »Wenn Sie die Regeln des Erwerbs nicht bei jeder sich bietenden Gelegenheit aufsagen können, werden Sie Jangor niemals davon überzeugen, mein Bruder zu sein.«

Odo fluchte – obwohl Roms Argumentation nur schwer zu widerlegen war. »Also gut, meinetwegen. Regel Nummer sechzehn. *Ein Geschäft ist ein Geschäft, bis sich ein besseres anbietet.*«

Der Ferengi grinste. »Sehr gut, Constable. Ausgezeichnet. Und Regel Nummer einhundertneununddreißig?«

Der Gestaltwandler seufzte. *»Frauen dienen, Brüder erben.«*

Quarks Bruder rieb sich begierig die Hände. »Ja, hervorragend. Das ist meine Lieblingsregel.«

»Das überrascht mich nicht«, bemerkte Odo.

»Regel neunundfünfzig?« fragte Rom.

»Kostenloser Rat ist selten billig«, sagte der Constable auf.

»Achtundvierzig?«

»Je breiter das Lächeln, desto schärfer das Messer.«

»Dreiunddreißig?«

»Es kann nie schaden, sich beim Chef einzuschmeicheln«, antwortete Odo, der kurz davor stand, seine Geduld zu verlieren. »Und man sollte natürlich niemals die Regel Nummer sechs vergessen. Sie ist Ihnen doch sicher bekannt, nicht wahr? *Laß niemals zu, daß deine Familie dir bei einem Geschäft in die Quere kommt.«*

Das Lächeln des Ferengi war plötzlich wie weggewischt. »Ich muß zugeben, daß ich die Weisheit dieser Regel niemals richtig eingesehen habe. Aber es ist gut, sie für alle Fälle zur Verfügung zu haben.« Er hielt kurz inne. »Wie gut beherrschen Sie die Handzeichen?«

»Keine Sorge«, erwiderte der Gestaltwandler. »Auch sie habe ich mir gut eingeprägt. Erhobene Handfläche, ich soll mit Jangor einer Meinung sein. Handfläche nach unten, ich soll mich nicht darauf einlassen. Und ...«

Ohne Vorwarnung öffnete sich die Tür zu ihrem Quartier. Ihr Pilot, ein Yridianer, betrat unangemeldet den Raum.

»Ich hoffe, Sie haben eine angenehme Reise«, sagte er, obwohl kein Zweifel daran bestand, daß es ihm im Grunde völlig gleichgültig war.

Odo räusperte sich. »Sie tun gut daran, darauf zu hoffen«, sagte er, während er sich um eine Imitation Quarks bemühte. »Ich mag es nämlich gar nicht, wenn ich für eine erstklassige Unterkunft bezahlen soll und keine bekomme.«

Natürlich kannte der Yridianer Quark nicht sehr gut, da er erst ein- oder zweimal mit ihm gesprochen hatte, so daß er kein wirklicher Maßstab war. Aber zur Erleichterung des Gestaltwandlers schien er die Täuschung nicht zu durchschauen.

»Ganz, wie Sie meinen, Ferengi. Wenn Sie möchten, können Sie jetzt Ihren Freund kontaktieren. Wir sind in Kommunikationsreichweite mit seinem Schiff.«

»Ausgezeichnet«, sagte Odo. »Aber ich glaube, wir können noch etwas warten ...«

»Mein Bruder will damit sagen«, mischte sich Rom ein, »daß er entzückt wäre, wenn er jetzt mit Fel Jangor sprechen könnte.«

Der Yridianer blickte seine beiden Gäste abwechselnd an. »Was denn nun?« fragte er.

Der Gestaltwandler seufzte, während er sich bemühte, nicht aus der Rolle zu fallen. »Gehen Sie und nehmen Sie Verbindung mit dem Kerl auf«, bestätigte er.

Ihr Pilot nickte und ließ sie wieder allein. Odo stand zögernd auf und trat vor den kunstvoll verzierten fünfeckigen Bildschirm, der an einer Wand angebracht war.

Kurz darauf sah er, wie eine gedrungene, fast kugelrunde Gestalt auf dem Schirm erschien. Die blasse, gesprenkelte Haut und die stumpfen Gesichtszüge verrieten dem Gestaltwandler, daß er einen Retizianer vor sich hatte. Und die Länge der schwarzen Federn, die an seinem Kinn wuchsen und das Zeichen für ein fortgeschrittenes Alter waren, deuteten darauf hin, daß es sich vermutlich um Fel Jangor persönlich handelte.

Als Rom sich neben seinem ›Bruder‹ aufbaute, starrte der Retizianer die beiden mit zusammengekniffenen Augen an. Offenbar stand es wirklich nicht gut um sein Sehvermögen, wie der Ferengi angedeutet hatte.

»Fel Jangor«, sagte Rom in seinem freundlichsten – und damit unerträglichsten – Tonfall. »Es freut mich, Sie wiederzusehen.«

Der Retizianer nickte. »Sind Sie das, Quark? Ihre Stimme klingt ganz anders.«

Odo richtete sich zu seiner ganzen, wenn auch geringfügigen Größe auf. *Jetzt oder nie,* sagte er sich.

»Nein, Fel Jangor. Das ist mein Bruder Rom.« Der Constable zwang sich zu einem verbissenen Lächeln. »*Ich* bin Quark. Hier!« Er winkte, um seine Worte zu unterstreichen.

Der Retizianer musterte ihn von oben bis unten, was eine halbe Ewigkeit in Anspruch zu nehmen schien. Odo fragte sich bereits, ob er etwas Wichtiges übersehen hatte. Aber wie sollte das möglich sein? Wenn Rom nichts an ihm aufgefallen war, wie sollte dann Jangor etwas bemerken?

Zu seiner großen Erleichterung erwiderte der Retizianer schließlich das Lächeln. »Ja, natürlich«, sagte er. »Mein alter Freund Quark. Wie es aussieht, werde ich von Mal zu Mal kurzsichtiger. Das ist nicht sehr günstig, wenn man sich ständig vor Gesetzeshütern in acht nehmen muß.«

Der Gestaltwandler zuckte die Schultern, als würde ihn dieser Punkt nichts angehen. »Schließlich haben wir alle unsere Probleme mit Gesetzeshütern, nicht wahr?«

Jangor lachte – ein bellendes Husten, ganz anders als das, das Odo gewohnt war. »Sie konnten schon immer gut mit Worten umgehen«, sagte der Retizianer. »Aber ...« Wieder starrte er ihn blinzelnd an.

»Ja?« sagte der Gestaltwandler.

»Wenn ich Sie genauer betrachte, finde ich, daß Sie gar nicht gut aussehen«, stellte Jangor fest. »Sie sind doch nicht etwa krank, oder?«

Mit seiner Vermutung lag er gar nicht so weit daneben. Nur die Vorstellung, Quark verkörpern zu müssen, machte ihn krank. Aber das konnte er natürlich nicht sagen.

»Ich habe mir irgendein Virus eingefangen«, erklärte Odo. »Keine Angst, nichts Ernsthaftes. Aber es ist nett, daß Sie sich solche Sorgen um mein Wohlergehen machen.«

»Ein guter Geschäftsmann ist stets um die Gesundheit seiner Geschäftspartner besorgt«, sagte der Retizianer.

»Das ist wahr«, gab der Gestaltwandler zurück. »Und Sie sind zweifellos ein guter Geschäftsmann. Wissen Sie«, sagte er, um das Thema zu wechseln, »wie sehr ich mich auf diese Verhandlungen freue? Möglicherweise ist es genau die Therapie, die ich benötige.«

Jangor grunzte. »Das hoffe ich, alter Freund. Ich werde alles veranlassen, um Sie an Bord meines Schiffes zu beamen.«

»Ausgezeichnet«, sagte Odo.

Kurz darauf wurde der Bildschirm schwarz. Der Constable drehte sich zu Rom herum.

»Wie war ich?« fragte er.

Der Ferengi nickte. »Gut. Sie waren sogar besser, als ich erwartet hatte. Ich glaube nicht, daß Jangor Verdacht geschöpft hat.«

So weit so gut, dachte Odo. Er zerrte wieder an seinem Kragen. Wenn dieses verdammte Ding nur nicht so eng wäre …

9

Als Sisko auf dem Weg zur Brücke den Turbolift betrat, sah er, daß Lopez bereits in der Kabine stand. Der Wissenschaftsoffizier lächelte.

»Es wurde auch Zeit, daß Sie sich blicken lassen, Captain.«

Sisko hob fragend eine Augenbraue. »Insubordination, Mr. Lopez?«

»Um Himmels willen!« erwiderte sein alter Kollege. »Brücke«, befahl er. »Und zwar dalli!«

Die Türen schlossen sich. Nach nur wenigen Augenblicken öffneten sie sich wieder – als sie ihr Ziel erreicht hatten. Lopez deutete mit einer eleganten Armbewegung an, daß er Sisko den Vortritt lassen wollte.

»Ein höherer Rang geht mit gewissen Privilegien einher«, bemerkte er.

»Wie ich sehe, haben Sie seit Ihrer Zeit auf der *Saratoga* doch einiges gelernt«, konterte der Captain, während er auf die Brücke trat.

»Autsch!« sagte Lopez, als er ihm folgte.

Während Sisko sich seinem Sessel näherte, ging der Wissenschaftsoffizier zur Navigationskonsole hinüber. Dax, die diesen Posten in den letzten Stunden besetzt hatte, drehte sich zu Lopez herum. Genauso wie Thorn.

»Ich hoffe, deine Schicht wird genauso angenehm, wie es meine war«, sagte der große Mann zu seinem Freund.

Lopez warf der Trill einen Seitenblick zu, als er antwortete. »Wie soll das möglich sein?« bemerkte er anzüglich.

Dax lächelte über das indirekte Kompliment und räumte ihren Sitz für den Wissenschaftsoffizier. Doch bevor sie sich davonmachen konnte, hielt Lopez sie behutsam an der Hand fest.

»Wie es scheint, sind wir wie zwei Schiffe, die in der Dunkelheit des Alls aneinander vorbeifliegen«, sagte er. »Sie kommen sich nahe, ohne sich wirklich zu begegnen.«

Dax wirkte beeindruckt. »Das Bild gefällt mir«, gab sie zu.

»Das hatte ich gehofft«, erwiderte er aufrichtig.

»Natürlich«, fuhr sie freundlich fort, »begegnen sich manche Schiffe niemals. Sie kreuzen nur unbemerkt ihre Wege.«

Sie zog ihre Hand zurück und ließ ihn mit offenem Mund stehen. Kurze Zeit später bestieg sie den Turbolift.

Als sich die Türhälften schlossen, bedeckte Sisko mit einer Hand seine untere Gesichtshälfte, damit Lopez nicht sah, daß er grinsen mußte. Thorn dagegen gab sich keine Mühe, irgend etwas zu verbergen. Er lachte laut auf, bis die ganze Brücke zu vibrieren schien.

»Ja, lach du nur!« deklamierte der Wissenschaftsoffizier.

»Keine Sorge«, sagte der große Mann. »Genau das tue ich.« Und er lachte weiter.

Der Captain empfand unwillkürlich Schadenfreude über Lopez' Unbehagen. »Ich wette, es ist schon sehr lange her, seit Sie Ihren letzten Korb bekommen haben, Esteban. Und zwar nicht nur einen, sondern gleich zwei hintereinander, wenn ich es richtig verstanden habe.«

Lopez zuckte die Schultern. »Wir haben eine lange Reise vor uns, Captain. Es kann noch viel geschehen.«

Sisko lächelte. »Ich bewundere Ihre Einstellung.

Aber Sie werden feststellen, daß Lieutenant Dax nicht die Art …«

Bevor er den Satz zu Ende führen konnte, spürte er, daß er aus seinem Sessel katapultiert wurde. Eine Sekunde lang hing er in der Luft und fragte sich, was geschehen war – was schiefgegangen war.

Dann schlug er auf den harten Boden auf, rutschte ein Stück weiter und prallte dann hart gegen den Sockel einer Brückenkonsole. Benommen registrierte er, daß er den metallischen Geschmack von Blut im Mund hatte.

Vorübergehend wurde es dunkel auf der Brücke, während das einzige Licht von einem Funkenregen kam, der aus einer Kontrollkonsole sprühte. Dann kehrte die Beleuchtung nach einigem Flackern zurück.

Der Captain bemühte sich, den Nebel in seinem Kopf zu klären, und blickte sich um. Seine Freunde waren ebenfalls durch die Gegend geschleudert worden. Zum Glück hatte niemand das Bewußtsein verloren.

»Was zum Teufel war das?« wollte er wissen, als er sich wieder aufrappelte. Er kehrte auf für seinen Geschmack viel zu wackligen Beinen zum Kommandosessel zurück. Dabei bemerkte er, daß der Hauptsichtschirm schwarz geworden war.

»Das möchte ich auch gerne wissen«, antwortete Lopez und brachte sich wieder in eine aufrechte Position. Im Gesicht hatte er einige häßlich aussehende Schrammen. Er tippte verschiedene Befehle in die Kontrollen der nächsten Konsole, um Näheres zu erfahren.

»Es fühlte sich an, als wären wir mit etwas *zusammengestoßen*«, sagte Thorn, der inzwischen wieder an der Navigationskonsole Platz genommen hatte.

Sisko blickte zum Interkomgitter auf, das in der Decke verborgen war. »Dr. Laffer, ich möchte einen Bericht über eventuelle Verletzte.«

Schweigen.

»Dr. Laffer?« wiederholte der Captain.

Wieder keine Antwort.

Er murmelte einen Fluch. »Zar?«

»Hier, Captain«, meldete sich der Bolianer.

»Geben Sie mir Bericht, Lieutenant. Und suchen Sie Dr. Laffer. Sie antwortet nicht auf meine Anrufe.«

»Verstanden«, sagte Zar.

Sisko widmete sich den Kontrollen seines Kommandosessels und forderte einen Schadensbericht an. Der Computer gab ihm unverzüglich eine Übersicht.

Die meisten Schiffssysteme hatten zumindest etwas abbekommen. Einige der Sensoren waren ausgefallen, was den toten Bildschirm auf der Brücke erklärte. Und die Tarnvorrichtung der *Defiant* war zumindest vorübergehend außer Betrieb.

Die Triebwerke hatten jedoch den größten Schaden davongetragen. Sowohl der Impuls- als auch der Warpantrieb standen nicht mehr zur Verfügung. Sie mußten gründlich überholt werden, bevor sie wieder einsatzbereit waren.

Auch die Rettungskapseln waren fast vollständig zertrümmert worden. Der Captain schüttelte den Kopf und fragte sich, wie das möglich sein konnte. Schließlich waren die Rettungskapseln kurz vor ihrem Aufbruch von *Deep Space Nine* sorgfältig gesichert worden.

Er rief weitere Informationen ab, die das Geheimnis enthüllten. Offenbar waren die Trägheitsabsorber in dieser Sektion der *Defiant* ausgefallen. Als das Schiff durchgeschüttelt wurde, hinderte nichts die Kapseln daran, umhergeschleudert zu werden.

Aber es war äußerst ungewöhnlich, daß die Absorber einen derartigen Ausfall hatten. Normalerweise gehörten sie zu den letzten Systemen, die im Notfall den Dienst quittierten. Sisko wünschte sich, er hätte mehr Zeit, um über die Situation nachzudenken, um das Rätsel zu lösen. Doch im Augenblick gab es wichtigere Probleme.

Er wandte sich an Lopez und Thorn und wollte sie gerade fragen, ob sie eine Idee hatten, wie es zu diesem Zwischenfall gekommen war. Doch bevor er ein Wort sagen konnte, erklang Zars Stimme auf der Brücke.

»Zar an Sisko. Bitte melden Sie sich, Captain.«

»Sisko hier. Was ist geschehen, Lieutenant?«

»Wir haben Dr. Laffer gefunden, Captain. Sie ist bewußtlos, infolge einer Kopfverletzung.«

»Wie schlimm ist es?« fragte der Captain.

»Das wissen wir noch nicht«, antwortete der Bolianer mit gepreßter Stimme. »Dax und ich haben sie stabilisiert, aber wir sind keine Ärzte. Ich fürchte, wir brauchen noch einige Zeit, um eine Diagnose zu erstellen.«

Sisko schüttelte den Kopf über diese grausame Ironie. Wenn es jemand anderen als Dr. Laffer getroffen hätte, könnten sie jetzt auf die Dienste eines Arztes zurückgreifen. Doch solange Laffer verletzt war, stand ihnen dieser Luxus nicht zur Verfügung.

»Ich glaube, ich habe den Sichtschirm wieder hinbekommen«, gab Thorn bekannt. Er nahm ein paar weitere Einstellungen vor, um die beschädigten Sensoren zu umgehen. »So, jetzt.«

Im nächsten Augenblick wechselte der Bildschirm von Schwarz zu einem blendenden Blau, das mit sich windenden roten Röhren durchsetzt war. Dann hatte sich das Bild bereits verändert. Aus dem Blau war Orange geworden, und die roten Röhren hatten sich in grüne Stacheln verwandelt.

Der Captain hatte auf der Erde einmal etwas Ähnliches beobachtet, und zwar während eines Sommerurlaubs in Alaska. Ihre Reiseführer hatten das Phänomen als Nordlicht bezeichnet. Aber natürlich war das, was Sisko nun sah, wesentlich intensiver und schöner.

Und wesentlich furchteinflößender, wenn er bedachte, was es mit ihrem Schiff angestellt hatte. Nur mit

Mühe konnte der Captain seinen Blick vom Schirm lösen und sich an Lopez wenden.

»Esteban, was ist das?«

Der Wissenschaftsoffizier drehte sich nicht zu ihm herum. Er zuckte nur die Schultern.

»Schwer zu sagen«, antwortete er schließlich. »Aber was immer es ist, es zieht uns näher ins Zentrum hinein. Und soweit ich feststellen kann, werden die Kräfte, die uns soeben durchgeschüttelt haben, immer stärker, je tiefer wir eindringen.«

Diese Auskunft gefiel Sisko überhaupt nicht. »Setzen Sie Ihre Untersuchungen fort«, wies er Lopez an. »Dax soll Ihnen zur Hand gehen, sobald sie unten fertig ist.«

Er hatte seine Befehle kaum ausgesprochen, als die Trill auch schon aus dem Turbolift trat. »Counselor Barnes und Lieutenant Zar kümmern sich um Dr. Laffer«, gab sie bekannt, während sie bereits auf dem Weg zu einer Kontrollstation war. »Ich dachte, ich könnte mich hier nützlicher machen.«

»Ich habe Lieutenant Lopez gebeten zu bestimmen, womit wir es zu tun haben«, sagte der Captain.

Mehr Erklärungen benötigte sie nicht. Als sie sich nicht weit von Lopez entfernt an die Arbeit machte, warf der Mann ihr einen Seitenblick zu.

»Wie Sie sehen, lasse ich nichts unversucht, um Sie in meiner Nähe zu haben«, witzelte er.

Dax blickte nur kurz auf. »Es war nicht Ihre Schuld«, bemerkte sie.

»Aber es war meine Schicht«, erwiderte Lopez. »Ich hätte es rechtzeitig bemerken müssen, was immer es war.«

Die Trill runzelte die Stirn. »Später ist genügend Zeit für Selbstvorwürfe«, sagte sie zu ihm. »Im Augenblick haben wir eine wichtigere Aufgabe zu erledigen.«

»Genau«, warf Sisko ein.

Als sie seine Stimme hörte, warf Dax ihm einen Blick

über die Schulter zu. Er bemerkte einen seltsamen Ausdruck in ihren Augen.

Es war das Bedürfnis, sich mitzuteilen. Sie wollte ihm eine wertvolle Information anvertrauen. Doch gleichzeitig verriet ihm der Ausdruck der Trill, daß es noch eine Weile warten konnte, genauso wie Lopez' Selbstvorwürfe.

Der Captain blickte wieder auf den Sichtschirm, wo sich das Phänomen in einem wirbelnden Farbentanz austobte, der seine Augen tränen ließ. Wie konnte etwas so Schönes ihnen solche Schwierigkeiten bereiten, fragte er sich.

»Bitte«, sagte Jangor. »Setzen Sie sich.«

Odo folgte der Aufforderung und wählte eine Stelle auf einer langen, niedrigen Couch aus, die mit weichem, dunklem Stoff überzogen war. Als er sich setzte, sank er mehrere Zentimeter tief ins Polster, so daß seine Füße kaum noch bis zum Boden reichten.

Roms Gesichtsausdruck verriet dem Constable, wie lächerlich er aussah. Trotzdem war es unhöflich, eine solche Aufforderung durch einen Geschäftspartner zurückzuweisen. Und Jangor selbst saß auf dem einzigen weiteren verfügbaren Platz in diesem Raum, einem großen Thron aus Holz mit hoher Rückenlehne, den er zweifellos von einer der primitiveren Welten im Sektor gestohlen hatte.

Also setzte sich der Ferengi neben Odo – und versank genauso tief im Polster. Für den Gestaltwandler war es eine unerwartete Quelle perverser Befriedigung, daß auch Roms Füße nicht bis zum Boden reichten.

»Es sind, äh, sehr nette Räumlichkeiten, die Sie sich hier eingerichtet haben«, stellte Odo fest. Er hoffte, daß eine solche Eröffnung des Gesprächs für Quark angemessen war.

»Vielen Dank«, erwiderte Jangor. »Obwohl es im

Grunde genauso wie mein altes Schiff eingerichtet ist. Wie Sie sich erinnern, bin ich ein Gewohnheitstier.«

»Ja«, sagte Rom und kicherte wissend. »Ein ziemliches Gewohnheitstier.«

Der Retizianer antwortete ihm mit einem Blick, wie ein Klingone eine stumpfe Klinge betrachten mochte. Offensichtlich konnte er die Anwesenheit von Quarks Bruder nur widerwillig dulden. Aber schließlich war es auch nicht Rom gewesen, der ihm vor vielen Jahren das Leben gerettet hatte.

»Darf ich Ihnen etwas zu essen anbieten? Oder zu trinken?« fragte Jangor und blickte das Wesen an, das er für seinen alten Freund hielt.

»Nein, danke«, antwortete Rom für Odo und sich selbst. »Vielleicht später.«

»Wie Sie meinen«, sagte Jangor und beugte sich vor, um zu verdeutlichen, daß er das Gespräch nun auf Quark konzentrieren wollte. »Nun, Sie alter Staubteufel, wie es scheint, interessieren Sie sich für meine Energiespulen.«

Rom legte seine Hände mit den Innenflächen zusammen in den Schoß. Das bedeutete, daß Odo weder zustimmen noch ablehnen, aber auf der Hut bleiben sollte.

»So könnte man es formulieren«, sagte er zu ihrem Gastgeber.

Jangor warf ihm einen schiefen Blick zu. »Sind Sie vielleicht noch an anderen Dingen interessiert?«

Rom drehte beide Handflächen nach unten. Das Zeichen für Verneinung.

»Nein, nicht unbedingt«, antwortete Odo.

»Dann sind Sie tatsächlich an den Energiespulen interessiert«, schlußfolgerte der Retizianer.

Rom tat so, als würde er seine Handflächen einer genauen Musterung unterziehen.

»Ja«, sagte Odo. »Das bin ich.«

Er hatte allmählich das Gefühl, daß ihre vereinbarten

Handzeichen sich irgendwann als hinderlich für die Verhandlungen erweisen könnten. Doch es war zu spät, jetzt noch etwas daran ändern zu wollen.

»Ich verstehe«, bemerkte Jangor. »Und Sie haben einen Abnehmer für diese Spulen?«

Roms Handflächen zeigten nach oben.

»Das ist korrekt«, sagte der Gestaltwandler.

Der Retizianer kniff die Augen zusammen. »Und dürfte ich fragen, um wen es sich dabei handelt?«

Hände nach unten.

»Nun«, begann Odo, »ich glaube nicht, daß dieser Punkt von irgendwelcher Bedeutung sein sollte. Insbesondere nicht zwischen alten Freunden.«

Jangor brummte. »Vielleicht nicht. Das einzige, was überhaupt eine Bedeutung hat, ist der Preis für diesen Handel, wie ich vermute.«

Hände nach oben.

Der Gestaltwandler nickte. »Ich bin völlig Ihrer Meinung.«

»Gut«, sagte der Retizianer. »Dann wollen wir zur Sache kommen. Die Spulen kosten pro Stück zehn Barren in Gold gepreßtes Latinum – neunzig, wenn Sie mir alle zehn abnehmen. Und Sie können mir glauben, daß ich nicht jedem ein solches Angebot machen würde.«

Hände nach unten.

»Bedauerlicherweise«, erwiderte Odo, »hatte ich ganz andere Zahlen im Sinn.«

Natürlich hatte er keine Ahnung, in welchem Bereich sich diese Zahlen bewegen mochten, aber mit etwas Glück fand Rom vielleicht eine Möglichkeit, es ihm mitzuteilen.

»Andere?« wiederholte Jangor nachdenklich, während er sich zurücklehnte und mit den Fingern auf der hölzernen Armstütze trommelte. »Wie anders?«

Der Gestaltwandler zuckte die Schultern. »Was würden Sie vorschlagen?«

Der Retizianer musterte ihn skeptisch. »Für alle zehn?«

Odo benötigte Roms Hilfe nicht, um diese Frage zu beantworten. »Für alle zehn«, bestätigte er.

Jangor strich sich über das Kinn. »Achteinhalb Barren.«

Hände nach unten.

Der Constable seufzte. »Ich hatte eigentlich an einen wesentlich niedrigeren Preis gedacht.«

»So?« erwiderte ihr Gastgeber. Er schien einiges von seiner guten Laune verloren zu haben.

Mehr schien die Tatsache, daß Quark diesem Dieb die Haut gerettet hatte, nicht zu zählen. Odo vermutete, daß Retizianer und Ferengi in dieser Hinsicht vieles miteinander gemein hatten.

»Achteinviertel«, lautete Jangors nächstes Angebot.

Roms Handflächen blieben nach unten gekehrt. Der Gestaltwandler biß sich auf die Lippe. Er konnte sich nur wenige Situationen vorstellen, die ihm unangenehmer als diese zähen Verhandlungen wären.

Trotzdem verlor er nicht die Beherrschung. Schließlich tat er es für Kira, wie er sich ins Gedächtnis rief.

»Von Ihnen hatte ich wirklich ein besseres Angebot erwartet«, sagte Odo zum Retizianer.

Jangor lehnte sich noch weiter in seinem Holzthron zurück. Offensichtlich hatte auch er sich einen für ihn günstigeren Verlauf dieser Verhandlungen gewünscht.

»Noch besser«, bemerkte der Retizianer kühl. Er versuchte den Eindruck zu erwecken, daß dieser Gedanke reichlich abwegig war.

Rom drehte die Hände nach oben. Diese Geste war natürlich überflüssig. Dem Gestaltwandler war nicht entgangen, daß Jangors letzte Bemerkung rhetorisch gemeint war.

Plötzlich erhob sich der Retizianer von seinem Platz.

Sein linkes Auge zuckte, ein Anzeichen für heftige Gefühle.

»Haben Sie irgendwelche Probleme?« fragte er Rom, während er seinen Zorn nur mit Mühe unterdrückte.

Der Ferengi blickte mit der Unschuld eines Neugeborenen zu ihm auf. »Wie meinen Sie das?« fragte er zurück.

»Ich meine«, erklärte der Retizianer, »daß Sie ständig mit den Händen herumfuchteln, seit Sie diesen Raum betreten haben. Ich finde Ihr Verhalten reichlich irritierend.«

Rom schien nicht zu wissen, was er darauf antworten sollte. Und nach Jangors Tonfall zu urteilen, bestand die Möglichkeit, daß sich die Situation ernsthaft verschärfte.

»Das finde ich auch«, sagte Odo und stand ebenfalls auf, um die Aufmerksamkeit des Retizianers wieder auf sich zu lenken. »Mein Bruder treibt auch mich gelegentlich zur Weißglut. Bedauerlicherweise ist diese kleine Macke neurologisch bedingt – und unheilbar.« Er drehte sich zu Rom um. »Ist es nicht so, Bruder?«

Der Ferengi nickte schwach. »Ja, dagegen kann man nichts machen.«

Der Constable wandte sich wieder an Jangor. »Ich muß mich entschuldigen, alter Freund. Ich wollte Ihnen wirklich kein Unbehagen bereiten.«

Der Retizianer blickte ihn angestrengt an. Erst nach einiger Zeit begannen sich seine Züge zu entspannen. Schließlich atmete er tief durch und kehrte zu seinem hohen Stuhl zurück.

»Ich muß mich entschuldigen«, sagte er. »Es gab einmal eine Zeit, zu der mich solche Dinge überhaupt nicht gestört hätten. Aber jetzt …« Er schüttelte betrübt den Kopf. »Passen Sie auf, daß Sie niemals alt werden, mein Freund.«

Auf diese Bemerkung des Retizianers folgte ein betretenes Schweigen. Schließlich raffte Odo sich dazu auf, es zu brechen.

»Ich hätte da einen Vorschlag«, verkündete er. »Wie wäre es, wenn wir uns zurückziehen und morgen einen neuen Anlauf nehmen? Vielleicht würde uns allen etwas Ruhe guttun.«

Jangor dachte darüber nach und nickte schließlich. »Ich denke, Sie haben recht, Quark.« Er rang sich zu einem Lächeln durch. »Sie waren schon immer die Stimme der Vernunft, nicht wahr?«

Der Gestaltwandler brachte ebenfalls ein Lächeln zustande. »Wenn Sie es sagen, wird es wohl so sein«, erwiderte er. »Ich denke, ich hatte schon immer einen guten Einfluß auf Sie, Fel Jangor.«

Der Retizianer kicherte. »Ja, das könnte man behaupten. Also bis morgen?«

Odo nickte. »Bis morgen.«

Mit einer flüchtigen Handbewegung verabschiedete sich Jangor. Doch bevor er den Raum verließ, drehte er sich noch einmal zu seinen Besuchern um.

»Wo sind nur meine guten Manieren geblieben?« fragte er. »Das Schiff, mit dem Sie gekommen sind, kann nicht sehr bequem sein. Warum verbringen Sie die Nacht nicht in meinem Schiff, damit wir gleich morgen früh weitermachen können?«

Aus dem Augenwinkel bemerkte der Constable, daß Rom seine Handflächen nach oben drehen wollte. Doch zum Glück überlegte er es sich im letzten Moment anders. Statt dessen starrte er seinen ›Bruder‹ lediglich an, als hoffte er, ihm die Botschaft per Telepathie verständlich machen zu können.

Da Odo kein Telepath war, konnte er die richtige Antwort nur raten. Erschwerend kam hinzu, daß er nicht viel Zeit für eine gründliche Überlegung hatte.

Er wandte sich wieder dem Retizianer zu. »Wir … es wäre uns ein Vergnügen.«

»Gut«, sagte Jangor. »Ich werde einen Diener kommen lassen, der Sie zu Ihren Unterkünften bringt.« Damit verließ er den Raum.

Nachdem ihr Gastgeber verschwunden war, drehte sich der Gestaltwandler zu Rom um. Der Ferengi hob in einer Geste der Entschuldigung die Hände.

»Tut mir leid«, jammerte er.

»Das will ich meinen«, murmelte Odo.

Offensichtlich mußten sie sich etwas anderes überlegen, um die Verhandlungen zu einem erfolgreichen Abschluß zu bringen. Andernfalls konnten Kiras Freunde die Energiespulen vergessen.

Im Bereitschaftsraum der *Defiant* saß Sisko zurückgelehnt in seinem Sessel und betrachtete die Leute, die sich um seinen Schreibtisch versammelt hatten. Er seufzte. Allmählich erhielt er eine Vorstellung davon, wie schlecht die Dinge wirklich standen.

»Also könnte Dr. Laffers Zustand schlimmer sein, als wir angenommen haben?« fragte er Counselor Barnes.

»Es sieht so aus«, bestätigte sie. »Doch ohne einen Arzt können wir uns nicht völlig sicher sein. Und wenn ihr Zustand kritischer werden sollte, ist niemand von uns qualifiziert, ihr zu helfen.«

Der Captain nickte. »Ich verstehe.« Er wandte sich an O'Brien und Graal, die nebeneinander Platz genommen hatte. »Und wie steht es um die Antriebssysteme?«

Der Chief zog eine finstere Miene. »Sehr schlecht.«

»Wie lange brauchen Sie, um das Warptriebwerk wieder einsatzbereit zu machen?« wollte Sisko wissen.

O'Brien warf der Craynidin einen Seitenblick zu und zuckte die Schultern. »Wahrscheinlich einige Tage. Mindestens anderthalb Tage.«

Der Captain brummte und blickte Zar an. »Lieutenant?«

»Ich habe einen Notruf abgeschickt«, meldete der Bolianer. »Aber wir sind recht weit von anderen Föderationsschiffen entfernt. Ich würde meine Hoffnungen nicht darauf setzen, daß wir in absehbarer Zeit Hilfe erhalten.«

Sisko legte die Fingerspitzen zusammen und wandte sich dann Thorn zu. »Und was ist mit den Schilden?« fragte er. »Sagen Sie mir nicht, daß es auch damit Probleme gibt!«

»Keine Sorge«, erwiderte der Sicherheitsoffizier. »Glücklicherweise arbeiten die Deflektoren ohne Beeinträchtigung. Wir sind bestens vor schädlicher Strahlung geschützt – zumindest vorläufig.«

Der Captain lächelte. »Vielen Dank, Mr. Thorn. Ich wußte, daß ich mich im Ernstfall stets auf Sie verlassen kann.« Schließlich wandte er seine Aufmerksamkeit Dax und Lopez zu. »Nun? Haben Sie schon eine Theorie entwickelt, in was wir hier hineingeraten sind?«

»Wir haben eine Theorie«, sagte die Trill.

»Ja«, bestätigte Lopez. »Nach den Resultaten der Sensoren befinden wir uns am Schnittpunkt zweier Energiewellen. Beide werden durch Supernovae in diesem Sektor erzeugt.«

»Ich weiß, wie unwahrscheinlich sich das anhört«, fügte Dax sofort hinzu. »Trotzdem ist es so.«

»Warum haben wir das nicht früher bemerkt?« fragte Sisko.

»Das hätten wir«, erklärte Lopez, »wenn wir uns mit Unterlichtgeschwindigkeit bewegt hätten. Aber diese Wellenfronten sind bei Warpgeschwindigkeit praktisch nicht festzustellen.«

»Die schlechte Nachricht lautet«, sagte Dax nüchtern, »daß wir immer tiefer in dieses Ding hineingezogen werden – sogar noch schneller, als wir anfangs vermutet hatten. In zehn Stunden, vielleicht schon früher, wird die *Defiant* mit Kräften konfrontiert sein, die sie auseinanderreißen könnten.«

Auf diese Information folgte bedrücktes Schweigen. Der Captain betrachtete die Gesichter seiner Kollegen – sowohl die der alten als auch der neuen. Keiner von ihnen schien über diese Situation glücklich zu sein.

Andererseits hatten sie alle schon schlimmere Krisen als diese überstanden. Irgendwie würden sie auch diesmal einen Ausweg finden.

»Es besteht kein Zweifel«, sagte er, »daß wir uns aus dem Griff dieses Phänomens befreien müssen, bevor wir den Punkt ohne Wiederkehr erreicht haben. Aber uns bleibt nicht genügend Zeit, um den Warpantrieb zu reparieren.« Er warf O'Brien einen nachdenklichen Blick zu. »Besteht die Aussicht, eine ausreichende Anzahl von Rettungskapseln zu reparieren, Chief?«

Es war Graal, die zuerst Antwort gab. »Ausgeschlossen«, sagte sie. »Die Schäden sind zu umfangreich.«

Sisko fluchte stumm. »Also gut. Was ist mit dem Impulsantrieb? Könnten wir ihn innerhalb der nächsten Stunden wieder in Betrieb nehmen – zumindest mit einem Teil der Kapazität?«

Der Chief runzelte die Stirn. »Ich weiß es nicht, Captain.«

»Wir werden es versuchen«, sagte die Craynidin. »Aber wir können Ihnen keine Garantie geben.«

»Damit hatte ich auch nicht gerechnet«, entgegnete der Captain. »Nehmen Sie Mr. Thorn mit. Vielleicht entdeckt er etwas, das Sie übersehen haben.«

O'Briens Gesichtsausdruck verriet, daß er das für nicht sehr wahrscheinlich hielt. Trotzdem nickte er. »Ja, Captain.«

Sisko wandte sich wieder an Zar und Barnes. »Sie beide werden sich um Dr. Laffer kümmern müssen. Wechseln Sie sich ab und halten Sie sich auf jeden Fall bereit, etwas zu unternehmen, falls sich ihr Zustand ändert.«

Der Captain wußte, daß Zar sich lieber um die

Instandsetzung der Schiffssysteme gekümmert hätte. Aber er wußte auch, daß der Bolianer seinen Befehlen Folge leisten würde, ganz gleich, wie sie lauteten.

»Ja, Captain«, sagte Zar. Barnes nickte nur.

»Und was ist mit mir?« fragte Lopez.

Sisko musterte den Mann. »Versuchen Sie, die Schäden an den Sensoren zu beheben, Esteban. Wenn wir soweit sind, brauchen wir möglicherweise alle Kapazitäten.«

Der Captain wollte gerade Dax bitten, ihn dabei zu unterstützen, doch als er ihren Gesichtsausdruck bemerkte, überlegte er es sich anders.

»Sie bleiben bei mir«, sagte er zur Trill.

In ihren Augen blitzte Dankbarkeit auf. »Verstanden, Captain.«

Niemand fragte, was Sisko und Dax zu tun beabsichtigten. Schließlich hatte jeder andere seine eigene Aufgabe und genügend Probleme, über die er sich Gedanken machen konnte.

Aber der Captain stellte sich diese Frage. Zum Glück würde er schon in Kürze eine Antwort darauf erhalten.

10

Jake wurde sich immer schmerzlicher bewußt, wie leer ihm sein Quartier vorkam, wenn sein Vater nicht da war. Er hatte gehofft, daß es etwas ändern würde, wenn er Nog auf einen fretillianischen Fizz einlud. Doch leider war Nog in letzter Zeit keine angenehme Gesellschaft.

»Er steckt in Schwierigkeiten«, sagte der Ferengi, als er sich auf Benjamin Siskos Couch zurücklehnte. »Ich weiß es genau.«

Jake schüttelte den Kopf. »Das kannst du nicht wissen. Dein Vater leistet zweifellos großartige Arbeit.«

Nog brummte. »Ich kenne meinen Vater. Und ich sage dir, daß er bestimmt keine großartige Arbeit leistet. Trotz seiner guten Absichten wird er uns die Schande eines ...« Er hielt inne, während er nach der richtigen Redensart suchte.

»Eines was?« fragte der Mensch.

»Du weißt schon«, erwiderte der Ferengi ungehalten. »Diese behaarten Tiere mit den krummen Beinen. Du hast gesagt, es seien eure Vorfahren, obwohl ich gedacht habe, daß es ein Scherz sein sollte.«

Jake dachte eine Weile nach. Dann fiel ihm ein, was Nog meinen könnte. »Eine Affenschande«, verkündete er triumphierend.

»Richtig«, sagte Nog und zeigte mit dem Finger auf ihn. »Er macht uns eine Affenschande. Mein Vater wird die Verhandlungen verpatzen.«

Der Mensch seufzte. »Du mußt mehr Vertrauen in ihn

setzen, Nog. Genauso wie du erwartest, daß er Vertrauen in dich setzt.«

Der Ferengi blickte ihn schräg von unten an. »Das verstehst du nicht. Mein Vater setzt seine Karriere aufs Spiel – vielleicht sogar sein Leben.«

Jake runzelte die Stirn. »Sein Leben? Wie meinst du das?«

Nog zog eine finstere Miene. »Ich meine, daß mein Vater bisher noch niemanden mit seinem geschäftlichen Verhandlungsgeschick beeindrucken konnte. Und ein Ferengi ohne Sinn für Geschäfte hat einfach keine Zukunft. Der Tod wäre einem solchen Schicksal vorzuziehen.«

Der Mensch wollte es nicht glauben. »Das kann nicht dein Ernst sein.«

Nog kaute gedankenverloren an einem Fingerknöchel. »Nein«, sagte er schließlich. »Nicht wirklich. Aber mein ganzes Volk ist davon überzeugt. Also spielt es überhaupt keine Rolle, was ich denke.«

»Es spielt eine große Rolle«, widersprach Jake. »Ich glaube nicht, daß dein Vater sich groß darum schert, was alle anderen Ferengi denken. Aber ich glaube, daß er sehr verletzt wäre, wenn er überzeugt wäre, dich enttäuscht zu haben.«

Sein Freund dachte wieder darüber nach. Nach einer Weile schien er Trost in dieser Vorstellung zu finden. »Vermutlich hast du recht«, sagte er. »Zumindest in menschlicher Hinsicht.«

Jake lächelte. »Das ist die einzige Hinsicht, mit der ich mich auskenne.«

»Weißt du«, sagte Nog, während sich seine Laune ein wenig besserte, »ich könnte einen weiteren Fizz vertragen. Was meinst du dazu?«

Der Junge nickte. »Klar. Ich besorge uns zwei neue.«

Der Ferengi hob die Hand. »Nein. Diese Runde geht auf meine Kosten.«

Er wirkte einen Moment lang erschrocken, als ihm bewußt wurde, was er gerade gesagt hatte. Sofort korrigierte er sich.

»Das ist natürlich nur eine Redensart.«

»Natürlich«, pflichtete Jake ihm bei.

Er sah zu, wie Nog in die Küchensektion ging. Der Ferengi bot ihm nicht oft an, etwas für ihn zu erledigen. Er sagte immer, er würde schon so häufig in der Bar seines Onkels servieren. Also war dies ein ganz besonderer Augenblick.

Und vielleicht sogar ein Ausdruck von Nogs Dankbarkeit, überlegte der Mensch. Nicht daß es nötig gewesen wäre. Jake legte keinen Wert auf Dankbarkeit. Es verschaffte ihm bereits ausreichend Befriedigung, wenn er sah, daß sein Freund neue Zuversicht gewonnen hatte.

Außerdem ließen Roms Schwierigkeiten die von Jakes Vaters vergleichsweise unbedeutend erscheinen. Nogs Vater dagegen war mit einer heiklen Situation konfrontiert, die ihn seinen guten Ruf kosten konnte.

Der Captain mußte sich nur mit einer schwierigen Phase seiner Vergangenheit auseinandersetzen. Außerdem hatte Jake vor seinem Abflug den Eindruck gewonnen, daß es gar nicht so unangenehm werden würde, wie er befürchtet hatte. Seine Reise zum Mars mochte sich am Ende sogar als vergnügliche Abwechslung erweisen.

Der Junge schüttelte den Kopf über die Ironie der Situation. Er hatte sich furchtbare Sorgen darüber gemacht, wie der Captain auf seine alten Kollegen reagieren würde – und jetzt war es Rom, der die größten Schwierigkeiten hatte.

Es läuft immer wieder auf dieselbe Erkenntnis hinaus, dachte er, während Nog die fertig gemixten Getränke brachte. *Die Dinge sind nur selten so, wie sie auf den ersten Blick erscheinen.*

Sisko wartete, bis sich die Tür zu seinem Raum geschlossen hatte und er mit Dax allein war. Dann erst wandte er sich ihr zu.

»Also?« fragte er. »Was wolltest du mit mir besprechen, alter Knabe?«

Dax runzelte die Stirn. »Was mit unseren Rettungskapseln geschehen ist, war nicht nur Pech. Wir haben einen Saboteur unter uns, Benjamin.«

Er nickte. »Ja, das weiß ich.«

Sie blickte ihn überrascht an. »Du weißt es?« fragte sie.

»Ich weiß es«, bestätigte der Captain. »O'Brien und Graal kamen vor kurzem zu mir. Sie sagten, sie hätten einen sabotierten Trägheitsabsorber-Verteilerknoten entdeckt, kurz bevor wir von der Wellenfront getroffen wurden.«

»Hm«, machte Dax nachdenklich. »Du hättest mich davon in Kenntnis setzen können, Benjamin.«

Sisko zuckte die Schultern. »Das hätte ich auch getan, wenn sich die Gelegenheit ergeben hätte. Aber bis jetzt waren wir zu sehr beschäftigt.«

Die Trill atmete einmal tief durch. »Also gut, ich verzeihe dir noch einmal.«

»Danke«, sagte der Captain. »Und jetzt sollten wir ...«

Sie hob eine Hand. »Einen Augenblick. Ich bin noch nicht fertig.«

»Aha?« sagte er. Was mochte sie sonst noch auf dem Herzen haben?

»Ich glaube, ich weiß, wer der Saboteur ist«, enthüllte Dax ihm.

Jetzt war er an der Reihe, Überraschung zu zeigen. »Tatsächlich?« sagte er. »Nun, dann solltest du mich nicht länger auf die Folter spannen.«

Dax verschränkte die Arme über der Brust, als würden ihre Erkenntnisse ihr ein gewisses Unbehagen verursachen. Was kein Wunder war.

»Es ist Thorn«, vertraute sie ihm an.

Sisko schluckte. Es hatte ihn bereits geschmerzt, als er hören mußte, daß einer seiner ehemaligen Kollegen Böses im Schilde führte. Doch wenn der Übeltäter nun beim Namen genannt wurde ...

»Hast du Beweise?« fragte er.

Die Trill preßte die Lippen zusammen und schüttelte dann den Kopf. »Das nicht gerade. Vergiß nicht, ich habe gesagt, ich *glaube*, ich weiß, wer es ist. Bisher ist es nur ein Verdacht.«

Der Captain fühlte sich unwillkürlich erleichtert. »Warum erzählst du mir nicht trotzdem alles, damit ich mir selbst ein Urteil bilden kann?«

»Gut«, erklärte sie sich einverstanden. »Als wir gemeinsam auf der Brücke waren, hat Thorn mich angelogen. Er sagte, er hätte auf der *Victory* Dienst getan. Nun, wie es der Zufall will, kenne ich jemanden, der ebenfalls an Bord der *Victory* war. Eine Vulkanierin namens Simora, die ich kennenlernte, während die *Wellington* an *Deep Space Nine* angedockt war.«

Sisko erinnerte sich an den Aufenthalt der *Wellington.* »Weiter.«

»Als ich Thorn fragte, ob er Simora kannte«, fuhr Dax fort, »sagte er ja. Doch dann beschrieb er sie als unfreundlich gegenüber Menschen, was bei Vulkaniern keineswegs ungewöhnlich ist. Schließlich verhalten sich die meisten von ihnen ein wenig arrogant gegenüber anderen Spezies.«

»Aber?« hakte der Captain nach.

»Aber Simora ist in dieser Hinsicht eine Ausnahme«, teilte sie ihm mit. »Sie kommt ausgezeichnet mit anderen zurecht, einschließlich Menschen. Und das hätte Thorn wissen müssen – wenn er die Wahrheit gesagt hätte.«

Sisko versuchte diese Informationen zu verarbeiten. »Zumindest ist es eine Tatsache«, sagte er schließlich,

»daß Thorn auf der *Victory* Dienst getan hat. Es steht in seiner Personalakte. Warum sollte der Mann dir also etwas Falsches über den Charakter deiner Freundin erzählen?«

»Ich weiß es nicht«, sagte die Trill. »Aber es gibt noch mehr Ungereimtheiten, Benjamin. Es war Thorn, der den Kurs programmierte, der uns mitten in die Energiewellenfront führte. Wenn er nur ein wenig abgewichen wäre, hätten wir ihn verfehlt.« Sie blickte ihn an. »Verstehst du, was ich damit sagen will?«

Der Captain hatte es natürlich verstanden. Trotzdem war es nur schwer zu glauben. Aidan Thorn war einer der besten, mutigsten und vertrauenswürdigsten Männer, die er jemals kennengelernt hatte. Zumindest hatte er es bis jetzt gedacht.

»Aber warum sollte er so etwas getan haben?« Es war nicht nur eine Frage an Dax, sondern auch an sich selbst. »Was hoffte er damit zu erreichen? Ich meine, wir sitzen doch alle im selben Boot. Wenn wir untergehen, geht jeder von uns unter.«

Seine Freundin schüttelte den Kopf. »Ich muß zugeben«, bemerkte sie, »daß es auch für mich ein Rätsel darstellt, warum er oder sonst jemand daran interessiert sein könnte, daß wir hier stranden. Aber *irgend jemand* ist dafür verantwortlich. Und für mich sieht es danach aus, daß Thorn dieser Jemand ist.«

Der Captain seufzte. Die Sache gefiel ihm überhaupt nicht. Am liebsten hätte er all diese Verdächtigungen entrüstet zurückgewiesen. Doch er durfte nicht zulassen, daß seine persönlichen Empfindungen das Leben der Besatzung in Gefahr brachten.

»Wenn du möchtest«, bot sich Dax an, »kann ich ihn im Auge behalten. Mit etwas Glück gibt er uns einen Hinweis auf seine Absichten – bevor unsere Frist von zehn Stunden abgelaufen ist.«

»Das wird nicht nötig sein«, sagte Sisko. »Ich habe bereits O'Brien und Graal auf den Fall angesetzt.« Er deutete mit einem Kopfnicken nach draußen. »Jetzt sollten wir uns nützlich machen, bevor die anderen uns vermissen.«

»Wir müssen uns eine neue Strategie zulegen«, entschied Odo, während er im Quartier auf und ab ging, das Jangor ihnen zur Verfügung gestellt hatte.

»Es ist mir unendlich peinlich«, sagte Rom, der das Gesicht in den Händen vergraben hatte. »Ich schäme mich in Grund und Boden.«

Der Constable blieb stehen. »Haben Sie gehört, was ich gesagt habe?« fragte er.

»Mein Bruder hat recht«, jammerte der Ferengi weiter. »Bei geschäftlichen Verhandlungen bin ich ein Versager. Eine Schande für meine Familie und jeden, mit dem ich jemals zu tun hatte!«

Odo verdrehte die Augen. Er hatte nicht die Absicht, sich dieses Gefasel länger anzuhören. Nicht wenn er einen Weg finden mußte, wie sich ihre Operation doch noch retten ließ.

»Versuchen Sie sich zusammenzureißen«, sagte er zu seinem Begleiter. »Wir haben einen Fehler begangen, das ist alles. Jetzt werden wir es besser machen.«

Doch Rom ließ sich nicht davon abbringen, sich zu geißeln. »Mein Bruder hat es mir immer wieder gesagt«, stöhnte er. »Ich habe einfach nicht das gleiche Geschick wie er. Ich bin ein geschäftlicher Versager!«

Der Gestaltwandler seufzte. *Jetzt verrät er mir, daß er ein Versager ist! Warum hätte er es mir nicht vor diesem Unternehmen sagen können? Warum hat er mich nicht davor gewarnt, daß er zusammenbricht, wenn der Druck zu groß wird?*

Bedauerlicherweise mußte Odo die Sache nun gemeinsam mit ihm durchstehen. Wenn er Kira nicht enttäuschen wollte, mußte er einfach das Beste daraus machen.

»Ich habe kein Recht, mich weiterhin als Ferengi zu bezeichnen«, beklagte sich Rom. »Ein Ferengi ohne Sinn für Profit ...«

»Ist kein Ferengi«, fügte der Gestaltwandler hinzu, ohne richtig darüber nachzudenken.

Rom wurde vorübergehend von seinen Selbstvorwürfen abgelenkt und blickte zu ihm auf. »Die achtzehnte Regel des Erwerbs. Sehr gut.«

Odo verzog das Gesicht. »Wie ich schon sagte, brauchen wir einen neuen Ansatz. Einen Plan, der ohne Handzeichen auskommt. Oder irgendwelche anderen Signale.«

Der Ferengi schien verwirrt. »Aber wie wollen Sie ohne Zeichen wissen, was Sie tun sollen? Was Sie sagen sollen?«

»Ganz einfach«, erwiderte der Constable. »Ich werde improvisieren.«

O'Brien blickte nacheinander Graal und Thorn an und runzelte die Stirn. »Also gut«, sagte er. »Sie haben gehört, was der Captain gesagt hat. Wir müssen dieses Schiff in den nächsten paar Stunden wieder in Gang bringen – sonst sieht es schlecht für uns aus.«

Er tippte etwas in eine Konsole und rief damit eine Übersicht der Impulstriebwerke auf den Monitor. Wie er bereits im Besprechungsraum angedeutet hatte, sah es wirklich nicht gut aus.

»Hiermit müssen wir arbeiten«, sagte er zu seinen Kollegen. »Und diese Maschinen sind im Vergleich zum Warpantrieb noch in guter Verfassung. Wie Sie sehen, ist unsere Vorgehensweise völlig klar.«

Die Craynidin, die neben seiner rechten Schulter stand, gab ein pfeifendes Geräusch von sich. Thorn, der über O'Briens linke Schulter schaute, brummte nur.

»Ich bin kein Experte für Impulstechnik«, stellte der große Mann fest, »aber wie es scheint, sind mehrere Komponenten überhaupt nicht beschädigt.«

»Das ist richtig«, stimmte der Chief ihm zu. »Bedauerlicherweise wurden mehrere andere Komponenten in Schrott verwandelt – vor allem die kleineren und empfindlicheren Teile. Und wir brauchen sie alle, wenn wir das Ding wieder zum Laufen bringen wollen.«

Thorn verzog das Gesicht. »Wenn sie wirklich so klein sind, wie sie aussehen, könnten wir die Ersatzteile doch einfach mit unseren Replikatoren herstellen. Die Muster sind doch bestimmt irgendwo im Schiffscomputer programmiert.«

O'Brien dachte kurz darüber nach. »Eine interessante Idee«, mußte er eingestehen. »Aber es gibt da ein Problem. Um alle Teile zu ersetzen, benötigen wir mehr Rohmaterial, als wir an Bord haben.«

»Dann könnten wir zumindest die wichtigsten Komponenten replizieren«, schlug Graal vor, »und den Rest durch Teile aus anderen Systemen ersetzen.« Sie zeigte auf den Monitor. »Das hier zum Beispiel. Die Wellenmodulationsschiene. Mit ein wenig Arbeit können wir einen Graviton-Inverter aus dem Traktorstrahlemitter modifizieren, damit er diese Aufgabe übernehmen kann.«

Der Chief blickte auf. »Das könnte sogar funktionieren«, sagte er. Er beschäftigte sich mit den Kontrollen und stellte einige Berechnungen an. Dann lächelte er. »Es scheint zu funktionieren.«

»Ich werde die nötigen Spezifikationen für die Replikatoren zusammenstellen«, bot sich die Craynidin an.

Thorn drehte sich zu ihr um. »Ich werde Ihnen dabei helfen.«

O'Brien nickte. »Gut.« Er tippte auf seinen Kommunikator. »Maschinenraum an Captain Sisko.«

»Sisko hier«, kam die Antwort. »Was haben Sie erreicht, Chief?«

»Wir haben eine Idee«, erklärte O'Brien. »Aber wir werden einige Zeit benötigen, bis wir wissen, ob es wirklich funktioniert. Im Prinzip geht es darum, Ersatzteile für den Impulsantrieb zu replizieren – und den Rest notdürftig zu flicken.«

Es gab eine kurze Pause. Anscheinend hatte der Captain Bedenken, was diesen Plan anging. Andererseits jedoch schien er ihre Meinung respektieren zu wollen.

»Halten Sie mich auf dem laufenden«, wies er O'Brien an.

»Das werden wir tun«, antwortete der Chief. »O'Brien Ende.«

Im Quartier, das sie in Fel Jangors Schiff bezogen hatten, beobachtete Odo, wie Rom die Kinnlade herunterklappte. Das war nicht unbedingt ein angenehmer Anblick, wie er feststellen mußte.

»Sie wollen improvisieren?« wiederholte Quarks Bruder fassungslos. »Aber wie? Sie sind kein Ferengi. Sie wurden nie in der subtilen Kunst der Verhandlungsführung ausgebildet.«

»Dann bilden Sie mich aus«, sagte der Constable.

Rom blickte ihn entsetzt an. »Hier? Jetzt?«

»Warum nicht?« fragte Odo. »Ich habe schließlich bereits die Erwerbsregeln auswendig gelernt.«

Der Ferengi schüttelte traurig den Kopf. »Die Regeln des Erwerbs sind nur die elementarsten Richtlinien. Um erfolgreiche Geschäftsverhandlungen zu führen, brauchen Sie Stil. Sie brauchen Elan.«

»So wie Quark?« fragte der Gestaltwandler.

Rom nickte energisch. »Aber ja! Mein Bruder hat sehr viel Stil.«

»Also gut«, sagte Odo. »Dann muß ich ihn mir eben aneignen. Wenn Sie mir sagen können, wie Quark vorgeht, werde mich daran halten.«

Der Ferengi zögerte. »Quark würde es gar nicht gefallen, wenn ich Ihnen alles über ihn verrate. Ganz und gar nicht.«

»Warum nicht?« fragte der Constable.

Rom preßte die Lippen zusammen. »Darum eben. Es ist ...« Er zuckte die Schultern. »... eine persönliche Sache.«

»Ich verstehe«, sagte Odo. »Und wie persönlich wäre es für Quark, wenn ich seine Bar für einige Wochen schließen lasse? Sagen wir, wegen geringfügiger Verstöße gegen die Gesundheitsvorschriften, die ich bislang großzügigerweise übersehen habe?«

Der Ferengi schluckte. »Das würden Sie niemals tun.«

Der Gestaltwandler lächelte. »Ach, meinen Sie?«

Rom seufzte. »Vielleicht hat mein Bruder Verständnis«, erwiderte er, »wenn ich Ihnen ein paar kleine Tips gebe.«

»Zum Beispiel?« wollte Odo wissen.

»Nun«, sagte der Ferengi, »mein Bruder sagt immer, der Schlüssel für eine erfolgreiche Verhandlung liegt darin, sich so zu verhalten, als wäre es einem völlig gleichgültig, wenn nichts aus dem Geschäft wird.« Er vollführte eine wegwerfende Handbewegung, um diesen Punkt zu demonstrieren.

Der Constable blickte ihn unsicher an. »Aber es ist mir nicht gleichgültig«, sagte er. »Diese Energiespulen sind für Kira und ihr Volk sehr wichtig.«

»Natürlich sind sie das«, erwiderte Rom. »Aber Quark würde sagen, daß Sie es vergessen sollten, wenn Sie Erfolg haben wollen.«

Odo schnaufte. »Das mag bei Quark funktionieren, aber nicht bei mir. Vielleicht sollte ich einen anderen Verhandlungsstil lernen, der meinem Temperament angemessener ist.«

Rom brummte unwillig. »Entschuldigen Sie meine Bemerkung, aber ich kenne keinen Ferengi, der Ihr Temperament hätte.«

Der Gestaltwandler runzelte die Stirn. »Also gut. Vergessen Sie mein Temperament. Gehen Sie einfach ein paar der klassischen Strategien durch, und ich werde mir eine aussuchen.«

Sein Begleiter dachte eine Weile nach. »Nun«, sagte er schließlich, »da gäbe es das Moxon-Manöver. Es führt häufig zum Erfolg.«

»Das Moxon-Manöver? Was ist das?« fragte Odo.

»Es wurde nach dem Onkel meines Vaters benannt«, erklärte Rom. »Wenn er in Verhandlungen mit jemandem eintrat, den er nicht kannte, dann stellte er sich einfach dumm.« Der Ferengi ließ den Finger neben seinen Ohren kreisen und rollte mit den Augen. »Sie wissen schon, geistig minderbemittelt.«

Der Gestaltwandler beobachtete ihn aufmerksam. »Und das soll funktionieren?«

Rom nickte eifrig. »Aber ja! Dadurch haben seine Verhandlungspartner ihre Vorsicht vernachlässigt. Sie waren so begierig darauf, Onkel Moxon zu übervorteilen, daß sie sich am Ende mit einem ungünstigen Geschäft einverstanden erklärten. Das heißt, ungünstig für sie, nicht für Onkel Moxon.«

Odo schüttelte den Kopf. »Ich glaube nicht, daß es eine gute Idee wäre, sich dumm zu stellen. Außerdem kennt Jangor Ihren Bruder bereits. Er würde sich wundern, wenn ich plötzlich aus der Rolle falle.«

Der Ferengi wurde nachdenklich. »Das ist wahr.«

»Was gibt es noch?« erkundigte sich der Gestaltwandler.

Wieder mußte Rom eine Weile grübeln. Schließlich hellte sich seine Miene auf. »Wir könnten es mit der Pluboi-Strategie probieren.«

»Pluboi?« wiederholte Odo. »Ein anderer Onkel, vermute ich.«

»Ein entfernter Cousin«, sagte der Ferengi. »Aus der Verwandtschaft meiner Moogie.«

»Entzückend«, sagte der Constable. »Und wie sieht seine Strategie aus?«

Rom lächelte. »Eine Überhäufung mit Informationen. Pluboi legt großen Wert darauf, überwältigende Datenmengen zu jedem beliebigen Thema zur Verfügung zu haben. Und wenn ein Geschäft ansteht, überschüttet er seinen Partner mit diesen Informationen.«

Odo kniff leicht die Augen zusammen. Nach seinem Dafürhalten war das eine recht clevere Strategie. »Die andere Seite wird mit Informationen überflutet, bis sie nicht mehr weiß, was sie noch glauben soll. Dann kommt Ihr Cousin ins Spiel und nutzt die Verwirrung für seine Zwecke aus.«

Der Ferengi kicherte und rieb sich die Hände. »Genau. Also ... was halten Sie davon?«

Der Gestaltwandler schüttelte den Kopf. »Es ist etwas zu spät, um Daten über Energiespulen zu sammeln. Und selbst wenn wir einiges zusammentragen könnten, würde Jangor nicht darauf hereinfallen. Er scheint mir viel zu selbstbewußt zu sein, um sich von einer solchen Taktik irritieren zu lassen.«

»Irgendwie hatte ich es im Gefühl«, sagte Rom, »daß Sie das sagen würden. Leider bleibt uns nun nicht mehr viel übrig.« Plötzlich riß er die Augen auf und schnippte mit den Fingern. »Bis auf die Krechma-Offensive!«

Odo musterte ihn mißtrauisch. »Und was soll das sein?«

»Krechma – der zu meinem Bedauern überhaupt nicht mit mir verwandt ist – war einer unserer brillantesten Unterhändler, bis er vor mehreren Jahren bei einem Bergwerksunfall das Leben verlor.« Der Ferengi hielt kurz inne. »Es war sehr mysteriös – die Umstände seines Todes, meine ich. Bis heute wird von manchen behauptet, daß er gar nicht die Räder des Fahrzeugs untersuchen wollte, sondern ...«

»Rom!« knurrte der Gestaltwandler.

Der Ferengi unterbrach sich abrupt. »Entschuldigung«, sagte er bedauernd. »Ich scheine gelegentlich abzuschweifen.«

»Sie müssen sich nicht entschuldigen«, sagte Odo seufzend. »Erzählen Sie mir einfach von der Krechma-Offensive.«

»Gut«, sagte Rom und riß sich zusammen. »Krechmas Strategie bestand darin, seinen Gegenspielern Angst zu machen. Dazu nutzte er jede sich bietende Möglichkeit – indem er andeutete, ihre Waren wären unter dem Standard, ein Konkurrent würde den Markt übernehmen oder was immer ihm gerade einfiel.«

»Angst«, sagte der Constable nachdenklich. »Und das hat funktioniert?«

»Wie ein Zauberspruch«, schwor der Ferengi. »Innerhalb weniger Minuten hatte Krechma die schlimmsten Ängste seiner Verhandlungspartner erkannt und sie geschürt. Dann dauerte es nicht lange, bis ihre Nerven so zerrüttet waren, daß sie ihm alles geben wollten, was er verlangte. Und sie waren ihm sogar noch dankbar dafür.« Er grinste. »Vielleicht verstehen Sie jetzt, warum ich Krechma als Helden verehre.«

Odo ging nicht auf diese Bemerkung ein. Er überschlug die vorhandenen Möglichkeiten – um sie schließlich zu verwerfen.

»Viel zu individuell«, lautete sein Urteil. »Nur eine entsprechend geartete Persönlichkeit könnte damit arbeiten. Wie ich bereits bemerkte, ist ein Jangor ein erfahrener Geschäftsmann. Ich glaube, selbst jemand wie Krechma – wenn er noch am Leben wäre – hätte Schwierigkeiten mit unserem Gastgeber.«

Rom zuckte die Schultern. »Mir fällt jedenfalls nichts mehr ein. Ich bin überzeugt, daß es noch zahlreiche andere Methoden gibt, aber wenn es um geschäftliche Verhandlungen geht, lassen sich meine Artgenossen nicht gerne in die Karten blicken.«

»Das kann ich mir vorstellen«, erwiderte der Gestaltwandler. »Damit bleibt mir nur noch eine Möglichkeit.«

»Und die wäre?« fragte sein Begleiter.

Odo hob entschlossen den Kopf. »Ich muß meinen eigenen Stil entwickeln.«

Zar hatte nun schon seit zwei Stunden Lopez dabei geholfen, die beschädigten Sensoren der *Defiant* zu reparieren. Obwohl sie bereits einige Fortschritte gemacht hatten, lag noch viel Arbeit vor ihnen.

Der Bolianer wäre gern länger bei seinem alten Kollegen geblieben, um ihre Bemühungen zu einem gemeinsamen Abschluß zu bringen. Doch leider hatte Captain Sisko ihn gebeten, sich mit Barnes bei der Beobachtung von Dr. Laffer abzuwechseln, und Zar legte großen Wert darauf, Befehle stets zu befolgen.

Mit einer Ausnahme. Aber wenn er sich damals anders verhalten hätte, wäre Sisko den Borg zum Opfer gefallen. Und zu diesem Zeitpunkt hatte es schon so viele Opfer gegeben.

Als er die Krankenstation betrat, sah Zar, wie Barnes mit verschränkten Armen über der Brust neben Laffer stand. Die Counselor wirkte hilflos und verzweifelt. Als sie zu ihm aufblickte, erkannte er die Schatten unter ihren Augen – die nicht auf Schlafmangel zurückzuführen waren, wie er vermutete.

Die Ärztin sah natürlich viel schlimmer aus. Erheblich schlimmer.

»Irgend etwas Neues?« fragte der Bolianer leise.

Barnes schüttelte den Kopf. »Alles unverändert.«

»Jetzt bin ich an der Reihe«, rief er ihr ins Gedächtnis. »Warum legen Sie sich nicht eine Weile hin? Oder schauen nach, ob es auf der Brücke etwas für Sie zu tun gibt?«

Die Counselor nickte. »Ich denke, ich könnte einen Ortswechsel vertragen.«

»Gehen Sie nur«, sagte er. »Ich werde gut auf Dr. Laffer achtgeben.«

Sie rang sich zu einem traurigen Lächeln durch. »Davon bin ich überzeugt«, erwiderte sie.

Mit offensichtlichem Zögern ging sie um Laffers Biobett herum und machte sich auf den Weg zum Ausgang. Kurz darauf war sie verschwunden.

Der Bolianer wandte seine Aufmerksamkeit seiner alten Kollegin zu, deren blasses Gesicht ihn tief beunruhigte. Er seufzte. »Es macht mir nichts aus, eine Weile den Babysitter für Sie zu spielen«, sagte er zu ihr. »Ich möchte nur nicht, daß es zu einer Gewohnheit wird.«

Laffer hatte noch nie viel von seinen Scherzen gehalten. Also war es gar nichts Ungewöhnliches, daß sie auch jetzt nicht darauf reagierte. Zar suchte sich einen Stuhl und setzte sich. Er ahnte, daß es eine lange Krankenwache werden würde.

11

Quark öffnete die Augen, blickte sich um und stöhnte. Er lag in der Krankenstation von *Deep Space Nine,* wie er zu seiner Bestürzung feststellen mußte. Und er fühlte sich überhaupt nicht gut.

Er hatte den Eindruck, sein Kopf wäre mit Sand gefüllt. Das war nicht nur unangenehm, sondern erschwerte obendrein das Denken. Er stöhnte ein zweites Mal, und zwar noch lauter als zuvor.

»Es freut mich, das zu hören«, sagte Dr. Bashir.

Der Ferengi reckte den Hals und sah, wie der Arzt quer durch die medizinische Abteilung auf ihn zukam. Er hielt einen Tricorder in der Hand.

»Wenn ich es nicht besser wüßte«, fuhr Bashir fort, »würde ich meinen, ich hätte es mit einem schwangeren Mugato zu tun.«

Quark blickte erstaunt auf. »Ein Mugato?« fragte er. »Was beim geheiligten Namen des Großen Nagus ist das?«

»Das Mugato«, sagte der Arzt, während er den Tricorder auf den Ferengi richtete, »ist eine Primatenart auf …«

Quark unterbrach ihn mit einer ungeduldigen Handbewegung. »Ich habe es mir anders überlegt«, erklärte er. »Ich will es gar nicht wissen. Sagen Sie mir einfach nur, was ich hier mache – nachdem ich vor wenigen Augenblicken noch auf Risa war.« Er schien sich voller Wehmut an diesen Ort erinnern. »Es war an einem unberührten Strand mit weißem Sand, seufzenden Soja-Bäumen und kristallklarem blauem Meer. Ich war gerade dabei, ein Konsortium zusammenzustellen, um dort eine Lithium-Gewinnungsanlage zu bauen ...«

Der Doktor lächelte sein unerträgliches menschliches Lächeln. Quark runzelte die Stirn. Ferengi-Ärzte gaben sich nicht mit solchen Freundlichkeiten ab. Warum sollten sie es auch tun, wenn niemand bereit war, für zuvorkommendes Verhalten am Krankenbett mehr zu bezahlen?

»Gut«, sagte Bashir. »Wie ich sehe, sind Sie dem Plan vorausgeeilt. Eigentlich sollten Sie erst in ein paar Stunden aufwachen.« Er hob eine Hand des Ferengi und untersuchte sie. »Die Pusteln gehen ebenfalls zurück.«

Der Ferengi blickte zu ihm auf. »Pusteln? Was für Pusteln?« Er entzog ihm seine Hand, um sie persönlich in Augenschein zu nehmen. Dann keuchte er auf. *»Gruw'r!«* rief er.

»Es sieht so aus«, pflichtete der Arzt ihm bei. »Im Endstadium, versteht sich. Ihnen droht keine unmittelbare Gefahr mehr.«

Quark atmete erleichtert auf. Er hatte immer befürchtet, daß diese Krankheit ihn eines Tages erwischen würde. Offensichtlich war dieser Tag nun gekommen.

Aber ... was war dann mit dem Strand von Risa? War alles nur ein Traum gewesen, hervorgerufen durch das Fieber der Infektion?

»Wie lange bin ich schon hier?« fragte er.

Bashir zuckte lässig mit einer Schulter. »Etwa vierundzwanzig Stunden. Ihr Bruder hat sie bewußtlos in Ihrem Quartier aufgefunden und Hilfe geholt.«

Der Ferengi lächelte. »So ist Rom. Immer in der Nähe, wenn ich ihn brauche.« Doch dann kam ihm ein sehr besorgniserregender Gedanke. »Einen Augenblick! Er raubt mich doch nicht etwa aus, während ich hier liege, oder?« Quark wollte sich aufrichten, mußte jedoch feststellen, daß er noch zu geschwächt war, so daß er den Versuch aufgab. »Halten Sie ihn auf, Doktor!« keuchte er. »Bitte – solange es noch nicht zu spät ist!«

Bashir schüttelte den Kopf. »Rom raubt Sie nicht aus. Das kann ich Ihnen versichern. Ihre Bar ist geschlossen, seit er abgereist ist.«

Quark starrte ihn entsetzt an. »Seit er abgereist ist? Wohin zur Hölle hat er sich davongemacht?«

Der Doktor bedachte ihn mit einem langen Blick. »Erinnern Sie sich nicht mehr? Die Energiespulen für die Stadt auf Bajor. Das Treffen mit Ihrem Freund Fel Jangor.«

Plötzlich war alles wieder da und erfüllte seinen Kopf wie ein Schwarm wirbelnder Jinga-Wespen. Nicht die schwarze Subspezies, sondern die weiße – deren Stiche tagelang schmerzten.

»Major Kira wird mich umbringen«, stöhnte der Ferengi.

»Darüber würde ich mir keine Sorgen machen«, sagte Bashir.

Quark griff nach seinem Arm. »Sie verstehen nicht. Mein Bruder hat nicht die geringste Ahnung von geschäftlichen Verhandlungen. Er wird auf die Nase fallen.«

»Vielleicht«, erwiderte der Doktor. »Aber wie ich mitbekommen habe, soll Rom die Verhandlungen gar nicht führen.«

Der Ferengi starrte ihn an. »Wer dann?«

»Odo«, antworte Bashir.

Zuerst dachte Quark, er hätte sich verhört. Dann wurde ihm trotz des krankheitsbedingten Nebels in seinem Gehirn klar, was geschehen sein mußte.

Doch ihm wurde noch viel mehr klar. Wenn der Constable fort war und seine Rolle übernommen hatte und sich gleichzeitig ein großer Teil der Stationsleitung mit dem Captain auf dem Weg zum Mars befand …

»Ich muß die Bar öffnen«, gab der Ferengi bekannt.

Wieder versuchte er, sich aufzusetzen. Doch der Doktor legte ihm eine Hand auf die Brust, um ihn wirkungsvoll daran zu hindern.

»Nein, das werden Sie nicht tun«, teilte Bashir ihm mit. »Sie sind zwar auf dem Wege der Besserung, aber Sie haben das Ziel der Genesung noch nicht erreicht.«

»Aber in jeder Minute, die ich hierbleibe …«

»Schwinden Ihre potentiellen Profite dahin«, bemerkte der Arzt. »Dessen bin ich mir bewußt. Aber wenn ich Sie zu früh entlasse, könnte es zu Komplikationen kommen, und ich bin überzeugt, daß keiner von uns beiden daran interessiert ist.«

Quark fluchte unterdrückt. »Ist ein geschäftlicher Verlust etwa keine Komplikation?« Er stöhnte erneut. »Wie soll ich wieder genesen, wenn alles, was ich besitze, in großer Gefahr schwebt? Wie soll ich gesund werden, wenn in meinem Kopf ein völliges Durcheinander herrscht?«

Der Arzt warf ihm einen Blick von der Seite zu. »Es geht nichts über eine kräftige Übertreibung, mein Freund. Und Sie haben wieder einmal großes Talent in dieser Kunst bewiesen. Trotzdem werden Sie hierbleiben, bis ich Sie für gesund erklärt habe. Die Diskussion ist beendet.«

Der Ferengi biß sich auf die Lippe. »Ich verlange, Major Kira zu sehen. Sie kennt sich mit Tyrannen aus. Sie wird mich hier herausholen.«

»Das mag sein«, erwiderte Bashir freundlich. »Aber meines Wissens gilt die Bestimmung noch immer, nach der der ranghöchste Arzt in einer Föderationseinrichtung das letzte Wort in medizinischen Angelegenheiten hat.« Er lächelte mitleidvoll. »Ich fürchte, Ihnen bleibt keine andere Wahl, als hierzubleiben, Quark. Sie sollten sich damit abfinden.«

Der Ferengi versuchte sich ein drittes Mal aufzurichten, doch wieder mußte er einsehen, daß seine Kraft dazu nicht ausreichte. Ihm wurde sogar schwindlig von der Anstrengung. Er ließ sich auf das Bett sinken und tat, wie ihm der Doktor befohlen hatte.

Er fand sich mit der Einschränkung seiner Bewegungsfreiheit ab – zumindest vorläufig. Doch bei den großen und ruhmreichen Ohren des Nagus, er wußte, daß er sie nicht mehr lange ertragen konnte.

Constance Barnes bemühte sich nach Kräften, sich durch den Korridor außerhalb der Krankenstation der *Defiant* zu bewegen, doch das war nicht so einfach wie unter normalen Umständen.

Die Wände schienen sich einzudellen und versprühten glühende Funken, wie Drachen aus einem Märchen. Flammen loderten vor und hinter ihr auf und versengten ihre Haut. Selbst der Boden unter ihren Füßen war wacklig und unzuverlässig, während er von einem tiefen Grollen aus den Eingeweiden des Schiffes durchgeschüttelt wurde.

Nein, sagte sie sich und streckte beide Arme seitlich aus, um das Gleichgewicht zu wahren. Sie schloß die Augen, so fest sie konnte, um den Anblick der Funken und Flammen zu verdrängen. *Es ist nicht real,* dachte sie intensiv. Nichts von alledem war real. Es war nur einer dieser Tagalpträume.

Barnes hatte sie an Bord der *Endeavour* häufig erlebt. Zu Anfang waren es nur Angstanfälle gewesen, unheimliche und abrupte Echos des Schreckens, den sie auf der *Saratoga* empfunden hatte. Dann waren sie zunehmend schlimmer geworden – dunkler, intensiver und beunruhigender –, bis sie nicht mehr zu schlafen wagte, weil sie befürchtete, von ihnen überwältigt zu werden.

Sie hatte es geschafft, vom Ersten Medo-Offizier der *Endeavour* Schlafmittel zu bekommen – einem guten

Freund von ihr. Aber das hatte ihr nicht geholfen, wenn die Attacken tagsüber erfolgten. Und trotz des Wahnsinns und der Panik dieser Momente war sie gezwungen, so zu tun, als wäre alles in Ordnung. Andernfalls hätte der Captain sie sofort von ihrer Verantwortung als Schiffscounselor entbunden.

Und das hätte sie nicht ertragen. Sie hatte eine Aufgabe. Sie hatte eine Mission, mochte sie noch so schwierig für sie sein. Und sie konnte nicht erlauben, daß irgend jemand oder irgend etwas sie von ihren Pflichten abhielt.

Als sie die Augen öffnete, sah sie, daß die Flammen und Funken verschwunden waren. Die Wände waren wieder gerade, und der Boden hatte sich beruhigt. Alles war wieder so, wie es sein sollte.

Sicher, vertraut und unbedrohlich.

Sie atmete tief durch und setzte ihren Weg durch den Korridor fort. Einen Schritt nach dem anderen, jeden mit etwas mehr Selbstvertrauen. Schon kurze Zeit später hätte kein Beobachter mehr vermutet, daß mit ihr etwas nicht gestimmt hatte.

Es war wichtig, daß jeder davon überzeugt war. Es war wichtig, daß sie die anderen genauso wie Captain Kyprios täuschte.

Bestimmt hatte der Captain gespürt, wie unangenehm ihr die Vorstellung war, sich mit ihren alten Kameraden wiederzutreffen. Doch von der Tiefe ihres Schmerzes oder dem Grund dafür hatte er nichts bemerkt.

Es war keine Angst, die sie empfunden hatte, als sie von der Schiffstaufe der neuen *Saratoga* gehört hatte. Es war ein Bedürfnis, eine Leere, die sie ausfüllen mußte – ein so mächtiges Verlangen, daß sie es kaum noch ertragen konnte.

Endlich erhielt sie nach all den Jahren die Chance, sich von ihren wütenden Alpträumen zu befreien. Und sie wollte sich diese Chance auf keinen Fall entgehen lassen. Das hatte sie sich selbst mit leidenschaftlicher Intensität versprochen.

Nicht daß es einfach sein würde. Es war vermutlich das Schwierigste, was sie in ihrem Leben je unternommen hatte. Aber sie schwor sich, daß sie die Kraft aufbringen würde, es durchzustehen. Sie würde ...

Plötzlich bebte der Boden unter ihren Füßen erneut. Während sie um ihr Gleichgewicht kämpfte, wurde es stockdunkel. Von überall kam das Kreischen des Schiffes, das sich wie ein Tier im Todeskampf wand.

Ein Teil der Wand wurde vor ihr in den Korridor geschleudert und enthüllte wütende elektromagnetische Tentakel, die wie smaragdgrüne Schlangen hin und her zuckten. In der Luft hing der Gestank nach Blut und verkohltem Fleisch, und der Lärm von sich reibendem Metall wurde immer lauter.

Nein, dachte sie. Es geschah schon wieder, und es war schlimmer als je zuvor. Genauso wie auf der *Saratoga.*

Angst schnürte ihr die Kehle zu, bis sie kaum noch atmen konnte. Sie schloß die Augen, hielt sich die Ohren mit den Händen zu und stürmte vorwärts. Sie wollte es nicht länger ertragen.

Irgendwo in dieser Richtung lag ein Turbolift und die Verheißung, aus diesem Alptraum entkommen zu können. Wenn sie die Brücke erreichte, redete sie sich ein, würde alles wieder gut sein. *Wenn ich doch nur die Brücke erreiche ...*

Dax überprüfte ihre Bildschirme, nahm einige Schaltungen vor und runzelte die Stirn. Es war nicht einfach, mit einer Sensorenphalanx zu arbeiten, die über weniger als siebzig Prozent Effizienz verfügte. Und die herrschende angespannte Atmosphäre machte es für sie doppelt schwierig.

Nichtsdestotrotz hatte sie Fortschritte gemacht und in

mehreren Schritten zahlreiche Daten über das Phänomen gesammelt. Außerdem versuchte sie in gewissen Abständen, die gesammelten Informationen zu übertragen, in der Hoffnung, die brodelnden Kräfte zu durchdringen, von denen sie umgeben waren, damit wenigstens ihre Beobachtungen überlebten, falls sie hier sterben sollten.

Für die meisten anderen wäre das nur ein schwacher Trost gewesen, aber die Trill sah eine ihrer wichtigsten Aufgaben darin, das Wissen der Föderation über kosmische Phänomene zu erweitern, und diese Energiewellen gehörten zweifellos zu den wissenswerten Dingen.

Nicht daß Dax freiwillig ihr Leben für diese Daten gegeben hätte. Aber wenn ihr Leben ohnehin verwirkt war, wollte sie alles tun, um der Nachwelt etwas zu hinterlassen.

»Wie kommen wir voran, alter Knabe?«

Sie blickte sich zum Fragesteller um. Natürlich war es der Captain, der hinter sie getreten war. Niemand anderer in dieser Galaxis nannte sie »alter Knabe«.

Sie sonnte sich in der Vertrautheit seiner Nähe. »Ich war anscheinend sehr in meine Arbeit vertieft. Sonst hättest du dich niemals unbemerkt anschleichen können, Benjamin.«

Sisko zuckte die Schultern. »Ich habe in meinen besten Tagen schon viele Leute überrascht. Einschließlich Curzon, falls du dich erinnerst.«

Sie erinnerte sich durchaus an ihr gemeinsames Training. Es war hart und anstrengend gewesen – und zwingend notwendig für jemanden, der sich zu jener Zeit mit Klingonen auseinandersetzen wollte.

»Zählt es nicht, daß er einen Kater hatte?« fragte die Trill.

»Ich war ebenfalls verkatert«, erwiderte der Captain. »Also kann ich es nicht als Entschuldigung gelten lassen.«

Er legte eine Hand auf ihre Schulter und beugte sich vor, um auf die Monitoren zu schauen. Die Anzeigen spiegelten sich in seinen Augen.

»Nicht schlecht«, sagte er. »Selbst für dich.«

Dax lächelte verbissen. »Danke. Ich hoffe nur, daß diese Arbeit nicht zu meinem Vermächtnis wird, falls du verstehst, was ich meine.«

»Ich verstehe dich«, bestätigte er.

Auf dem Sichtschirm waren die Farben des Phänomens sogar noch intensiver geworden. Für einen Moment herrschten Wellenmuster in Violett und Gelb vor, um dann durch Ketten aus grünen Blüten ersetzt zu werden. Zumindest verglich die Trill diese Gebilde unwillkürlich mit Blüten. Während sie sich entfalteten und wuchsen, wurden sie orange und dann rot, bis sie sich zu einem blauen Flimmern auflösten.

»Nicht nur faszinierend«, sagte sie, »sondern auch ästhetisch ansprechend. Ich bezweifle, daß es in der Föderation eine Spezies gibt, die sich nicht an diesem Anblick erfreuen würde.«

Er nickte. »Ich bin ganz deiner Meinung.«

»Haben wir schon eine Reaktion auf unseren Notruf?« fragte die Trill.

Ohne den Blick vom Bildschirm zu nehmen, schüttelte der Captain den Kopf. »Selbst wenn wir jemanden erreichen, ist es noch zu früh, auf eine Antwort zu hoffen. Und demnächst werden uns die Energien da draußen ohnehin von jeder Kommunikation abschneiden.« Er warf ihr einen kurzen Blick zu. »Als würde ich damit etwas Neues erzählen!«

Dax betrachtete ihren Freund. Trotz der schrecklichen Situation, in der sie stecken, trotz des immensen Drucks, der auf ihnen allen lastete, schien er die Verkörperung der inneren Ausgeglichenheit zu sein.

Doch genau das war die größte Stärke dieses Mannes – seine unerschütterliche Ruhe, seine Fähigkeit, inmitten des Chaos einen kühlen Kopf bewahren zu können. Und diese Fähigkeit wurde ihm auch jetzt wieder abverlangt.

»Mach weiter«, sagte Sisko. »Und wenn ich etwas Neues höre, kannst du dich darauf verlassen, daß du es als erste erfahren wirst.«

»Ich werde dich gegebenenfalls an dieses Versprechen erinnern«, erwiderte die Trill.

Doch bevor er sich aufrichten konnte, öffneten sich hinter ihm die Lifttüren. Aus purer Neugier warf Dax einen Blick über die Schulter, um zu sehen, wer sich eingefunden hatte. Schließlich war ihre Schicht noch nicht vorüber.

Es war Counselor Barnes. Aber die Frau wirkte irgendwie wütend. Oder verängstigt. Oder beides. Und sie blickte Dax genau in die Augen.

»Was zum Teufel ist mit Ihnen los?« keuchte die Counselor, die Augen weit aufgerissen und zornig gerötet.

»Wie bitte?« fragte die Trill verblüfft zurück.

»Was sind Sie? Vielleicht ein Monster?« wollte Barnes wissen.

Dax schüttelte den Kopf. Sie verstand immer noch nicht. »Soll das ein Scherz sein, den ich nicht begreife?« fragte sie.

Die Mundwinkel der Counselor zuckten angewidert. »Wissen Sie nicht, daß wir alle in wenigen Stunden sterben werden? Und Sie sitzen seelenruhig da und sammeln Ihre Daten, als wäre es das Natürlichste der Welt. Haben Sie denn überhaupt keine Gefühle? Geht es Sie überhaupt nichts an?«

Sisko runzelte die Stirn. »Lieutenant Dax hat genau die gleichen Gefühle wie jeder andere«, erwiderte er ruhig. »Und sie leistet wertvolle Arbeit – wenn ihre Daten in Zukunft andere davor bewahren, diesem Phänomen zum Opfer zu fallen.«

Barnes schüttelte den Kopf, ohne ihn auch nur eines Blickes zu würdigen. »Nein«, sagte sie, während sie Dax immer noch anklagend anstarrte. »Das ist wissenschaftliches Geschwafel. Sie sind kein Stück besser als die Borg, wissen Sie das? Kein Stück besser als die verdammten Borg!«

Die Trill verlor allmählich die Geduld. Sie konnte verstehen, daß Barnes unter schwerem Druck stand. Aber sie alle mußten diesen Druck aushalten – und niemand von ihnen machte ein solches Gewese darum.

»Hören Sie zu«, sagte sie unwirsch. »Ich habe keine Lust, Ihnen länger zuzuhören. An Ihrer Stelle würde ich mir irgendwo ein nettes, abgeschiedenes Plätzchen suchen und mich erst einmal abkühlen.«

Sie hatte nicht beabsichtigt, die Situation noch schlimmer zu machen – Öl ins Feuer zu gießen. Doch ihr Tonfall strafte diese Absicht Lügen. Barnes riß die Augen noch weiter auf, während sie auf Dax zukam.

»Oder was?« fragte Barnes, stützte sich mit einer Hand auf Dax' Konsole ab und beugte sich vor. »Soll das eine Drohung sein, Lieutenant? In diesem Fall kann ich Ihnen versichern, daß ich mich nicht davon einschüchtern lassen werde.«

»Das bleibt Ihnen überlassen«, entgegnete Dax, deren Zorn unaufhaltsam brodelte. Es gefiel ihr nicht, daß die Counselor ihr so nahe war. »Gehen Sie mir einfach aus dem Weg, und lassen Sie mich meine Arbeit tun.«

»Es reicht jetzt!« bellte der Captain und baute sich zwischen den zwei Frauen auf, um von einer zur anderen zu blicken. »Das hier ist die Brücke eines Föderationsraumschiffs – meines Raumschiffs – und keine Anbo-Jytsu-Arena. Wenn Sie unbedingt Ihre Meinungsverschiedenheiten austragen wollen, dann tun Sie es woanders!«

Sofort änderte sich Barnes' Gesichtsausdruck. Ihre Augen wurden sanfter, ihre Stirn glättete sich, und innerhalb einer Sekunde hatte sie sich von einer Furie in ein reumütiges Kind verwandelt.

»Nun?« drängte Sisko.

»Ich ... ich muß mich entschuldigen«, sagte die Counselor sichtlich erschüttert. Es schien sie große Kraft zu kosten, sich wieder unter Kontrolle zu bringen. »Es tut mir so leid.«

Als der Captain ihren Schmerz sah, verrauchte sein Zorn. »Geht es Ihnen wieder besser?« fragte er.

Barnes nickte. »Ich habe den Kopf verloren. Ich weiß nicht, warum ich auf einmal so wütend geworden bin.« Sie warf der Trill einen reuevollen Blick zu. »Und bedauerlicherweise war Lieutenant Dax das Opfer.«

Dax atmete tief durch und wandte sich an Sisko. »Es war auch meine Schuld, Benjamin. Ich hätte etwas mehr Geduld, etwas mehr Verständnis aufbringen können.« Sie schaute Barnes an und versuchte die Situation durch ein Lächeln zu entspannen. »Ich schätze, wir alle stehen unter großem Streß.«

»Das ist richtig«, bestätigte die Frau. Sie wirkte zutiefst beschämt – das genaue Gegenteil zu ihrem vorherigen Benehmen. »Aber ich bin eine Counselor! Ich sollte mich dafür einsetzen, den Streß abzubauen, und ihn nicht schlimmer machen.«

Der Captain legte Barnes eine Hand auf die Schulter. »Gehen Sie wieder in Ihr Quartier«, sagte er. »Ruhen Sie sich ein wenig aus.«

Die Frau hob eine Hand, um das Angebot zurückzuweisen. »Das ist nicht nötig«, versicherte sie ihm. »Es geht mir wieder gut, wirklich.«

Sisko schüttelte den Kopf und blickte sie mit unnachgiebigen Augen an. »Das war keine Empfehlung, Counselor, sondern ein Befehl.«

Barnes zögerte einen Moment, als wollte sie aufbegehren. Doch dann gab sie nach. »Wenn Sie es sagen, Captain.«

Der Captain verlor seine entschlossene Härte. »Ich sage es«, erwiderte er verständnisvoll. »Und ich werde Sie persönlich zu Ihrem Quartier begleiten.« Er wandte sich an Dax. »Sie haben das Kommando, Lieutenant.«

Die Trill nickte. »Ja, Captain.«

Die Counselor wirkte ein wenig verlegen, als Sisko sie zum Turbolift führte. Aber sie wehrte sich nicht.

Dax beobachtete, wie sie die Kabine bestiegen. Dann atmete sie tief durch und wandte sich wieder ihren Monitoren zu.

Es war seltsam, wie Barnes' Überfall scheinbar aus dem Nichts erfolgt war. Aber sie hatte an Dr. Laffers Seite Wache gehalten, was gewiß keine angenehme Aufgabe war. Trotzdem – die Frau arbeitete als Counselor. Darauf hatte sie selbst hingewiesen. Eigentlich durfte sie nicht so schnell die Geduld verlieren.

Mit einem Schulterzucken setzte die Trill ihre Arbeit an den Sensoren fort. Falls es einen anderen Grund gab, warum Barnes die Sicherungen durchgebrannt waren, so konnte sie sich keinen denken.

Vielleicht fand der Captain etwas mehr darüber heraus.

12

Kira versuchte, nicht auf das übliche Treiben im OPS zu achten, während sie das Bild auf ihrem kleinen Monitor betrachtete. Das Gesicht, das sie dort sah, machte keinen glücklichen Eindruck.

»Der Ferengi ist *krank?*« wiederholte Obahr.

Der Major nickte. »Dr. Bashir kümmert sich in diesem Augenblick in der Krankenstation um ihn.«

Der Stadtverwalter schüttelte betrübt den Kopf. »Dann haben wir keine Hoffnung mehr, diese Energiespulen zu bekommen, Nerys. Wir sollten sofort damit beginnen, die Evakuierungspläne auszuarbeiten.«

»Nicht unbedingt«, erwiderte Kira. »Quarks Bruder hat die Verhandlungen übernommen. Gemeinsam mit Odo, unserem Sicherheitsoffizier.«

Obahr blickte auf. »Euer Sicherheitsoffizier will mit einem Retizianer verhandeln? Auf diese Weise wollt ihr die Energiespulen beschaffen?« Er musterte sie skeptisch. »Ich muß gestehen, daß ich das nicht kapiere.«

Der Major lächelte. »Ich weiß, es klingt ein wenig kompliziert. Aber unser Sicherheitsoffizier ist ein Gestaltwandler.«

Ihr Freund hob eine Augenbraue. »Du willst mich auf den Arm nehmen. Die Gestaltwandler sind doch diejenigen, vor denen wir uns in acht nehmen müssen, oder etwa nicht?«

»Dieser steht auf unserer Seite«, erklärte sie. »Auf jeden Fall hat er die äußere Erscheinung von Quark angenommen, damit wir eine Chance haben, an die Energiespulen heranzukommen. Das ist der Grund, warum Evakuierungspläne vorläufig noch nicht notwendig sind.«

Obahr wandte den Blick ab, um diese Informationen zu verarbeiten. Schließlich schaute er sie wieder an. »Du glaubst, daß er Erfolg haben wird, dieser Gestaltwandler?«

Kira zuckte die Schultern. »Ich bin mir nicht einmal sicher, ob Quark Erfolg gehabt hätte. Aber Odo hat schon häufiger das Unmögliche möglich gemacht, Obahr. Ich hoffe einfach, daß es ihm noch einmal gelingt.«

Der Verwalter runzelte die Stirn. »Ich ebenfalls, Nerys. Pernon Ende.«

Als sein Bild auf ihrem Monitor verblaßte, seufzte Kira – und wünschte sich, sie wäre von ihren eigenen Worten genauso überzeugt, wie sie Obahr einzureden versucht hatte. Wenn es zu einer bewaffneten Auseinandersetzung kam, gab es niemanden, den sie lieber an ihrer Seite hätte als den Constable – auch wenn er für sich persönlich den Einsatz von Waffen ablehnte.

Was jedoch geschäftliche Verhandlungen betraf, war Odo eigentlich eine Fehlbesetzung, und Rom trug nicht gerade dazu bei, die Aussichten zu verbessern. Und nach allem, was sie wußte, war Fel Jangor auf diesem Gebiet äußerst geschickt. Je mehr Kira darüber nachdachte, desto größer wurde ihr Pessimismus.

Unvermittelt signalisierte ihr Kommunikator einen Anruf. Sie aktivierte das Gerät durch eine Berührung und sagte: »Kira hier.«

»Ich bin's, Julian«, hörte sie. »Major, ich habe leichte Schwierigkeiten mit Quark. Er scheint verschwunden zu sein.«

Verschwunden? Diese Vorstellung entbehrte nicht einer gewissen Komik. »Haben Sie eine Ahnung, wohin er gegangen sein könnte?« fragte der Major.

»Die habe ich«, antwortete der Arzt. »Nach Auskunft des Stationscomputers befindet er sich in seiner Bar. Ich vermute, er will das Geschäft wieder eröffnen.«

Sie brummte mürrisch. »Das sieht ihm ähnlich. Ich werde mich sofort darum kümmern, Julian. Kira Ende.«

Sie sicherte ihre Station und durchquerte die Zentrale. In Abwesenheit von Captain Sisko und Odo mußte sie gleichzeitig die Aufgaben des befehlshabenden Offiziers und des Sicherheitschefs von *Deep Space Nine* übernehmen.

Zum Glück mußte sie sich nur mit Quark auseinandersetzen – und mit einem kranken Quark obendrein. Falls nichts Unvorhergesehenes dazwischenkam, hatte sie ihn innerhalb weniger Minuten in die Krankenstation zurückgeschafft.

Auf dem Weg zu ihrem Quartier sprach Barnes nicht viel. Sie konnte es nicht. Sie stand noch zu sehr unter dem Eindruck der Schrecken ihrer Phantasie, obwohl Captain Sisko an ihrer Seite war.

Immer wieder schrillten Alarmsirenen in ihrem Kopf und ließen sie jedesmal zusammenzucken. Flammen loderten hinter ihren Augen auf. Das Schiff schien sich aufzubäumen und auseinanderzubrechen, während die Geister der Toten nach ihr griffen.

Doch sie schaffte es, ihren Begleiter nichts von dem spüren zu lassen, was in ihr vor sich ging. Schließlich hatte sie Übung darin, ihren Wahnsinn zu überspielen. Sie hatte ein außerordentliches Geschick in dieser Kunst entwickelt.

Schließlich erreichten sie ihr Quartier. Barnes drängte sich am Captain vorbei und berührte die Kontrollen neben dem Eingang. Die Tür öffnete sich, und sie trat ein, erleichtert über die Möglichkeit, sich endlich setzen zu können.

Als sie sich auf ihr Bett fallen ließ, atmete sie erlöst

auf. Doch Sisko konnte nicht wissen, aus welchem Grund, redete sie sich ein. Er würde glauben, daß sie einfach nur durch ihr Erlebnis auf der Brücke erschöpft war.

Und natürlich verlegen. Das war eine völlig normale Reaktion nach ihrem Auftritt und den Dingen, die sie zu Lieutenant Dax gesagt hatte.

Der Captain beobachtete sie eine Weile und ließ ihr Zeit, um sich ein wenig zu beruhigen. Dann verschränkte er die Arme über der Brust.

»Also gut«, sagte Sisko. »Wollen Sie mir jetzt erzählen, was da draußen eigentlich geschehen ist, Counselor?«

Barnes blickte zu ihm auf. Sie hatte sehr lange auf diesen Augenblick gewartet. Doch als er nun endlich gekommen war, hatte sie plötzlich ihren Mut verloren, und sie verspürte Angst vor dem, was sie sich vorgenommen hatte.

»Ich habe es Ihnen doch schon gesagt«, antwortete sie leise auf seine Frage. »Es war zuviel für mich, mehr nicht.«

Noch während sie diese Worte sprach, ärgerte sie sich über sich selbst. Was war nur mit ihr los? Warum konnte sie ihm nicht sagen, was sie endlich von diesem Alptraum befreien würde?

Der Captain schüttelte den Kopf. »Nein, Counselor. Sie sind ein Profi und nach allem, was ich weiß, ein erfahrener Profi. Sicher, wir stecken in einer schwierigen Situation, aber Sie wurden ausgebildet, damit zurechtzukommen.« Er machte eine kurze Pause. »Es steckt mehr dahinter. Es muß mehr dahinterstecken.«

Barnes dachte eine Weile nach. Sisko war zweifelsohne ein besserer Menschenkenner, als sie erwartet hatte. Er hatte bereits tiefer in ihr Herz geschaut, als es Captain Kyprios jemals gelingen würde.

Mit einem Seufzer blickte sie auf ihre Hände. Sie

mußte ihm die Wahrheit sagen, dachte sie, ungeachtet der Konsequenzen. Nachdem er schon so weit vorgedrungen war, würde er nicht lockerlassen, bis sie ihm ihr Herz ausschüttete.

Außerdem war es genau das, was sie unbedingt tun wollte. Was sie tun *mußte.* »Sie haben recht«, erwiderte sie.

Barnes war sich intensiv ihres Atems bewußt, des Schlagens ihres Herzens und Siskos Blicken, mit denen er sie musterte. Warum auch nicht? Dies war vermutlich der wichtigste Augenblick in ihrem Leben.

»Es steckt wirklich mehr dahinter.« Sie hielt inne, um sich die Lippen zu befeuchten. »Ich weiß, daß meine Reaktionen nicht angemessen sind, aber ich … durchlebe immer wieder die Vernichtung der *Saratoga.* Immer und immer wieder.«

Sisko schien leicht zusammenzuschrecken. »Der *Saratoga?*«

Die Counselor nickte. »Ja.« So, sie hatte den ersten Schritt gemacht. Von jetzt an konnte es nur noch einfacher werden.

Der Captain kniff konzentriert die Augen zusammen. »Aber das war eine völlig andere Situation. Wir wurden angegriffen, standen einer feindseligen Macht gegenüber. Und es waren so viele Zivilisten an Bord …«

Ihr Optimismus ließ nach. Vielleicht war es doch nicht so einfach.

»Natürlich war es etwas anderes. Ich wollte auch nichts Entsprechendes andeuten.« Die Counselor beugte sich vor. »Bitte versuchen Sie zu verstehen, was ich empfinde …«

»O'Brien an Captain Sisko.« Die Stimme des Chiefs wirkte in Barnes' kleinem, vollgestelltem Quartier ungewöhnlich laut.

»Sisko hier«, sagte der Captain mit einem bedauernden Seitenblick auf die Counselor. »Ich bin im Quartier von Counselor Barnes, Mr. O'Brien. Was gibt es?«

»Wir sind hier fast fertig, Captain. Wir haben alle Maschinenteile repliziert, die repliziert werden konnten, und wie es das Glück wollte, waren es fast alle, die wir benötigten. Die anderen konnten wir durch modifizierte Teile ersetzen.«

Sisko brummte. »Glauben Sie, daß es funktionieren wird?«

»Es gibt nur eine Möglichkeit, das herauszufinden«, erwiderte der Chief. »Nämlich indem wir einen Testlauf machen.«

Der Captain lächelte hoffnungsvoll. »Ich mache mich auf den Weg zur Brücke. Sie bereiten alles vor. Sisko Ende.«

Die Counselor blickte ihn flehend an. Endlich hatte sie die Gelegenheit erhalten, ihren Dämonen zu entrinnen, sich zu befreien. Und plötzlich wurde ihr diese Hoffnung genommen.

»Gehen Sie nicht!« bat sie ihn.

»Wir werden später weiterreden«, versprach ihr der Captain. »Im Augenblick werden wir auf der Brücke gebraucht.«

Barnes schaute ihm in die Augen. War es Mißtrauen, was sie darin erkannte – hervorgerufen durch ihre Bekenntnisse oder zumindest den Ansatz dazu? Hatte sie ihm verraten, unter welchem Wahnsinn sie litt?

Nein, dachte sie. Kein Mißtrauen. Nur Ungeduld aufgrund dessen, was O'Brien mitgeteilt hatte. Die Pflicht rief, mehr nicht.

Doch es war noch ein wenig Zeit, um zu beenden, was sie begonnen hatte. Um zu sagen, was sie sagen mußte. »Aber das ist noch nicht alles«, setzte sie an. »Ich muß Ihnen …«

»Counselor«, sagte er mit merklich ernsterer Stimme, »für uns steht sehr viel auf dem Spiel. Wir müssen jetzt gehen.« Seine Augen waren entschlossen und unnachgiebig, die Augen eines Mannes, der in Gedanken bereits anderswo war.

Barnes biß sich auf die Unterlippe. Die Gelegenheit war vorüber, sagte sie sich. Sie konnte nur noch hoffen, daß sich irgendwann eine neue ergab.

Aber vielleicht blieb ihnen dazu nicht mehr viel Zeit. Zwar fürchtete sie sich im Grunde nicht vor dem Sterben, aber es bereitete ihr Sorgen, daß sie sterben könnte, bevor sie sich von ihrer Last befreit hatte.

»Gut«, sagte sie zu ihm. »Ich komme mit.«

Zögernd erhob sie sich vom Bett und folgte Sisko auf die Brücke.

Major Kira fand Quark genau dort, wo der Computer ihn ausfindig gemacht hatte – vor seiner Bar. Er stand auf der Promenade und gab mit lauter, einschmeichelnder Stimme bekannt, daß sein Laden wieder geöffnet war.

Dem mußte sie sofort ein Ende setzen, dachte Kira. Als sie sich Quark näherte, schien er sie aus dem Augenwinkel zu bemerken.

In diesem Moment wurden die Fronten abgesteckt.

Seinem Blick konnte Kira entnehmen, daß der Ferengi alles tun würde, was in seiner Macht stand, um nicht wieder in die Krankenstation eingewiesen zu werden. Doch als Vertreterin des Gesetzes in Odos Abwesenheit war der Major verpflichtet, ebenfalls alles zu unternehmen, um ihn wieder dorthin zu bringen.

»Bitte!« rief Quark und schien mit ausgebreiteten Armen den Strom der Passanten umarmen zu wollen. »Kommen Sie herein – alle! Probieren Sie von den besten Unterhaltungsangeboten im Umkreis von drei Sternensystemen!«

»Ich dachte, die Bar wäre geschlossen«, rief ein korpulenter bajoranischer Händler. »Wegen nichtbezahlter Miete oder so …«

»Ich nehme meine Mietzahlungen ernst wie ein religiöses Opfer«, gab der Ferengi zurück, obwohl Captain Sisko noch nie Geld von ihm verlangt hatte. »Wir hatten nur vorübergehend geschlossen.« Er lächelte und zeigte seine zahlreichen Zähne. »Wegen ... äh ... Renovierungsarbeiten, damit sich die Kunden von Quarks Bar in noch größerem Luxus wohl fühlen können.«

Der Händler blickte am Ferengi vorbei auf den Eingangsbereich der Bar. »*Ich* erkenne überhaupt keinen Unterschied«, stellte er fest. »Was haben Sie renoviert, Quark – vielleicht Ihre Preisliste?«

Die Passanten reagierten mit Gelächter. Der Ferengi wischte die Unterstellung mit einer ungeduldigen Handbewegung fort. »Zu Ihrer Information«, gab er bekannt. »Unsere Holokammern wurden auf den neuesten technischen Stand gebracht. Natürlich kann man es nicht von außen sehen, aber ...«

Kira legte ihm eine Hand auf die Schulter und beugte sich vor. »Geben Sie es auf«, flüsterte sie ihm ins Ohr.

Der Ferengi drehte sich mit zorniger Miene zu ihr um. »Sie hindern mich daran, meinen Lebensunterhalt zu verdienen, Major. Jede Minute, die meine Bar geschlossen ist, hat immense Verluste an potentiellen Profiten zur Folge. Es ist noch viel schlimmer – wenn ich meine Kundschaft nicht unverzüglich zurückgewinne, wird jemand anderer die Marktlücke ausfüllen.«

Kira warf ihm einen schiefen Blick zu. »Quark, es gibt keine anderen Bars auf der Promenade. An wen sollen Sie Ihre Kunden verlieren – an das klingonische Restaurant? Nicht jeder Magen verträgt *Targ*-Herz, wie Sie wissen müßten.«

»Darum geht es gar nicht«, insistierte der Ferengi. »Und ich habe auch keine Zeit, es Ihnen zu erklären. Wenn Sie mich jetzt entschuldigen würden, Major, ich versuche gerade, mein Geschäft wieder in Gang zu bringen.«

Quark schob sich an Kira vorbei, um seine Ankündigungen wieder aufzunehmen. Doch inzwischen hatte sich die Kundschaft, die sich eingefunden hatte, längst wieder zurückgezogen. Obwohl die Bar ohne Zweifel geöffnet war, hielt sich niemand darin auf.

Der Ferengi blickte zu ihr auf. »Sehen Sie, was ich meine, Major? Man muß seine Türen nur einen oder zwei Tage lang schließen, dann vergessen die Leute, daß man existiert.«

Kira schüttelte den Kopf. »Wenn Sie nicht in die Krankenstation zurückkehren, dann wird man tatsächlich bald vergessen, daß Sie existieren – und zwar nicht nur im übertragenen Sinn. Jetzt …«

Quark runzelte die Stirn und hob eine Hand. »Einen Moment, Major. Lassen Sie uns in Ruhe darüber reden.« Er deutete mit einem Kopfnicken auf die Bar. »Drinnen. Vielleicht bei einem hübschen bajoranischen Wein.« Dann schnippte der Ferengi mit den Fingern. »Etwas aus der Ducrain-Provinz, würde ich vorschlagen. Wir haben einige hervorragende Weine aus dieser Region im Angebot.«

Kira lächelte matt. »Haben Sie schon vergessen, wer vor Ihnen steht, Quark? Glauben Sie wirklich, ich wäre so dumm, mich von Ihnen betrunken machen zu lassen? Oder ich würde vergessen, aus welchem Grund ich zu Ihnen gekommen bin?«

Der Ferengi betrachtete sie mit einer Ernsthaftigkeit, die sie noch nie zuvor an ihm erlebt hatte. Entweder war er ein besserer Schauspieler geworden, oder ihm lag wirklich etwas auf dem Herzen.

»Also gut«, sagte er. »Kein Alkohol. Nur ein Raktajino, wenn Sie möchten. Er geht aufs Haus.«

Die Bajoranerin kniff die Augen zusammen. Jetzt bestand kein Zweifel mehr, daß der Ferengi sich merkwürdig verhielt. »Einverstanden«, sagte sie. »Auf einen Raktajino. Aber nur für ein paar Minuten.«

»Das liegt ganz bei Ihnen«, erwiderte der Ferengi nüchtern.

Mit unwiderstehlicher Neugier auf das, was Quark ihr mitteilen wollte, folgte Kira ihm in die Bar und setzte sich auf einen Hocker. Wie versprochen schenkte der Ferengi ihr einen Raktajino ein und stellte ihr das Glas hin. Dann kam er wieder hinter dem Tresen hervor und stieg auf den Barhocker neben ihr.

Zuerst sagte Quark eine Weile gar nichts. Er schien seine Gedanken zu sammeln, sich zu überlegen, wie er vorgehen wollte. Schließlich kam er zur Sache.

»Ich möchte Ihnen einen hypothetischen Fall schildern«, begann der Ferengi. »Was würden Sie tun, wenn Captain Sisko Ihnen einen Auftrag erteilen würde – einen sehr wichtigen Auftrag – und Sie sich plötzlich mit einem Virus infizieren? Würden Sie sich in der Krankenstation melden? Oder würden Sie alles tun, um Ihrer Verpflichtung nachzukommen?«

Der Major runzelte die Stirn. »Ich verstehe, worauf Sie hinauswollen, Quark, aber das ist eine ganz andere Situation. Im einen Fall könnte die Sicherheit der Station auf dem Spiel stehen. Um im anderen Fall geht es im Grunde nur ...«

»Nur um eine Bar«, sagte er. »Zumindest sehen Sie es so. Aber für einen Ferengi ist es ein Geschäft. Und damit wird es genauso wichtig, genauso *heilig* wie ... wie zum Beispiel der Tempel, den die Bajoraner an der Promenade eingerichtet haben.«

Kira lächelte. »Dieser Tempel ist ein Ort der religiösen Einkehr.«

Quark beugte sich vor und tippte mit dem Zeigefinger auf die Theke. »Genauso wie dieser Ort, Major. Für mich hat er die gleiche Bedeutung. Und genauso für jeden anderen Ferengi, der damit Profit erwirtschaftet. Nur weil Sie es nicht so sehen, können Sie mir nicht vorwerfen, daß ich es tue!« Er reckte sich auf dem Barhocker in die Höhe. »Und im Gegenzug würde ich niemals auf die Idee kommen, Ihren Glauben zu verunglimpfen.«

Kira dachte über Quarks Argumentation nach. Sie mußte zugeben, daß er nicht ganz unrecht hatte. Obwohl sie sich bemühte, anderen Spezies mit Toleranz zu begegnen, ihre tiefsten Überzeugungen zu respektieren, war es leicht, das Verhalten von Ferengi als unbedeutend und verwerflich abzutun.

Vielleicht war es das sogar. Aber so funktionierte nun einmal ihre Kultur. Und wie jede andere Kultur hatten auch die Ferengi das Recht, eigene Wertvorstellungen zu pflegen, solange sie niemandem damit weh taten.

»Ich verstehe, was Sie sagen wollen«, gestand sie ein. »Ich muß zugeben, daß ich es nicht verstehe, aber ich muß es respektieren.« Sie seufzte. »Nur leider ändert es nichts an den Tatsachen. Ich muß Sie trotzdem in die Krankenstation zurückbringen.«

Quark streckte ihr seine Hände entgegen. »Warum? Nur weil dieser Quacksalber Bashir sagt, daß Sie es tun sollen?«

Die Bajoranerin nickte. »Dieser Quacksalber, wie Sie ihn nennen, hat in dieser Hinsicht das letzte Wort. So lauten die Regeln für jede Einrichtung der Föderation von der Erde bis zur romulanischen Neutralen Zone.«

»Aber mir geht es gut«, beteuerte der Ferengi.

»Das mag ja sein«, sagte Kira, »aber ich muß Sie trotzdem zurückbringen.«

»Weil es die *Regeln* verlangen!« erwiderte er mit triefender Verachtung.

»Weil es die Regeln verlangen«, bestätigte sie.

»Und was ist mit meinen heiligen Überzeugungen? Mit meinem kulturellem Glauben?« Quark biß sich auf die Lippe. »Hören Sie«, sagte er und streckte ihr verständnisheischend die Fäuste entgegen. »Als Sie Hilfe benötigten, um an diese Energiespulen zu kommen, war ich bereit, Ihnen zur Hand zu gehen. Ich muß zugeben, daß ich nicht gerade begeistert war, aber ich war bereit, Ihnen zu helfen.«

»Weil ich Sie unter Druck gesetzt habe«, gab sie zu bedenken.

Der Ferengi schüttelte den Kopf. »Ich hätte es in jedem Fall getan. Ich wollte nur hören, was für mich dabei herausspringt.«

Kira mußte zu ihrer eigenen Überraschung feststellen, daß sie ihm uneingeschränkt glaubte. »Worauf wollen Sie hinaus?« fragte sie. »Daß ich jetzt Rücksicht auf Ihre Interessen nehmen soll, weil Sie mir bei meinem Problem helfen wollten?«

Quark zuckte die Schultern. »Ich bringe niemand anderen in Gefahr, Major. Nur mich selbst. Und ich bezweifle, daß ich wirklich in Gefahr schwebe. Der einzige Grund, warum Dr. Bashir mich unbedingt in seiner Folterkammer festhalten will, liegt darin, daß er meine kulturelle Orientierung nicht versteht.« Er machte eine kurze Pause. »Zumindest nicht so gut wie Sie.«

Die Bajoranerin lehnte sich zurück. Eine Zeitlang sagte sie gar nichts. Sie versuchte nur, sich in die Lage des Ferengi zu versetzen – um sich besser vorzustellen, was er durchmachte.

Plötzlich sah Kira aus dem Augenwinkel jemanden, der einsam außerhalb der Bar stand. Und das brachte sie auf eine Idee.

»Also gut«, sagte sie. »Sie wollen, daß Ihre Bar geöffnet bleibt? Einverstanden.«

Quark grinste auf eine Weise, die schon fast an Zärtlichkeit grenzte. »Wirklich?« fragte er.

Sie nickte. »Wirklich. Der einzige Haken liegt darin, daß jemand anderer Ihre Geschäfte führen wird – weil Sie nämlich in die Krankenstation zurückgehen.«

Der Gesicht des Ferengi verwandelte sich in eine Leidensmiene. »Jemand anderer? Aber ... das ist Wahnsinn! Wer kennt sich in dieser Bar so gut wie ich aus?«

Der Major neigte den Kopf, um auf die Gestalt zu deuten, die draußen vor der Bar wartete. »Er.«

Quark folgte ihrem Blick, bis er sah, wen sie meinte. »Morn?« fragte er. »Sie machen wohl Witze! Er wird sämtliche Profite versaufen.«

»Dann nehmen Sie Nog«, schlug sie vor. »Oder irgend jemand anderen, der bereit ist, sich während Ihrer Abwesenheit um die Bar zu kümmern. Das heißt«, fügte sie spitz hinzu, »natürlich nur, wenn es für Sie tatsächlich von großer Wichtigkeit ist, daß sie geöffnet bleibt.«

Der Ferengi warf ihr einen säuerlichen Blick zu. »Ich dachte, wir hätten bereits eine Vereinbarung getroffen.«

»Ich würde sagen«, erwiderte Kira mit einem großherzigen Lächeln, »daß wir jetzt zu einer gelangt sind.«

Sie hob das Glas mit dem Raktajino auf und trank es in einem Zug leer. Dann deutete sie mit dem Daumen auf den Ausgang.

»Gehen wir?«

Unter pausenlosem Geschimpfe verschloß Quark die Bar und ließ sich von ihr zur Krankenstation führen. Unterwegs verspürte die Bajoranerin Gewissensbisse wegen der Art und Weise, wie sie den Ferengi zurechtgewiesen hatte. Es war kein großes Problem für ihr Gewissen, aber immerhin ein Problem.

Schließlich war seine Argumentation nicht völlig von der Hand zu weisen. Er war tatsächlich ein Produkt seiner Kultur.

Dann dachte sie an all die Rechnungen, die Quark im Laufe der Jahre manipuliert hatte, an all die Getränke, die er mit Wasser gestreckt hatte, und an all die Dabo-Spiele, an denen er herumgepfuscht hatte – und plötzlich gab ihr Gewissen Ruhe.

13

Sisko wäre gerne noch eine Weile in Barnes' Quartier geblieben, um sich alles anzuhören, was sie auf dem Herzen hatte. Doch leider gab es andere Dinge zu tun, und als Captain der *Defiant* kamen diese Dinge für ihn an erster Stelle.

Als er aus dem Turbolift auf die Brücke trat, sah Sisko, daß sich Dax hier nicht mehr allein aufhielt. Lopez beugte sich über die taktische Konsole. Als der Wissenschaftsoffizier den Captain sah, drehte er sich zu ihm um und lächelte.

»Die Sensoren arbeiten schon fast wieder so, wie sie sollten«, meldete er nicht ohne einen gewissen Stolz.

Sisko musterte den Mann. »Gute Arbeit, Lieutenant. Ich kann Ihnen die erfreuliche Mitteilung machen, daß O'Brien und seine Leute die Impulstriebwerke repariert haben.« Dann wandte er sich an die Trill. »Sie sind bereit, die Systeme auszuprobieren.«

Dax nickte. »Ich übernehme die Navigation.«

Als seine alte Freundin zur Station hinüberging, blickte der Captain zum Interkomgitter in der Decke hinauf. Es mußte zumindest ein Mitglied der Besatzung geben, dem diese neueste Entwicklung nicht gefallen würde.

»Captain Sisko an Lieutenant Zar. Wir sind bereit, die Impulstriebwerke wieder in Betrieb zu nehmen. Ich dachte mir, es würde Sie interessieren.«

Kurz darauf beantwortete der Bolianer die Ankündigung. »In der Krankenstation ist alles in Ordnung, Captain.«

Sisko lächelte. »Verstanden, Mr. Zar. Chief O'Brien … Sie können jetzt die Triebwerke aktivieren.«

»Ja, Captain«, sagte O'Brien.

Der Captain betrachtete den Sichtschirm. Das Phänomen produzierte unablässig neue Farbkaskaden, hauptsächlich in Blau-, Gelb- und Violett-Tönen. Sisko glaubte beinahe zu spüren, wie dieses Ding den Blick erwiderte, während es auf seine Macht vertraute und den Captain und seine Leute herausforderte.

»Es geht los«, gab O'Brien bekannt.

Zuerst geschah überhaupt nichts. Dann spürte Sisko eine vertraute Vibration im Fußboden. Normalerweise nahm der Captain sie überhaupt nicht wahr – außer in Momenten wie diesem, wenn er sich darauf konzentrierte.

Als er seine Konsole betrachtete, stellte er fest, daß die Impulstriebwerke zum Leben erwacht waren. Und vor allem war es eine stetige Aktivität, ohne nennenswerte Ausschläge nach oben oder unten.

Das war ein gutes Zeichen, dachte er sich, auch wenn ihm bewußt war, daß sie es noch lange nicht geschafft hatten.

»Die Maschinen laufen«, meldete O'Brien, obwohl es im Grunde überflüssig war. »Alle Parameter liegen innerhalb der Nennwerte.«

»Ein Viertel Impuls«, sagte Sisko, während er erneut auf die bunten Farben des Sichtschirms blickte. »Auf mein Zeichen. Energie!«

Wieder spürte er eine Veränderung der Vibrationen, die er ebenfalls kaum bemerkt hätte, wenn seine Aufmerksamkeit von etwas anderem in Anspruch genommen wurde – oder wenn er sich zum allerersten Mal auf der *Defiant* aufgehalten hätte.

Aber es war zweifellos sein Schiff. Er kannte es genausogut, wie er sich selbst kannte. Und im Augenblick galt ihm seine volle Konzentration.

Dax blickte auf. »Sie reagieren, Benjamin.«

Lopez lachte leise an seiner taktischen Konsole. »Wir stürzen nicht mehr so schnell wie vorher in den Energiewirbel. Unsere Bewegung wurde um fast dreißig Prozent abgebremst.«

Aus dem Augenwinkel sah der Captain Barnes' Gesicht. Die Counselor schien über diese Neuigkeit erleichtert zu sein.

»Auf halbe Impulskraft gehen«, befahl er.

Dax führte seine Anweisung aus. Das Zittern der Bodenplatten wurde merklich stärker, was jedoch nicht nur das Resultat der Maschinenvibrationen war. Die *Defiant* spürte die Anstrengung des Kampfes gegen das Phänomen.

»Unsere Vorwärtsgeschwindigkeit hat sich weiter verringert«, teilte Lopez allen Anwesenden mit. »Wir fallen nur noch halb so schnell wie zuvor.«

Sisko starrte die Erscheinung auf dem Sichtschirm an. Jetzt herrschten rote Farbtöne vor, die von Explosionen in Orange, Rosa und Himmelblau durchsetzt waren. Eine endlose Symphonie der Farben, doch immer noch so tödlich wie ein Schlangennest.

»Volle Impulskraft, Dax.«

Diesmal beobachtete Sisko nicht die entsprechenden Schaltungen seines Offiziers an den Kontrollen. Es war nicht nötig. Kurz darauf begann das gesamte Schiff zu erzittern wie eine vulkanische Harfe.

Doch die Maschinen waren der Situation offenbar gewachsen. Der Captain wandte sich an Lopez, um einen Zustandsbericht zu erhalten.

Der Wissenschaftsoffizier erkannte sofort, was von ihm erwartet wurde. »Unsere Bewegung kommt allmählich zum Stillstand, Captain. Wir können sie leider nicht umkehren, aber zumindest werden wir nicht mehr tiefer in das Phänomen hineingesogen.«

Sisko nickte. »Also gut. Damit scheinen wir zumindest ein wenig Zeit gewonnen zu haben. Jetzt wollen wir sehen, ob wir daraus einen Vorteil ziehen können.« Er warf Dax einen Blick zu. »Lieutenant, versuchen Sie ...«

Ohne Vorwarnung bäumte sich plötzlich der Boden unter ihm auf. Er klammerte sich an seine Armlehnen und konnte sich festhalten – doch Barnes, die in seiner Nähe stand, wurde gegen den Captain geworfen.

Um die Counselor vor einem schlimmen Sturz zu bewahren, falls es weitere Erschütterungen gab, schlang er einen Arm um ihre Hüfte. Aber es kam nicht dazu. Das Schiff schien sich beruhigt zu haben.

Ein oder zwei Sekunden lang starrte Sisko in Barnes' Gesicht – in ihre tiefen, dunklen Augen, die von einer Angst erfüllt waren, deren Grund er nicht erkennen konnte. Dieser Anblick hatte etwas sehr Beunruhigendes, daran gab es keinen Zweifel. Doch in ihren Augen war gleichzeitig etwas außerordentlich Anziehendes.

Er war sich ihrer Nähe bewußt, spürte ihren Körper an seinen gepreßt, vielleicht etwas fester, als nötig gewesen wäre. Und er sah an ihrem Gesichtsausdruck, daß auch die Frau sich dessen bewußt war.

Jetzt war nicht die Zeit für solche Dinge, sagte er sich. Und selbst wenn, konnte er nicht so einfach Kasidy vergessen.

Mit einem leichten Erröten löste Sisko sich von der Counselor. Er verdrängte den Zwischenfall und ging mit zielstrebigen Schritten zu Dax hinüber.

»Was ist geschehen?« fragte er – obwohl er die Antwort natürlich bereits kannte.

Die Trill seufzte, als sie zu ihm aufblickte. »Die Maschinen haben die Belastung nicht ausgehalten. Sie reagieren nicht mehr.«

Der Captain fluchte leise. »Mr. O'Brien«, rief er laut. »Was ist los?«

Der Chief klang nicht glücklich, als er antwortete. »Offensichtlich waren einige der Ersatzteile nicht so belastungsfähig wie die Originale. Sie sind durchgebrannt, und jetzt haben wir nicht mehr genügend Rohmaterial für die Replikatoren. Wie es scheint, sind wir wieder dort, wo wir angefangen haben, Captain.«

Und gleichzeitig hatten sie etliche Stunden Zeit vergeudet, in denen sie an einer anderen Lösung hätten arbeiten können. Sisko spürte die Enttäuschung aller Anwesenden auf der Brücke.

»Es war ein guter Versuch«, sagte er zu O'Brien. »Jetzt müssen Sie sich eben etwas anderes einfallen lassen, Chief. Sisko Ende.«

Barnes sagte nichts. Sie hatte die Lippen zu einem dünnen Strich zusammengekniffen, als sie sich umdrehte und zügig zum Turbolift ging.

»Counselor?« sagte der Captain.

Sie blieb stehen und blickte sich um. Ihre Augen waren immer noch genauso dunkel und geheimnisvoll wie zuvor. »Captain?«

»Ist alles in Ordnung mit Ihnen?« fragte er sie.

Barnes zögerte zunächst, doch dann nickte sie. »Mir geht es gut. Ich glaube, Sie hatten recht. Ich sollte mich etwas ausruhen.« Dann trat sie in die Kabine, worauf sich die Türen hinter ihr schlossen.

Sisko starrte noch eine Weile auf den Lift. Anscheinend verspürte Barnes nicht mehr den Drang, sich mitzuteilen. Dann eben nicht, dachte er – obwohl er nach wie vor neugierig war, was sie ihm hatte sagen wollen.

Er ließ sich in seinen Sessel fallen und beobachtete Dax und dann Lopez. Der Wissenschaftsoffizier bemühte sich, seine Enttäuschung zu verbergen, was ihm jedoch nicht sehr gut gelang. Und Dax? Nachdem sie in so vielen unterschiedlichen Körpern gelebt hatte, stellte es für sie keine Schwierigkeit mehr dar, ihre Gedanken für sich zu behalten.

Sisko stützte die Ellbogen auf den Armlehnen ab und legte die Fingerspitzen aneinander. Wieder betrachtete er den Hauptsichtschirm. Die Farben der Energiefront wirbelten durcheinander, wie eine regenbogenfarbene Brandung an unsichtbaren Felsen. Blau und Gelb verliefen ineinander und erzeugten hellrote Streifen.

Chaos. Das absolute Chaos. Wie man es ansonsten nur in Alpträumen erlebte, in denen die Regeln außer Kraft gesetzt waren und das Unbewußte die Kontrolle übernahm.

Aber das hier war kein Traum. Es war so wahr wie das Leben und der Tod, und es zog sie von Minute zu Minute tiefer in sich hinein. Falls es einen Ausweg gab, schien es sagen zu wollen, mußten der Captain und seine Leute ihn bald finden, wenn sie nicht die furchtbaren Konsequenzen erleiden wollten.

Als Odo und Rom erneut Fel Jangors Besprechungszimmer betraten, wo ihr Gastgeber wieder im Holzstuhl saß, blickte dieser auf und lächelte Odo zu. Der Gestaltwandler bemühte sich, das Lächeln zu erwidern, so gut er konnte. Diese emotionale Regung fiel ihm immer noch am schwersten.

»Ich hoffe, Sie haben gut geschlafen«, sagte Jangor.

»Ausgezeichnet«, antwortete Odo.

»Wunderbar«, schwärmte der Ferengi.

»Und haben Sie ausgiebig gefrühstückt?«

»Es war äußerst zufriedenstellend«, sagte der Constable.

»Und schmackhaft«, fügte Rom hinzu.

»Gut«, sagte ihr Gastgeber. »Dann können wir unverzüglich mit unseren Verhandlungen fortfahren.«

»Ich bitte darum«, sagte Odo.

Widerstrebend nahm er auf der langen Couch Platz. Wie zuvor hingen seine Füße über dem Boden in der

Luft. Es war immer noch ein erniedrigendes Gefühl, aber er bemühte sich, nicht darauf zu achten.

»Wie ich die Sache sehe«, begann der Gestaltwandler, »ist sie im Grunde ganz einfach. Sie haben die Energiespulen, und ich möchte sie erwerben.«

Der Retizianer kniff interessiert die Augen zusammen. »Sprechen Sie weiter.«

»Nun könnten wir die nächsten Stunden damit verbringen«, fuhr Odo fort, »jede Verhandlungstaktik zum Einsatz zu bringen, die sich in unserem umfangreichen Erfahrungsschatz findet. Und wir beide verfügen in der Tat über umfangreiche Erfahrung, wie Sie mir sicher zustimmen werden.«

»Ohne Wenn und Aber«, pflichtet Jangor ihm bei.

»Andererseits könnten wir auch gleich auf den Punkt kommen«, sagte der Gestaltwandler. »Ich bin bereit, Ihnen sieben Barren in Gold gepreßtes Latinum pro Stück zu zahlen. Das wären insgesamt siebzig Barren. Und ich hoffe, Sie fühlen sich nicht beleidigt, wenn ich sage, daß das mein endgültiges Angebot ist.«

Rom hockte regungslos da und sagte nichts. Er hatte zwar große Bedenken hinsichtlich dieser Vorgehensweise, aber schließlich hatte er sich einverstanden erklärt. Er wußte, daß ihm im Grunde gar keine andere Wahl blieb.

Der Retizianer kicherte. »Wir beide wissen, daß es so etwas wie ein endgültiges Angebot nicht gibt, Quark.«

Odo schüttelte langsam den Kopf. »Das ist normalerweise richtig. Unter anderen Umständen wäre es nicht mehr als eine Verhandlungsbasis. Aber nicht in diesem Fall, mein Freund. Siebzig Barren, oder aus dem Geschäft wird nichts.«

Jangor starrte ihn an. Dann neigte er den Kopf und betrachtete ihn aus einer neuen Perspektive. »Sie belieben zu scherzen«, stellte er fest.

»Ich scherze nicht«, bekräftigte der Constable.

Die scheckige Haut des Retizianers wurde dunkler – mit Ausnahme der ohnehin dunkleren Flecken. Odo wußte, daß es ein Anzeichen für Verärgerung war, und er rechnete damit, daß Jangor aufstehen und den Raum verlassen würde, weil er sich zutiefst beleidigt fühlte.

Aber Jangor stand nicht auf. Langsam, sehr langsam, breitete sich ein Lächeln auf seinem Gesicht aus. Er kraulte die schwarzen Federn an seinem Kinn.

»Sehr geschickt«, sagte er nachdenklich. »Ich hätte wissen müssen, daß Sie mich auf diese Weise hereinlegen würden, Quark.«

Hereinlegen …? Odo bemühte sich, seine Überraschung nicht offensichtlich werden zu lassen. »Wie meinen Sie das?« fragte er unschuldig.

»Sie sind nicht beleidigt?« fragte der Retizianer zurück.

»Natürlich nicht«, erwiderte der Constable. Er hatte immer noch keine Ahnung, worum es eigentlich ging. »Geschäft ist Geschäft, selbst unter Freunden.«

Jangor grinste. »Das pflege auch ich häufig zu sagen. Aber verraten Sie mir, wie Sie herausgefunden haben, daß ich Schwierigkeiten hatte, die Energiespulen loszuwerden?«

Ach so, dachte Odo. Das war des Rätsels Lösung. »Es gibt Dinge, die sich herumsprechen.«

Der Retizianer seufzte. »So ist es wohl.«

»Dann akzeptieren Sie unser Angebot?« mischte sich Rom ein, der seine Ungeduld kaum zügeln konnte.

Jangor warf ihm einen überheblichen Blick zu. »Ich dachte, daß hätte ich bereits gesagt«, bemerkte er.

»Wenn auch nicht auf so eindeutige Weise«, warf Odo ein – eher an die Adresse des Ferengi als an die ihres Gastgebers gerichtet. »Die Einzelheiten der Lieferung können wir selbstverständlich später besprechen.«

»Selbstverständlich«, bestätigte Jangor und neigte

den Kopf zur anderen Seite. »Wissen Sie, Quark, Sie haben sich irgendwie verändert.«

»Tatsächlich?« fragte der Gestaltwandler etwas nervös.

»Tatsächlich«, erwiderte der Retizianer. »Der alte Quark hätte niemals ein definitives endgültiges Angebot gemacht, ganz gleich, wie viele Karten er noch im Ärmel gehabt hätte.«

Odo zuckte die Schultern. »Ich habe nur getan, was ich für richtig gehalten habe.«

»Um ehrlich zu sein«, vertraute Jangor ihm an, »mir gefällt diese Veränderung. In meinem Alter habe ich keine Zeit mehr für umständliche Weitschweifigkeiten. Ich ziehe mittlerweile die Geradlinigkeit vor.«

»Wenn das so ist«, erwiderte der Gestaltwandler mit betonter Aufrichtigkeit, »freut es mich, Ihren Wünschen entgegengekommen zu sein.«

Der Retizianer kniff die Augen zusammen. »Es versteht sich, daß ich Ihr Angebot nichtsdestotrotz zurückgewiesen hätte, wenn es nicht meinem angepeilten Verhandlungsergebnis entsprochen hätte.«

Odo lächelte, auch wenn es ihm wiederum schwerfiel. »Natürlich«, sagte er. »Aus diesem Grund gelten Sie als Legende in diesem Sektor. Niemand könnte Ihnen das Wasser reichen.«

Der Retizianer blickte ihn verblüfft an. »Das Wasser ...?«

»Es ist nur eine Redensart«, versicherte Odo ihm. »Das kommt davon, wenn man zu viel Zeit in der Gesellschaft von Menschen verbringt.«

Jangor verzog das Gesicht, als hätte er Schmerzen. »Menschen! Bäh! Wenn ich nur an sie denke, sträuben sich mir die Federn.«

»Mir auch«, sagte Rom. »Das heißt, wenn ich welche hätte.« Er dachte kurz nach. »Federn, meine ich – nicht Menschen.« Wieder hielt er inne. »Das war immer noch nicht sehr geschickt formuliert. Was ich damit sagen wollte ...«

Odo schob sich über die Kante der Couch nach vorne. Er machte sich plötzlich Sorgen, daß es Quarks Bruder irgendwie gelingen könnte, ihren Geschäftsabschluß zunichte zu machen. »Ich fürchte, wir müssen jetzt gehen, mein Freund. Ich muß mich um eine Bar kümmern, wie Sie vielleicht wissen. Aber ich hoffe, daß wir schon bald weitere Geschäfte miteinander abschließen können.«

Der Retizianer nickte. »Ja, Quark. Bestimmt schon sehr bald.« Er blinzelte verschmitzt. »Vielleicht besuche ich Sie sogar einmal auf der Station, in der Sie sich eingerichtet haben.«

Der Gestaltwandler blickte ihn interessiert an. »Machen Sie sich keine Sorgen, daß unser Constable Sie erwischen könnte? Schließlich sind Sie ein gesuchter Mann.«

Jangor tat diesen Gedanken mit einer lässigen Handbewegung ab. »Der Gesetzeshüter muß erst noch erfunden werden, der es mit jemandem wie Fel Jangor aufnehmen könnte.«

Odo lächelte wieder – doch diesmal fiel es ihm wesentlich leichter. »In diesem Fall«, sagte er, »freue ich mich auf Ihren Besuch.«

14

Im Maschinenraum war die Stimmung unzweifelhaft auf einem Tiefpunkt angelangt. Allerdings war es kein Wunder, da Mißerfolge sich meistens auf diese Weise auswirkten, vor allem, wenn das Leben der Beteiligten auf dem Spiel stand. Und in der halben Stunde seit ihrem Mißerfolg war weder Chief O'Brien noch seinen zwei Kollegen etwas eingefallen, was auch nur entfernt einem brauchbaren Vorschlag ähnelte.

O'Brien beobachtete, wie Lieutenant Commander Graal auf und ab ging, von einem Ende des Raumes zum anderen und zurück. Für eine Craynidin war es ein langer und mühsamer Weg.

Thorn dagegen wirkte auf den ersten Blick ungerührt. Er hockte auf einem Stuhl und starrte mit kleinen blauen Augen ins Leere, während seine Gedanken das Problem hin und her wälzten.

Der Chief konnte die Stille nicht länger ertragen. »Es gibt einen anderen Weg aus diesem Schlamassel«, sagte er mit Entschiedenheit. »Es geht nur darum, ihn zu finden.«

Der bärtige Mann nickte. »Und wer außer uns wäre geeignet, ihn zu finden? Ich meine, schließlich sind wir doch die klügsten Köpfe von ganz Starfleet, oder etwa nicht?«

O'Brien blickte ihn an. »Darauf können Sie Gift nehmen. Außerdem ist es nicht das erste Mal, daß wir in Schwierigkeiten stecken.«

»So ist es«, stimmte Thorn zu. »Mir fallen auf Anhieb ein Dutzend schlimmerer Situationen ein – allein aus der Zeit, nachdem ich die *Saratoga* verlassen habe. Beziehungsweise als die *Saratoga* uns alle im Stich ließ.«

»Also dürfte dieses Problem gar nicht so schwierig sein«, sagte O'Brien. »Eigentlich hätten wir schon jede Menge Ideen entwickeln müssen. Wir hätten die Sache längst im Griff haben müssen.«

Plötzlich blieb die Craynidin stehen. Sie drehte sich zu den zwei Menschen um und sprach sie mit ihrer seltsamen, heiseren Stimme an. »Ich habe eine Idee«, sagte sie.

Der bärtige Mann seufzte erleichtert. »Dann lassen Sie mal hören, Lieutenant Commander. Ihre Idee muß einfach besser als das sein, was wir bisher zustande gebracht haben.«

O'Brien brummte. »Das will ich meinen.«

Graal ging nicht weiter auf das Geplauder der Menschen ein. »Die *Defiant* verfügt doch über mehrere Sonden, nicht wahr?«

»So ist es«, sagte O'Brien. »Insgesamt sieben, um genau zu sein. Und alle in tadellosem Zustand, wie ich feststellen konnte.«

»Das ist gut«, entgegnete sie.

»Und was haben Sie mit den Sonden vor?« fragte Thorn.

Die Craynidin zuckte die Schultern. »Sie aus der Energiefront hinausschießen.«

O'Brien blickte sie an. »Und zu welchem Zweck?«

Graal blinzelte einige Male. »Wenn wir sie nach draußen schießen, könnten wir uns mit den Traktorstrahlen ankoppeln.«

Jetzt verstand der Chief, was sie meinte. »Sie wollen sagen, daß wir uns daran aus dem Wirbel herausziehen könnten.«

Die Craynidin nickte. »Exakt.«

O'Brien und Thorn blickten sich an, während sie über diesen Plan nachdachten. Beide wußten, daß Graals Idee etwas für sich hatte.

Der große Mann drehte sich zu ihr um und versuchte, seine Begeisterung zu unterdrücken, was ihm nicht sehr gut gelang. »Aber können eine Handvoll Sonden eine Masse wie die der *Defiant* bewegen? Das wird ein ziemlicher Kraftakt.«

O'Brien stellte schnell einige Berechnungen an. »Möglicherweise«, sagte er schließlich, während er sich das Kinn rieb. »Natürlich gibt es einen Weg, um das genau festzustellen. Wir erproben den Plan in einer Computersimulation.«

»Aber das kostet uns wertvolle Zeit«, wandte Thorn ein. »Warum versuchen wir es nicht gleich in der realen Welt, bevor wir noch weiter in den Wirbel gezogen werden?«

Damit vergrößerten sich zweifellos ihre Erfolgschancen, mußte O'Brien sich eingestehen. Dennoch war er dazu verpflichtet, zur Umsicht zu mahnen.

»Wir dürfen die Sonden nicht verschwenden«, entschied er. »Sie könnten sich vielleicht noch in anderer Hinsicht als nützlich erweisen.«

Der große Mann schüttelte den Kopf. »Bei allem Respekt, Chief, aber uns bleibt nicht mehr viel Zeit. Wofür, zum Teufel, wollen wir sie aufheben?«

O'Brien zuckte die Schultern. »Man kann nie wissen. Und da wir noch genügend Zeit für eine Simulation haben, würde ich sagen, daß wir unbedingt eine durchführen sollten.« Er wandte sich an Graal, in der Hoffnung, sie würde seinen Vorschlag unterstützen. »Was meinen Sie, Lieutenant Commander?«

Die Craynidin starrte ihn mit ihren runden schwarzen Augen an. »Ich würde eine Simulation vorziehen«, erwiderte sie.

»Also machen wir es«, sagte O'Brien. »Und da es Ihre

Idee ist, möchten Sie sie vielleicht persönlich durchführen.«

»Wie Sie wünschen«, sagte Graal.

Sie drehte sich um und ging an den Computer, um sich an die Arbeit zu machen. O'Brien und Thorn halfen ihr. Schließlich ging es auch sie etwas an, ob der Plan funktionierte oder nicht.

Der Gestaltwandler lehnte sich in seinem Polstersessel zurück und betrachtete den fünfeckigen Sichtschirm an der Wand. Darauf war zu sehen, wie Fel Jangors Schiff langsam kleiner wurde.

In Wirklichkeit rührte sich das Schiff des Retizianers überhaupt nicht von der Stelle. Es war das Schiff, in dem sich Odo und Rom befanden – das sie gemietet hatten, um sie von *Deep Space Nine* hierher und zurück zu bringen –, das sich von den Rendezvous-Koordinaten entfernte.

Der Gestaltwandler verspürte unwillkürlich eine gewisse Befriedigung, wenn er daran dachte, was er heute geleistet hatte. Trotz seiner Bedenken, trotz der Scham, mit der seine Verwandlung verbunden war, hatte er letztlich triumphiert.

Und was noch viel wichtiger war – Odo hatte einen wertvollen Dienst geleistet. Kiras Freund auf Bajor würde die Energiespulen bekommen, die er benötigte. Seine Stadt wäre noch mindestens zehn Jahre vor Überflutungen geschützt.

Natürlich nur so lange, bis etwas anderes an den Wasserpumpen kaputt ging. Doch das wäre vermutlich das Problem eines anderen.

Um es kurz zu machen: Die Angelegenheit hätte viel schlimmer ausgehen können. Und das war bereits ein großer Erfolg, wie Quark in dieser Situation möglicherweise bemerkt hätte.

Plötzlich betrat Rom den Raum. Genauso wie auf

ihrem Herflug hatte er ein großes Tablett mit replizierten Delikatessen beladen. Beim Anblick der Köstlichkeiten schien ihm das Wasser im Mund zusammenzulaufen.

Der Constable schüttelte den Kopf. *Nahrung!* Abgesehen von der biologischen Notwendigkeit hatte er niemals verstanden, was daran so reizvoll sein sollte. Ganz zu schweigen von der Frage, warum ein Ferengi den Wunsch verspüren konnte, solche Unmengen davon verspeisen zu wollen. Doch jedem das Seine, wie er sich dann mit uncharakteristischer Großzügigkeit sagte.

Rom warf ihm einen Blick zu. »Was ist so witzig?« fragte er.

Odo erwiderte den Blick. »Witzig? Was meinen Sie damit?«

»Sie lächeln«, stellte der Ferengi fest. »Natürlich würde ich auch lächeln, wenn ich soeben ein so profitables Geschäft abgeschlossen hätte.«

Der Gestaltwandler schaute auf die spiegelnde Oberfläche einer Wand. Rom hatte nicht gelogen. Er lächelte wirklich – mit Quarks Gesicht.

Es war erstaunlich, dachte er, daß ein Grinsen seine Ähnlichkeit mit dem Ferengi noch verstärkte. Er erschauderte und ließ es verschwinden.

Es war schlimm genug, daß er Quarks Aussehen beibehalten mußte, bis sie wieder auf *Deep Space Nine* waren. Doch wenn er dem Barbesitzer *zu sehr* ähnelte, war das für ihn eine Quelle des Unbehagens.

Rom stieß das Tablett mit den Delikatessen in seine Richtung. »Möchten Sie etwas? Ich kann jederzeit Nachschub holen.«

Odo schüttelte den Kopf. »Nein. Vielen Dank. Ich esse nicht.«

Der Ferengi wirkte enttäuscht. »Richtig«, sagte er. »Sie brauchen es gar nicht, stimmt's?« Er zuckte die Schultern. »Nicht daß ich selbst viel vom Essen halte. Quark drängt mich pausenlos dazu.«

Der Gestaltwandler seufzte. Am Ende erwies sich Rom offenbar als nicht so schwieriger Begleiter, wie er befürchtet hatte.

Zweifellos war der Ferengi in vielen Dingen ungeschickt, gelegentlich lästig und in manchen Fällen sogar unbegreiflich. Doch Rom hatte Odo eine wertvolle Perspektive verschafft. Ohne ihn hätten die Verhandlungen mit Fel Jangor niemals zum gewünschten Preis abgeschlossen werden können.

»Wenn ich es mir recht überlege«, sagte der Constable und täuschte plötzlich ein gewisses Interesse an den Delikatessen vor, »werde ich mir vielleicht doch etwas genehmigen.«

Sein Begleiter blickte ihn erstaunt an. »Ich dachte, Sie essen nicht.«

»Das ist richtig«, bestätigte Odo. »Das heißt, normalerweise esse ich nicht. Aber gelegentlich mache ich eine Ausnahme.«

Rom strahlte ihn an. »Ausgezeichnet. Versuchen Sie einen von den flavanianischen Käferhäppchen. Das ist mein Leibgericht.«

Der Gestaltwandler hob ein Häppchen auf und betrachtete es aus größerer Nähe. Im Innern schien etwas zu zappeln – vermutlich ein flavanianischer Käfer.

Was tut man nicht alles für seine Freunde, dachte er.

Als die Tür zur Krankenstation zur Seite glitt, lugte Sisko in den Raum. Die Beleuchtung war gedämpft worden.

»Zar?« rief er leise.

Der Bolianer hatte einen Stuhl neben Laffers Biobett gestellt und hielt an ihrer Seite Wache. Er nahm die Ankunft seines Freundes mit einem Blick zur Kenntnis.

»Einen Moment lang dachte ich, es wäre Barnes«, sagte er nüchtern. »Aber sie ist nicht so groß wie du. Und wenn ich mich recht entsinne, hat sie keinen Bart.«

Der Captain schüttelte erstaunt über die Unerschütterlichkeit seines Freundes den Kopf. »Du schaffst es, sogar in einer Zeit wie dieser zu scherzen.«

Zar zuckte die Schultern. »Manche würden sagen, daß jetzt die beste Zeit dafür sei.«

Sisko durchquerte die Krankenstation und trat neben seinen Freund. Mit einem schnellen Blick überprüfte er die Biowerte ihrer Kollegin. »Ihr Zustand hat sich nicht verbessert«, stellte er fest.

»Aber auch nicht verschlimmert«, gab Zar zu bedenken. »Andererseits spielt es in einigen Stunden ohnehin keine Rolle mehr.«

»Pessimismus?« fragte Sisko sarkastisch. »Von dir? Von dem Mann, der bei Guldammur Vier unsere Haut gerettet hat?«

»Nennen wir es lieber Realismus«, schlug der Bolianer vor. »Es sei denn, wir müssen uns den Weg freischießen, um hier herauszukommen, und niemand erachtet es für notwendig, mir Bescheid zu sagen.«

Der Captain legte seinem Freund eine Hand auf die Schulter. »Das würde ich dir niemals antun, Zar. Andererseits bin ich aber auch nicht bereit, einfach so aufzugeben. O'Brien und Graal gehören zu den besten Ingenieuren, die es gibt, und Thorn ist für seine genialen Einfälle bekannt. Ich setze immer noch großes Vertrauen in ihre Fähigkeiten.«

Der Bolianer brummte. »Ich wünschte mir nur, Graal würde nicht so lange brauchen, um ein Problem zu durchdenken.« Ein Lächeln breitete sich auf seinem Gesicht aus. »Erinnerst du dich noch, wie Captain Saros auf dem Freizeitdeck versucht hat, ihr das Schachspiel beizubringen?«

Sisko lachte, als er an diese Begebenheit zurückdachte. »Ja«, sagte er, »sehr gut sogar. Sie brauchte eine halbe Stunde, um ihren ersten Bauern zu ziehen.«

Zar blickte zu ihm auf. »Und einige Zeit nach dem

zweiten Zug des Captains wollte sie ihren ersten zurücknehmen. Und sie konnte einfach nicht begreifen, warum er es ihr nicht erlauben wollte.«

Sisko nickte. »Der Captain wollte nicht die Geduld mit ihr verlieren – insbesondere nicht vor der versammelten Besatzung. Doch selbst ein unerschütterlicher Vulkanier wie Saros läßt sich nur bis zu einem bestimmten Punkt reizen. Es war gut, daß eine wichtige Nachricht von Starfleet Command hereinkam. Andernfalls hätte er sich stundenlang mit ihr abgeben müssen.«

Der Bolianer kniff die Augen zusammen. »Du willst mich wohl auf den Arm nehmen, was?«

»Inwiefern?« fragte der Captain.

»Das mit Starfleet Command. Ich war es, der sich diesen Vorwand ausgedacht hat.«

Sisko blickte ihn erstaunt an. »Du hast was?«

Zar grinste. »Ich habe es mir ausgedacht. Als ich sah, in welcher Klemme der Captain steckte, ging ich auf die Brücke und übernahm die taktische Konsole. Dann ließ ich ihn in sein Quartier rufen, wegen eines angeblichen vertraulichen Kommuniqués von Admiral Quinn.«

Sisko war verdutzt. »Warum hast du mir nie davon erzählt?«

»Ich dachte, ich hätte es erwähnt«, entgegnete der Bolianer verlegen. »Wahrscheinlich hat sich nie die Gelegenheit ergeben.«

»Erinnere mich daran, dir einen Verweis zu erteilen.« Der Captain schnaufte. »Den Namen eines Admirals auf diese Weise zu mißbrauchen, ist ein Grund, dich vor Gericht zu stellen.«

»So ist es«, erwiderte Zar. »Du kannst gerne die Klage in die Wege leiten, falls wir zurückkehren.« Seine blaue Haut wurde eine Spur dunkler. »Ich meine, wenn wir zurückgekehrt sind. Ich habe mich etwas unklar ausgedrückt.«

Eine Weile herrschte unbehagliches Schweigen, als

die Wirklichkeit wieder in ihr Gespräch eindrang. Dann erinnerte Sisko sich an einen anderen Zwischenfall, der nicht ganz so weit zurücklag wie der erste.

»Mariphasa Vier«, sagte er.

Der Bolianer lächelte. »Unsere Begegnung mit den Cardassianern? Als sie unser Außenteam gefangennahmen?«

Der Captain blickte auf ihre kranke Kollegin, deren Gesicht blaß und eingefallen wirkte, und nickte. »Du und ich sowie Dr. Laffer mußten damit rechnen, gefoltert zu werden, wenn wir nicht den wahren Hintergrund unserer Mission preisgaben.«

Zar kicherte. »Und Laffer stritt sich mit dem cardassianischen Commander herum, welche Auswirkungen ihre Waffen auf uns haben würden. Er behauptete, er würde eine Minute brauchen, um uns zu Tode zu braten ...«

»... und sie beharrte darauf, daß es viel schneller gehen würde.« Sisko schüttelte den Kopf, da er es immer noch nicht fassen konnte. »Irgendwie ging es darum, daß Cardassianer schlechtere Wärmeleiter als Menschen oder Bolianer sind.«

»Und sie wollte auf keinen Fall von ihrer Meinung abrücken«, erinnerte sich der Lieutenant, »auch nicht, als er damit drohte, sie zum Versuchskaninchen zu machen. Natürlich stellte sich am Ende heraus, daß ihre Hartnäckigkeit genau die richtige Taktik war.«

»O ja.« Der Captain betrachtete seinen Freund. »Dadurch hast du die Gelegenheit erhalten, einen der anderen Cardassianer zu entwaffnen, womit sich für uns das Blatt gewendet hat.«

Zar schaute ihn zweifelnd an. »Ich dachte, du wärst es gewesen, der den Cardassianer überrumpelt hat.«

Sisko dachte darüber nach und schüttelte dann den Kopf. »Nein, ich bin mir ziemlich sicher, daß du es warst. Das heißt ...« Plötzlich erinnerte er sich. »Thorn.«

Der Bolianer hob die Hände. »Natürlich. Ursprünglich waren wir in dieser Landegruppe zu viert. Aber Thorn hat sich aus irgendeinem Grund von uns getrennt.«

»Trotzdem«, sagte der Captain. »Unabhängig von der Frage, wer es war, haben wir es Laffer zu verdanken, daß sie uns die Gelegenheit dazu verschafft hat.«

Wie zuvor folgte ein Moment wehmütigen Schweigens. Diesmal war es Zar, der es unterbrach. »Thetalian Prime«, sagte er nur.

Sisko wußte sofort, worauf er anspielte. »Die Ärztin hat die gesamte Besatzung vor einer Epidemie fremdartiger Organismen gerettet. Wir beide wachten gemeinsam in der Krankenstation auf und hatten einen Bärenhunger.«

»Wir verlangten, daß man uns etwas zu essen brachte«, erinnerte sich der Bolianer. »Und Laffer sagte uns, daß wir in Wirklichkeit gar nicht hungrig, sondern durstig wären.«

Der Captain mußte lachen. »Ich dachte, ich könnte zwischen Hunger und Durst unterscheiden, aber sie hat sich deswegen mit mir gestritten.«

»Und mit mir auch«, sagte Zar, der ebenfalls lachte. »Aber das Schlimmste ...« Er mußte noch heftiger lachen. »Das Schlimmste ...«

Plötzlich konnte Sisko sich vor Lachen kaum noch beherrschen. Verdammt, er bekam kaum noch Luft. Er biß sich auf die Lippe, aber das half auch nicht.

Inzwischen hatte Zar völlig die Beherrschung verloren. Er schüttelte sich vor Lachen, was ihm offensichtlich nichts ausmachte. Tränen liefen ihm über die blaßblauen Wangen.

Vielleicht war es der Streß der Ereignisse in der *Defiant* oder die unfaßbare Absurdität der Erinnerungen – oder beides. Es spielte keine Rolle, dachte der Captain. Es fühlte sich gut an – verdammt gut.

Er legte eine Hand auf die Schulter seines Freundes und versuchte zu sprechen – aber er konnte es nicht. Er konnte nur noch prusten.

»Das Schlimmste war«, stieß Zar schließlich hervor, »daß sie wirklich recht hatte. Wir hatten gar keinen Hunger!«

»Das ist richtig«, bestätigte der Captain. Er mußte die Worte zwischen den Zähnen hervorpressen. »Dieses Virus, das wir uns eingefangen hatten, brachte die Verbindungen in unseren Gehirnen durcheinander. Was wir für Hunger hielten …«

»… war in Wirklichkeit Durst!« vervollständigte der Lieutenant den Satz.

Sie lachten noch eine Weile, laut und herzhaft, bis die ganze Krankenstation zu vibrieren schien und ihre Gesichter von Lachtränen überströmt waren. Allmählich ließ es nach, und sie atmeten mehrere Male tief durch.

»Meine Güte«, sagte Sisko. »Es ist unglaublich.«

»Das sollten wir häufiger tun«, bemerkte Zar und wischte sich die Tränen aus dem Gesicht. »Wenn auch nicht unbedingt unter diesen Umständen.«

»Ich weiß, was du meinst«, pflichtete der Captain ihm bei. Als er Laffer erneut betrachtete, wurde ihm ihre Notlage schärfer als zuvor bewußt. »Weißt du«, sagte er, »diese Frau hat mich immer wieder zur Weißglut gereizt. Aber ich würde alles geben, damit sie von diesem Bett aufsteht und mich weiter drangsaliert.«

Der Bolianer lächelte traurig. »Ich bin kein Arzt«, erwiderte er, »aber ich würde keine allzu großen Hoffnungen darauf setzen. Wir haben nur noch wenige Stunden, und ich bezweifle, daß sie in dieser Zeit wieder zu Bewußtsein kommen wird. Wenn es soweit ist, ist sie möglicherweise besser dran als wir anderen.«

Sisko warf ihm einen Blick zu. »Wie meinst du das?«

Zar zuckte die Schultern. »Wie es aussieht, werden

wir alle hier sterben. Der einzige Unterschied ist, daß Laffer sich deswegen keine Sorgen machen muß.«

Plötzlich tönte das Signal des Interkoms durch den Raum. »O'Brien an Sisko.«

»Sisko hier«, antwortete der Captain und blickte zum Interkomgitter hinauf. »Sie wollen mir bestimmt gute Nachrichten überbringen, Chief.«

Als O'Brien zögerte, wußte Sisko, daß er nicht das hören würde, worauf alle hofften.

»Tut mir leid, Captain. Wir haben unsere Computersimulation des Plans mit den Sonden und dem Traktorstrahl abgeschlossen. Aber es hat nicht funktioniert. Die Triebwerke der Sonden sind ausgebrannt, bevor sie uns nach draußen ziehen konnten.«

Der Captain seufzte. »Ich würde Ihnen gerne für all die harte Arbeit, die Sie leisten, auf die Schulter klopfen, Chief. Bedauerlicherweise haben wir nicht mehr viel Zeit. Sie müssen sich etwas anderes einfallen lassen, und zwar schnell.«

Wieder zögerte O'Brien. »Nun, eigentlich haben wir bereits eine neue Idee.«

Sisko warf Zar einen vielsagenden Blick zu, doch der Bolianer zuckte nur die Schultern. »Worauf warten Sie noch?« fragte der Captain. »Schießen Sie los.«

O'Brien tat ihm den Gefallen. Doch bereits nach kurzer Zeit wurde Sisko klar, warum der Chief gezögert hatte.

»Dieser Plan wird nicht einfach auszuführen sein«, stellte Zar fest.

»Aber es ist eine Möglichkeit«, entgegnete der Captain. »Und unter den gegebenen Umständen ist es vielleicht die einzige Chance, die wir noch haben.«

15

Sisko stand auf der Brücke vor dem Kommandosessel und betrachtete seine Offiziere. Sie erwiderten seinen Blick mit unterschiedlich ausgeprägter Neugier.

O'Brien, Graal und Thorn wußten natürlich, was er sagen würde, da ihre gemeinsamen Bemühungen dieses Treffen nötig gemacht hatten. Zar hielt immer noch in der Krankenstation neben Dr. Laffer Wache, aber auch er wußte, was besprochen werden sollte, da er gemeinsam mit dem Captain davon erfahren hatte.

Dax, Lopez und Counselor Barnes dagegen blickten Sisko erwartungsvoll an, da sie keine Ahnung hatten, was vor sich ging. Natürlich würde sich ihre Unwissenheit innerhalb der nächsten paar Minuten verflüchtigen.

Der Captain schaute zum Interkomgitter in der Decke hinauf. »Können Sie uns hören, Lieutenant Zar?«

»Laut und deutlich«, erwiderte der Bolianer mit gewohnt guter Laune. »Sie können jederzeit loslegen, Captain.«

Zufrieden wandte Sisko sich wieder den anderen zu. »Unser Ingenieurteam hat eine neue Strategie ausgearbeitet«, erklärte er.

»Das ist gut«, bemerkte Lopez trocken. »Ich hatte schon befürchtet, wir wären für immer in diesem Wirbel gefangen.«

Der Captain ging nicht auf diesen Versuch ein, die Situation durch schwarzen Humor zu entschärfen. Er drehte sich zu den Ingenieuren um und nickte. »Sprechen Sie, Chief.«

O'Brien übernahm das Wort. »Während meiner Zeit auf der *Enterprise*«, erklärte er, »hatten wir einmal eine klingonische Botschafterin an Bord, die eine größere Entfernung in einer speziell ausgerüsteten Sonde zurückgelegt hatte.«

Barnes blickte ihn erstaunt an. »In einer Sonde? Wirklich?«

Der Ingenieur nickte. »Ihr Name war K'Ehleyr. Und ich kann Ihnen versichern, daß diese Frau großen Mut hatte – denn klingonische Sonden sind längst nicht so gut gebaut wie unsere. Was mich unmittelbar auf den Punkt bringt.« Er schaute sich in der Runde um. »Mit Hilfe von Lieutenant Commander Graal und Mr. Thorn müßte es mir gelingen, die Sonden der *Defiant* so umzurüsten, daß Humanoide darin überleben können. Das heißt, wir können sie dazu einsetzen, aus diesem Wirbel herauszukommen.«

Lopez nickte nachdenklich. »Eine brillante Idee, Chief.«

O'Brien runzelte die Stirn. »Es gibt da nur noch ein Problem.«

Sisko wußte bereits, worin dieses Problem bestand, aber er wartete darauf, daß seine Offiziere von selbst darauf kamen. Dax sprach es als erste aus.

»Wir haben nur sieben Sonden«, stellte sie fest. »Und nach meinen Berechnungen ... sind wir zu neunt.«

»Völlig richtig«, bestätigte der Chief grimmig. »Was bedeutet, daß zwei von uns auf der *Defiant* zurückbleiben müssen.«

Wo sie der sichere Tod erwartete. Als der Captain sich umsah, stellte er fest, daß jedem die Konsequenzen dieses kleinen Details bewußt waren.

O'Brien atmete einmal tief durch. »Da es meine Idee ist, melde ich mich freiwillig, als einer der zwei zurückzubleiben.«

Sisko schüttelte den Kopf. »Sie sollten nicht dafür bestraft werden, daß Sie nicht alle von uns retten können, Chief. Außerdem haben Sie eine Frau und eine Tochter.«

»Und Sie haben einen Sohn«, konterte O'Brien.

»Er hat recht«, warf Zar über Interkom ein. »Denken Sie an Jake, Captain. Er braucht Sie noch.«

»Im Gegensatz zu Molly ist er kein Baby mehr«, erwiderte der Captain. »Er wird lernen, ohne mich weiterzuleben.«

»All das ist ziemlich irrelevant«, flüsterte die Craynidin. »Ich habe nicht weniger als einhundertunddreißig Nachkommen – was selbst für die Begriffe meines Volkes beträchtlich ist. Trotzdem würde ich jederzeit zurückbleiben, damit andere überleben können.«

Sisko hatte noch nie daran gedacht, daß Graal besonders mutig sein könnte. Aber vielleicht kannte er sie doch nicht so gut, wie er geglaubt hatte.

»Ich erwähne es nur äußerst ungern«, sagte Thorn, »aber Dr. Laffer würde eine Reise in einer solchen Sonde höchstwahrscheinlich nicht überleben. Soweit ich es beurteilen kann, hat es keinerlei Sinn, eine für sie zu reservieren.«

»Das können wir nicht wissen«, warf Barnes ein.

»Doch, es ist ziemlich gewiß«, widersprach er. »Und da ich zu niemandem engere Beziehungen besitze, werde ich mit ihr zurückbleiben.«

Der Captain musterte den Sicherheitsoffizier. Ein interessantes Verhalten für jemanden, dem der Vorwurf gemacht wurde, das Schiff sabotiert zu haben.

Doch dann schüttelte er den Kopf. »Nein«, sagte er zu Thorn. »Es gibt keine faire Methode, um zu bestimmen, wer hierbleibt und wer gehen kann.«

»Aber nicht alle von uns können gerettet werden«, gab Lopez zu bedenken.

Sisko drehte sich zu ihm um. »Dann ziehen wir Strohhalme.«

Dax runzelte die Stirn. »Strohhalme, Benjamin?«

»Im übertragenen Sinne«, räumte der Captain ein und blickte auf den Sichtschirm. »Computer, projiziere acht Symbole der Föderation auf den Schirm. Hinter einem Symbol soll ein kleines Bild der *Defiant* verborgen sein. Die Auswahl dieses Symbols soll zufällig erfolgen.«

»Bestätigt«, antwortete der Computer.

Kurz darauf erschienen die Symbole. Wie Sisko verlangt hatte, waren es insgesamt acht.

»Einen Augenblick mal«, sagte Lopez. »Wir sind aber *neun.*«

Sisko nickte. »Das ist richtig. Ich nehme das Privileg – manche würden sagen, die Verantwortung – des Captains in Anspruch, zusammen mit seinem Schiff unterzugehen.«

»Aber, Captain ...« begann O'Brien.

Sisko brachte ihn mit einem Blick zum Schweigen. »Ich lasse keine weitere Diskussion über diesen Punkt zu. Das Thema ist abgeschlossen, Chief.«

Widerstrebend hielt O'Brien den Mund.

Der Captain zupfte seine Uniformjacke zurecht. »Also gut. Wer das Symbol mit der *Defiant* dahinter auswählt, bleibt zurück. Die übrigen nehmen die Sonden. Verstanden?«

Zar erklärte sein Einverständnis. Die anderen nickten nur.

»Ich ziehe zuerst«, sagte Thorn. Er wandte sich dem Schirm zu, auf dem die acht Symbole in drei Reihen vor der wilden Schönheit des Energiewirbels hingen. »Computer«, sagte er, »zeig mir, was sich hinter dem Symbol in der Mitte befindet.«

Das Symbol verschwand. Dahinter war nur leerer Raum.

»Was ist geschehen?« fragte Zar.

Thorn sagte es ihm. Alle hörten die Erleichterung in

der Stimme des großen Mannes, obwohl er diese Empfindung sicher kategorisch abgestritten hätte.

Als nächster war O'Brien an der Reihe. »Ich nehme das Symbol oben rechts«, sagte er.

Auch hinter diesem befand sich nichts.

Danach wählte Dax, dann Graal, doch keiner von ihnen zog den gefürchteten ›kurzen Strohhalm‹.

Damit waren noch Lopez, Laffer, Zar und Barnes übrig. Die Anspannung war nahezu greifbar. Sisko spürte, wie sie in seinen Schläfen pochte.

Lopez ließ Barnes mit einer Geste den Vortritt. »Bitte«, sagte er galant.

Doch die Counselor schüttelte den Kopf. »Nein«, sagte die Frau. »Machen Sie nur. Ich nehme das letzte Symbol.«

Der Wissenschaftsoffizier wandte sich dem Sichtschirm zu. »Na gut«, murmelte er. Dann sprach er mit lauterer Stimme. »Computer, ich nehme die untere Reihe, das Symbol in der Mitte.«

Die Reaktion kam sofort. Das Föderationsemblem verschwand – ohne Spur. Lopez warf Barnes und dann dem Captain einen Blick zu.

»Ich denke, jetzt sollten wir Zar zum Zuge kommen lassen«, schlug er vor.

Da Barnes offensichtlich keine Einwände hatte, nickte Sisko. »Sind Sie bereit, Zar?«

»Ich bin bereit«, antwortete der Bolianer. »Hat sich schon jemand für die mittlere Reihe links entschieden?«

»Nein, noch nicht«, teilte der Captain ihm mit. »Wählen Sie dieses Symbol?«

»Ja«, sagte Zar nach kurzem Zögern.

Sisko blickte auf. »Computer, das linke Symbol in der mittleren Reihe löschen.«

Der Computer gehorchte. »Nun?« fragte der Bolianer, der nicht beobachten konnte, was vor sich ging. »Bleibe ich zusammen mit Ihnen an Bord, Captain?«

»Nein«, sagte Sisko, ohne den Blick vom Sichtschirm abzuwenden. »Sie dürfen eine der Rettungskapseln besteigen, Mr. Zar.« Dann drehte er sich zur Counselor um. »Sie sind an der Reihe«, sagte er so behutsam wie möglich zu ihr. Schließlich konnte Dr. Laffer unmöglich selbst eine Wahl treffen.

Barnes nickte, und ein Muskel an ihrem Unterkiefer zuckte. Es waren nur noch zwei Symbole in der oberen Reihe übrig. Eins stand in der Mitte, das andere links davon.

»Ich nehme das in der Mitte«, gab sie mit erstaunlich kräftiger Stimme bekannt.

»Computer«, sagte der Captain, »das Symbol in der Mitte der oberen Reihe löschen.«

Das Symbol verschwand – und offenbarte ein winziges Bild der *Defiant*, das sich dahinter verborgen hatte.

»Mein Gott!« flüsterte Lopez.

Die Counselor jedoch ließ sich nicht anmerken, ob sie von diesem Ergebnis erschüttert war. Sie blinzelte nur einige Male, während jemand Zar informierte.

Sisko spürte eine Hand auf seiner Schulter. Als er sich umdrehte, sah er, daß sie zu Chief O'Brien gehörte. Er hatte einen sehr ernsten Gesichtsausdruck.

»Captain, ich wünsche mir, es wäre anders ausgegangen«, sagte O'Brien zu ihm.

Sisko verstand seine Geste. »Vielen Dank, Chief. Mir geht es genauso.«

Er wandte sich wieder seinen Offizieren zu. Diesmal zeigten ihre Gesichter keine Neugier, sondern entweder Mitleid oder Bedauern. In Thorns Fall mochte es eine Mischung aus beidem sein.

Nur Barnes zeigte keine Regung. Sie starrte immer noch auf den Sichtschirm und war offenbar nicht in der Lage, die Bedeutung des Geschehenen zu verarbeiten. Sisko empfand tiefes Mitgefühl für sie, doch er mußte sich jetzt auf seine Aufgaben konzentrieren.

»O'Brien, Graal und Thorn«, sagte der Captain. »Ich möchte, daß Sie jetzt die Sonden für den Transport von Passagieren umrüsten. Dax und Lopez, Sie überspielen so viele Informationen wie möglich aus den Computerdatenbanken.«

»Ja, Captain«, antwortete die Trill pflichtbewußt. Nur ein leichtes Zittern in ihrer Stimme verriet, wie bewegt sie war.

»Verstanden«, bestätigte auch Lopez.

»Counselor Barnes wird zusammen mit mir auf der Brücke bleiben«, gab Sisko bekannt. »Alle anderen dürfen wegtreten.«

16

Sisko trat an die freistehende Kontrollkonsole neben seinem Sessel und blickte wieder auf die Zeitanzeige. Nach den Hochrechnungen, die er von Dax erhalten hatte, blieb ihnen nur noch eine knappe Stunde, bis der Wirbel die *Defiant* auseinanderriß.

Längere Zeit hatte sich das Schiff ohne Schwierigkeiten gegen die Energien behauptet, in denen es gefangen war, und nur ein leichtes Vibrieren der Bodenplatten hatte auf den tobenden Kampf hingedeutet. Das war nun nicht mehr der Fall.

Jetzt ächzte und schaukelte die *Defiant* trotz der Trägheitsabsorber wie ein antikes Segelschiff auf den sturmgepeitschten Meeren der Erde. Und der Captain wußte, daß es noch schlimmer werden würde. Viel schlimmer.

Er tippte auf seinen Kommunikator, um eine Verbindung mit O'Brien herzustellen. »Chief, wie lange brauchen Sie noch, bis die Sonden bereit sind?«

»Nicht mehr allzu lange«, antwortete O'Brien. »Nur noch ein paar Minuten, Captain.«

Sisko runzelte besorgt die Stirn. »Halten Sie mich auf dem laufenden. Sisko Ende.«

Er blickte sich auf der Brücke um. Er war mit Counselor Barnes allein, die an der Funktionsstation saß. Als sie Siskos prüfenden Blick bemerkte, drehte sie sich zu ihm herum.

»Ich bin soweit«, sagte sie. »Ich habe die Startsequenzen initialisiert. Sie müssen nur noch den Befehl geben.«

Er nickte. »Danke, Counselor.«

Barnes lächelte schwach. »Keine Ursache, Captain.«

Dann erinnerte er sich an das Gespräch, das sie in ihrem Quartier geführt hatten – das sie nicht hatten beenden können. Dabei hatte Barnes offenbart, daß ihre gegenwärtige Notlage sie an die Zerstörung der *Saratoga* erinnerte.

Sisko hatte die Parallele nicht richtig nachvollziehen können – oder er hatte sie nicht sehen wollen. Doch jetzt erkannte er sie mit schmerzhafter Klarheit. Nicht alle Einzelheiten stimmten überein, aber das war auch gar nicht notwendig. Es war das Gefühl der völligen Hilflosigkeit und das Bewußtsein des drohenden Todes, das beiden Situationen gemeinsam war.

Er dachte daran, etwas Diesbezügliches zur Counselor zu sagen, nachdem das Schicksal sie nun auf diese Weise zusammengeführt hatte – als sollten zwei lose Enden miteinander verknüpft werden. Doch Barnes schien sich inzwischen gefaßt zu haben. Vielleicht wäre es klüger, das Thema nicht zur Sprache zu bringen.

O'Briens Stimme unterbrach seine Gedanken. »Ich denke, wir sind jetzt fertig, Captain«, meldete er.

Sisko lehnte sich in seinem Sessel zurück. »Wir sind ebenfalls bereit«, erwiderte er.

Am anderen Ende der Verbindung gab es eine kurze Pause. »Captain«, sagte der Chief dann, »es gäbe da noch vieles, was ich Ihnen sagen möchte. Und ich bin nicht der einzige.«

Sisko nickte. »Ich weiß, Mr. O'Brien. Doch leider haben wir dafür nicht mehr genügend Zeit.«

Ihm war klar, daß der Ingenieur sich davon nicht beirren lassen würde.

»Entschuldigen Sie, Captain, aber höchstwahrscheinlich wird es keine weitere Gelegenheit geben.«

»Auch das ist mir bewußt«, versicherte ihm der Captain.

Er sah, wie Barnes ihm einen Blick zuwarf, als wollte sie ihm empfehlen, sich darauf einzulassen, da es niemandem schaden würde. Sisko runzelte die Stirn.

»Es war mir eine Ehre, mit Ihnen zusammenarbeiten zu dürfen, Chief. Und auch mit dir, alter Knabe. Das gleiche gilt für Zar, Graal, Lopez und Thorn – für Sie alle. Und ich weiß, daß Sie genauso empfinden. Es wird Zeit, daß Sie in die Sonden kriechen und alles weitere mir und Counselor Barnes überlassen. Mehr kann ich Ihnen zum Abschied nicht sagen.« Er knurrte leise. »Sisko Ende.«

Als wollte das Schiff die Dringlichkeit seines Befehls unterstreichen, wurde die *Defiant* in diesem Augenblick heftig durchgeschüttelt. Die Schilde würden einer solchen Beanspruchung nicht mehr lange standhalten. Es wurde Zeit, daß die anderen sich in Sicherheit brachten.

Der Captain wandte sich an Barnes. »Es ist soweit«, sagte er zu ihr. »Wenn es Ihnen nichts ausmacht, würde ich den Start gerne persönlich einleiten.«

»Selbstverständlich«, antwortete sie.

Er glaubte, ein Zittern in ihrer Stimme zu hören. Nur ganz leicht, aber immerhin. Doch angesichts der Ausweglosigkeit ihrer Lage konnte er ihr keinen Vorwurf machen.

Er beugte sich vor und hatte für einen Moment die Sonden vergessen. »Counselor?«

Barnes antwortete ihm nicht. Sie saß einfach nur da, hatte ihm den Rücken zugekehrt und tat, als wäre sie mit ihren Kontrollen beschäftigt. Dann senkte sich langsam ihr Kopf.

»Counselor?« wiederholte er.

Sie legte die Hände auf ihr Gesicht. Immer noch gab sie keinen Laut von sich, doch es bestand kein Zweifel, daß sie von starken Gefühlen bewegt wurde. Bald zitterten ihre Schultern unter der inneren Anspannung.

Wie es schien, hatte sich Barnes keineswegs von ihren Ängsten befreit. Sie hatte sie nur vorübergehend unterdrückt. Sisko stand von seinem Platz auf und näherte sich der Funktionsstation.

Er wünschte sich, daß die Frau all dies nicht hätte durchmachen müssen. Er wünschte sich, es hätte eine andere Lösung gegeben, doch die Zeit lief ihnen davon, sie verrann wie Sand in einem Stundenglas, und nirgendwo hatte sich ein anderer Lösungsweg gezeigt.

»Counselor?« sagte er ein drittes Mal, als er genau hinter ihr stand. »Ich weiß, wie schwer das alles für Sie sein muß.«

Barnes drehte sich zu ihm um. Und plötzlich erkannte der Captain, daß er sich in ihr getäuscht hatte. Und zwar gründlich. Die Tränen der Counselor waren nicht auf Trauer oder Furcht zurückzuführen. Denn in diesem Fall hätte sie nicht gelächelt.

Und es bestand kein Zweifel, daß sie trotz ihrer Tränen lächelte – mit einer seligen Freude, die ihn aus dem Gleichgewicht brachte. Sisko schüttelte den Kopf.

»Ich verstehe Sie nicht«, sagte er nur.

»Ich habe keine Angst«, erwiderte Barnes mit einem gewissen Stolz in der Stimme. »Zumindest nicht vor dem Sterben.«

Der Captain blickte sie an. »Und wovor dann?«

Die Tränen verliehen ihren Augen einen flüssigen Glanz, sie waren überirdisch schöne Tropfen aus destillierter Finsternis. »Ich hatte nur Angst davor«, sprach sie weiter, »daß ich sterben könnte, ohne es Ihnen gesagt zu haben.«

»Sie wollen mir etwas sagen?« fragte er zurück. Er hatte keine Ahnung, wovon sie sprach, warum sie auf einmal so geheimnisvoll tat. Es sei denn …

… es sei denn, die Counselor war der Saboteur und dies die Einleitung zu einem Geständnis.

Aus instinktiver Vorsicht trat Sisko einen Schritt zurück. Doch sie hielt keine Waffe in der Hand, nichts, mit dem sie ihn bedrohen könnte.

Barnes stand auf. »Ja«, antwortete sie, während sie sich eine Träne abwischte. »Ich will Ihnen von meinem Verbrechen erzählen.«

Der Captain kniff die Augen zusammen. Offensichtlich hatte er recht gehabt. Die Counselor war für ihre mißliche Lage verantwortlich.

Als Barnes näher kam, verspürte er unwillkürlich den Drang, vor ihr zurückzuweichen. Nicht nur, weil sie seine Freunde und sein Schiff in Gefahr gebracht hatte. Es war noch etwas Seltsames an ihr, etwas Unbestimmtes.

Ihr Lächeln hatte etwas Wahnsinniges, dachte er. Ja, das war es. Er fragte sich, warum es ihm nicht schon vorher aufgefallen war.

»Bitte«, sagte sie und streckte ihm die Hände entgegen, während die Distanz zwischen ihnen schrumpfte. »Hab keine Angst.« Ihre Augen waren weit geöffnet und flehten ihn an. »Siehst du es immer noch nicht, Benjamin? Verstehst du immer noch nicht … daß ich dich liebe?«

Sisko schüttelte den Kopf. Er war völlig von dieser Offenbarung überrascht. »Liebe?« fragte er verdutzt zurück.

»Ja«, bestätigte die Counselor. »Ich liebe dich, seit dem ersten Augenblick, als ich dir an Bord der *Saratoga* begegnete.« Ihre Augen erhielten einen trüben Glanz, als sie sich der Erinnerung hingab. »Du warst groß, attraktiv, stark und sanft zugleich. War es ein Wunder, daß dein Anblick mir den Atem raubte?«

Der Captain konnte nur mit Mühe seine Selbstbeherrschung wahren. Er wollte ein Rätsel nach dem anderen lösen. »Sie sagten etwas von einem Verbrechen«, rief er ihr ins Gedächtnis.

Über Barnes' Gesicht fiel ein Schatten. »Ja«, sagte sie. »Aber ich habe es nur für dich getan, Benjamin.«

»Was getan?« hakte Sisko nach. »Was haben Sie für mich getan, Counselor?«

Sie wandte den Blick von ihm ab, als hätte sie etwas abgelenkt. Ihr Gesicht hatte plötzlich einen fast kindlichen Ausdruck.

»Ich hätte sie retten können«, stöhnte Barnes. »Ich hätte es tun können.«

Der Captain wollte sie fragen, von wem sie sprach. Vielleicht von Dr. Laffer? Aber die Ärztin war nicht tot – zumindest noch nicht.

Wer dann? Welche ›Sie‹ könnte Barnes gemeint haben? Und mit einem Mal wurde ihm die Antwort mit erschreckender Klarheit bewußt.

»Sie lag unter all den Trümmern, war fast völlig davon zerquetscht«, sprach die Counselor weiter. »Aber sie lebte noch. Sie kämpfte noch um ihr Leben. Ich hätte Hilfe holen können, Benjamin.«

Mein Gott, dachte er. *Mein Gott!*

Sie blickte zu Sisko auf, mit rotgeränderten Augen, die nun voller Tränen waren. »Ein Teil von mir wollte ihr helfen. Aber ein anderer Teil dachte, wenn sie tot wäre … wenn sie nicht mehr da wäre …«

Der Captain fühlte sich, als hätte man ihm einen Hammerschlag versetzt. Sein Magen verkrampfte sich schmerzhaft, ihm wurde schwindlig, und er suchte nach einer Wand oder einer Konsole, an der er sich abstützen konnte.

»… wenn deine Frau nicht mehr in deiner Nähe wäre«, redete Barnes weiter, »hätte ich endlich eine Chance bei dir gehabt. Die Chance, mit dir glücklich zu werden.«

Es kann nicht wahr sein! schrie er stumm. *Es kann nicht sein!*

»Und als meine gute Hälfte endlich die Oberhand gewonnen hatte«, fuhr die Counselor fort, »war es schon zu spät, verstehst du? Sie war bereits tot, das arme Ding. Sie hatte ihr Leben ausgehaucht. Genauso wie all die anderen, die den Borg zum Opfer gefallen waren.«

Sisko sah wieder vor sich, wie seine Frau unter einem furchtbaren Trümmerhaufen lag. Die Augen und den Mund weit aufgerissen, als wollte sie schreien. *Jennifer!* dachte er mit einem schmerzhaften Stich. *Meine wundervolle, liebe Jennifer!*

Die Counselor wandte den Blick ab. »Niemand konnte ihr mehr helfen, Benjamin. Und ich konnte nicht zurückbleiben. Das verstehst du doch, oder? Ich habe mich geschämt, aber ich mußte fliehen.«

Dem Captain wurde angesichts ihres Geständnisses schwindlig. Barnes hätte den Tod seiner Frau verhindern können, sagte er sich. Sie hätte Jennifer eine Überlebenschance bieten können.

Aber sie hatte es nicht getan. Die Counselor war fortgegangen und hatte Jennifer in Todesqualen zurückgelassen – weil sie ihn liebte! Weil ein dunkler, wahnsinniger Teil von ihr die Rivalin haßte, die Jennifer für sie darstellte.

Barnes blickte zu ihm auf, die Augen voller Schmerz. »Bitte, Benjamin. Für sie ist es zu spät, aber nicht für uns. Wir können immer noch in der wenigen Zeit, die uns bleibt, zusammensein. Ich beschwöre dich, es ist noch nicht zu spät für uns.«

Sisko schüttelte den Kopf. Es wurde ihm zuviel, es war mehr, als er ertragen konnte. Wenn Barnes ihm an Bord der *Saratoga* niemals begegnet wäre, wenn sie niemals diese Gefühle für ihn entwickelt hätte, dann wäre seine Frau heute vielleicht noch am Leben. Sie hätte gerettet werden können.

»Sei nicht böse auf mich«, flehte sie ihn an. Sie legte die Fingerspitzen auf seine Brust – zärtlich wie eine Geliebte. »Bitte, Benjamin. Ich wollte doch nur mit dir zusammensein. Ich habe es doch nur für uns getan.«

Wütend schlug Sisko ihre Hand weg. Er wollte sich an ihr rächen, für das, was sie getan hatte – was sie *nicht* getan hatte. Er wollte, daß sie die gleiche Verzweiflung, den gleichen Schmerz wie er spürte.

Dann blickte er sie an – schaute in ihre Augen. Und in der Dunkelheit, die darin war, erkannte er eine gequälte und von Schuld zerrissene Seele, die einen genauso schweren Schmerz wie er ertragen mußte.

Er konnte Constance Barnes nicht hassen, genausowenig wie Jennifer sie nicht hätte hassen können. Er wollte es, aber er konnte es nicht. Seine Wut versickerte wie Wasser, das durch einen Sieb rann.

»Uns bleibt nur noch so wenig Zeit«, flehte die Counselor ihn an und hob die Hände, um sein Gesicht zu berühren. »So wenig Zeit …«

Wofür? fragte er sich. Um eine Beziehung aufzubauen? Selbst in ihrem Wahnsinn mußte sie erkennen, daß das unmöglich war.

Dann wurde ihm urplötzlich bewußt, was sie wirklich von ihm erwartete. Keine Romanze – jedenfalls nicht wirklich. Sie brauchte etwas ganz anderes. Und nur er hatte die Macht, es ihr zu geben.

Der Captain unterdrückte seine Verbitterung und trat auf sie zu. Mit empfindungslosen Händen nahm er sie in die Arme. Und dann zog er sie langsam und mit unendlicher Traurigkeit an sich.

»Alles ist gut«, sagte er zu ihr. »Jetzt ist alles gut.«

Die Counselor blickte zu ihm auf. In ihrem Lächeln war nun ein Hauch von Hoffnung. »Oh, Benjamin. Ich habe so lange darauf gewartet, es dir sagen zu können. So unendlich lange.«

»Ich weiß«, sagte Sisko und strich über ihr Haar. »Und ich …« Er mußte schlucken. »Ich verzeihe dir.«

Sie drückte ihr Gesicht an seine Brust und begann wieder zu schluchzen. Ihr Körper bebte, als würde ein Herbststurm an ihr zerren. Nach all den Jahren gab es für diese Frau endlich eine gewisse Erleichterung von ihrer furchtbaren Last, eine Zuflucht vor den Dämonen, die sie heimgesucht hatten.

Sie hatte … Vergebung gefunden.

Und es schien für sie keinerlei Rolle zu spielen, daß sie nur noch wenige Minuten zu leben hatte. Das einzige, was jetzt noch eine Rolle spielte, war das Eingeständnis ihrer Schuld gegenüber dem Mann, der ihr Absolution erteilen konnte.

Behutsam führte der Captain sie zu ihrem Platz. Dann setzte er sich neben sie an die Navigationskonsole und überprüfte den Stand der Startvorbereitungen für die Sonden.

Eigentlich hätten seine Anzeigen ihm signalisieren müssen, daß alle Systeme einwandfrei funktionierten. Aber so war es nicht. Sie zeigten ihm an, daß etwas nicht stimmte.

Mit den Sonden war anscheinend alles in Ordnung. Aber die Startautomatik war deaktiviert. Nachdem er eine schnelle Diagnose durchgeführt hatte, wußte er den Grund.

»Was ist los?« fragte Barnes, die immer noch wie im Taumel war. Doch sie war noch klar genug, um zu erkennen, daß es Schwierigkeiten gab.

Sisko blickte sich zu ihr um. »Wir haben ein Problem. Die Startautomatik reagiert nicht mehr.«

Die Stirn der Counselor legte sich in tiefe Falten. »Aber wenn die Sonden nicht starten …«

»Können sie den Energiewirbel nicht verlassen«, sagte er. »Und niemand wird gerettet.«

Mit plötzlicher Entschlossenheit drückte er eine Taste auf der Konsole, dann stand er auf und nahm Barnes an der Hand.

»Wohin gehen wir?« fragte sie überrascht.

»Das werden Sie schon sehen«, verriet er ihr nur.

Sisko wartete darauf, daß der Turbolift sie zum Deck vier brachte, wo die Computerdiagnose das Problem mit der Startautomatik der Sonden lokalisiert hatte. Als sich die Lifttüren öffneten, trat er nach draußen und nahm Barnes mit.

»Wohin gehen wir?« fragte sie zum fünften oder sechsten Mal. Aber er hatte jetzt keine Zeit für ausführliche Erklärungen.

Statt dessen zerrte er sie durch den Korridor. Dann bog er zuerst nach rechts und dann nach links ab, immer an der Außenhülle entlang. Schließlich entdeckte der Captain sein Ziel.

Zuerst sah es nur wie ein Schatten unter all den anderen Schatten in dieser minimal beleuchteten Abteilung aus. Doch als er näher kam, konnte er erkennen, daß der Schatten die Gestalt eines Menschen hatte.

Und neben ihm lag ein Teil der Wand auf dem Boden. Die komplizierte Elektronik dahinter war freigelegt, und wie es aussah, machte sich der menschenförmige Schatten daran zu schaffen.

Zweifellos versuchte jemand, den Start zu sabotieren, und der Captain hatte bereits eine ziemlich genaue Vorstellung, wer es sein könnte. Einer seiner ehemaligen Kollegen von der alten *Saratoga.* Einer der wenigen Menschen in der Galaxis, denen er bedingungslos sein Leben anvertraut hätte.

Doch damit hätte er einen großen Fehler begangen. Denn dieser spezielle Kollege hatte ihn hintergangen, ihn und all seine anderen alten Freunde. Sein Mund verzerrte sich vor Wut, und er rief einen Namen.

»Lopez!«

Der Name hallte laut durch den Korridor, aber diesmal war es kein freundlicher Ruf, sondern eine Anklage. Der Wissenschaftsoffizier drehte sich um. Selbst im schwachen Licht waren seine Gesichtszüge unverkennbar.

»In voller Lebensgröße«, bestätigte Lopez.

Sisko nickte. »Ich hätte es wissen müssen. Sie waren der Pilot der *Defiant*, als wir in diese Schwierigkeiten gerieten. Nur Sie hätten uns direkt in den Energiewirbel steuern können, unabhängig davon, welchen Kurs Thorn für Sie programmiert hatte.«

Lopez lächelte. »Ich hätte es tun können, und ich habe es getan, wie es aussieht.«

Barnes drehte sich zum Captain um. Sie strengte sich an, trotz ihres Wahnsinns zu begreifen, was hier vor sich ging. »Soll das heißen, alles ist nur die Schuld von Lopez? Daß er es war, der uns in diese ausweglose Situation gebracht hat?«

»Völlig richtig«, bestätigte der Wissenschaftsoffizier. »Doch zuvor habe ich die Trägheitsabsorber in der Abteilung mit den Rettungskapseln außer Funktion gesetzt, damit uns dieser einfache Fluchtweg verbaut ist.«

Sie schüttelte ratlos und verwirrt den Kopf. »Aber warum? Warum sollten Sie so etwas tun?«

»Eine gute Frage«, pflichtete Lopez ihr bei. »Und wo wir gerade dabei sind, hätte ich noch ein paar weitere. Warum habe ich keine der Kapseln benutzt, um mich in Sicherheit zu bringen? Warum bin ich hier zurückgeblieben, während mir genauso wie allen anderen der sichere Tod droht?«

»Ja, warum?« sagte Sisko und überlegte. »Möglicherweise ... weil wir gar nicht sterben werden.«

Der Wissenschaftsoffizier kicherte. »Sehr gut, Captain. Ihr Verstand arbeitet mit gewohnter Schärfe, wie ich feststelle.«

Barnes wirkte immer ratloser. »Wie kann das sein? Wir haben alle Möglichkeiten durchdacht, wie wir uns retten könnten. Die Sonden waren unsere allerletzte Chance.«

»Um uns selbst zu helfen, richtig«, warf Lopez ein. »Doch wenn Sie die Fernbereichsensoren konsultieren, werden Sie feststellen, daß bereits Hilfe von außen unterwegs ist.«

Der Captain blickte zum Interkomgitter hoch. »Computer, befindet sich irgendein Schiff in unserer Nähe? Und wenn ja, um was für ein Schiff handelt es sich?«

»Die Sensoren registrieren die Annäherung dreier Handelsschiffe der Retizianer«, antwortete der Computer. »Alle sind mit Warptriebwerken und taktischen Systemen der Stufe drei ausgerüstet.«

Sisko runzelte die Stirn. Mit einer Bewaffnung der Stufe drei konnten sie selbst einer voll einsatzfähigen *Defiant* gefährlich werden. »Ich habe es trotzdem noch nicht verstanden«, gab er zu.

»Dann werde ich es Ihnen buchstabieren«, bot sich Lopez großzügig an. »Jetzt besteht ohnehin kein Grund mehr, Geheimnisse zu wahren, oder?« Er zuckte die Schultern. »Wie Sie wissen, bin ich ein Mann von recht extravaganten Untugenden.«

Der Captain brummte. »Sie meinen ihre erotische Obsession.«

»Das ist meine größte Untugend, ja«, erwiderte der Wissenschaftsoffizier. »Aber ich besitze noch eine weitere, fast ebenso obsessive. Und dabei, mein Freund, handelt es sich um das Glücksspiel. Ich spiele mit allem und jedem. Ich will Sie nicht mit den Details langweilen, aber diese Vorliebe hat mich kürzlich in Schwierigkeiten gebracht. In große Schwierigkeiten, um genau zu sein, denn ich habe mich bei Retizianern verschuldet, die solche Angelegenheiten keineswegs auf die leichte Schulter nehmen.«

»Sie hätten zu mir kommen können«, sagte Sisko. »Ich hätte Ihnen geholfen.«

Lopez schüttelte den Kopf. »Meine Verluste waren beträchtlich. Sie hätten nicht mehr bewirken können als der Tropfen auf dem heißen Stein. Auch ich hätte sie niemals begleichen können – zumindest nicht mit üblichen

Zahlungsmitteln. Allerdings besaß ich eine Sache, mit der ich handeln konnte – Ihr *Blut.*«

»Mein Blut?« fragte der Captain zurück.

»Richtig«, erwiderte der Wissenschaftsoffizier. »Wie Sie sich bestimmt erinnern, gehörten alle unsere Kollegen an Bord dieses Schiffes – mit Ausnahme von Counselor Barnes und mir – zu einer Landegruppe, die sich vor einigen Jahren auf Thetalian Prime aufhielt. Sie waren dabei. Thorn war dabei. Außerdem Lieutenant Commander Graal, Dr. Laffer und Lieutenant Zar.«

Sisko erinnerte sich daran. Aber es war keine angenehme Erinnerung. Vor allem nicht das, was danach gekommen war.

»Wir haben uns infiziert«, sagte er.

»So war es«, bestätigte Lopez. »Und wie ich hörte, muß es eine sehr heimtückische Krankheit gewesen sein. Sie wären beinahe daran gestorben. Wenn Dr. Laffer nicht gewesen wäre, hätten Sie alle es kaum überlebt. Aber Sie leben noch – obwohl Sie immer noch die mikroskopischen Organismen, die für die Krankheit verantwortlich waren, in Ihrem Blut haben.«

Sisko ahnte allmählich, worum es ging. »Corlandium.«

Barnes verstand überhaupt nichts und bat Sisko um eine Erklärung.

»Corlandium«, sagte der Captain, »ist ein Mineral, das es nur auf Thetalian Prime gibt. Es wird mit dem millionenfachen Gegenwert von Latinum aufgewogen. Und die Organismen in unserem Blutkreislauf sondern ständig Corlandium ab, wenn auch nur in winzigen Mengen.«

Langsam begriff die Counselor. Dann starrte sie Lopez fassungslos an. »Sie wollen Ihre Schulden mit dieser Substanz begleichen?«

»Nicht direkt«, sagte der Wissenschaftsoffizier, »sondern eher mit den Organismen, die sie produzieren.

Bedauerlicherweise sind diese winzigen Lebewesen äußerst empfindlich. Insbesondere was die Umwelt betrifft, in der sie leben, wie man sagen könnte.«

»Sie können ausschließlich in Menschen, Bolianern, Klingonen und verschiedenen anderen Spezies existieren«, bemerkte Sisko. »Aber nicht in Retizianern.«

Lopez nickte. »Das ist sehr bedauerlich für die Retizianer. Und die Organismen verabscheuen jede Art von künstlicher Umgebung.«

Sisko blickte seinen ehemaligen Kollegen finster an. »Also sollen wir den Lebensraum für diese Organismen zur Verfügung stellen. Eine Umwelt, in der sie überleben können – und in der sie vor allem weiter Corlandium produzieren können.«

»Mein Gott!« sagte Barnes mit entsetzt verzerrten Gesichtszügen.

»Sie werden viel mehr als nur ein Lebensraum sein«, verkündete Lopez. »Nämlich ein Brutplatz. Die Retizianer glauben, daß sie die Organismen dazu bringen können, sich trotz der Antikörper in Ihnen wieder zu vermehren. Damit könnten sie die Corlandium-Produktion um ein Vielfaches steigern – und Sie unter umsichtiger Verwendung von Medikamenten am Leben erhalten.«

»Es wäre eher ein Leben als Zombie«, stellte Sisko richtig.

»Wenn es Ihnen so lieber ist«, räumte Lopez liebenswürdig ein.

»Sie sind ein Monstrum«, keuchte die Counselor.

Als der Wissenschaftsoffizier sich zu ihr umdrehte, war seine Miene plötzlich todernst. »Nein«, widersprach er. »Ich bin nur ein verzweifelter Mann.«

Sisko glaubte es ihm. Lopez hatte sich während seiner Zeit auf der *Saratoga* niemals zu etwas hinreißen lassen, das diesem Plan auch nur annähernd entsprach.

»Glauben Sie mir«, sagte der Wissenschaftsoffizier, »ich wünsche mir, die Dinge hätten sich anders entwickelt. Ich hatte nicht den Wunsch, irgend jemandem weh zu tun – und schon gar nicht meinen alten Freunden. Aber ich liebe das Leben viel zu sehr, um es kampflos aufgeben zu können.«

»Uns geht es genauso«, sagte eine tiefe, zornige Stimme.

Lopez' Kopf fuhr herum. Er starrte mit offenem Mund auf den Mann, der gesprochen hatte, während sein Gesicht zusehends an Farbe verlor.

Auch Sisko drehte sich um und sah, wie Aidan Thorn durch den Korridor auf sie zukam. Sein Gesicht war vor kaum gezügelter Wut verzerrt. Und er war nicht allein. Zar folgte ihm dichtauf.

»A … Aidan«, stammelte der Wissenschaftsoffizier. Dann versuchte er zu lächeln. »Du verstehst nicht. Das einzige, was ich versucht habe …«

Doch bevor Lopez seine Erklärung beenden konnte, hatte Thorn ihm einen kräftigen Kinnhaken versetzt. Der Wissenschaftsoffizier prallte mit dem Rücken gegen die Wand und rutschte dann zu Boden, während ihm das Blut aus den Mundwinkeln lief.

Der Captain beeilte sich, zwischen die beiden Kontrahenten zu treten, doch es gelang ihm nur mit Mühe, Thorn davon abzuhalten, Lopez erneut zu schlagen. Schließlich war der Sicherheitsoffizier tatsächlich so stark, wie er aussah.

»Hören Sie auf«, sagte Zar, der seine bolianischen Kräfte einsetzte, um Thorn gemeinsam mit Sisko im Zaum zu halten. »Damit erreichen Sie überhaupt nichts, Thorn.«

»Aber ich fühle mich besser, wenn ich es tue«, knurrte Thorn. Er zeigte anklagend mit dem Finger auf seinen alten Freund, der sich erst jetzt langsam vom Boden erhob. »Du bist nichts als Dreck, Lopez! Du bist schlimmer als Dreck! Wenn ich gewußt hätte, was für ein mieses Schwein du bist, hätte ich dir gewiß nicht so oft das Leben gerettet!«

Der Wissenschaftsoffizier wischte sich mit dem Handrücken über den Mund und stützte sich mit der anderen Hand an der Wand ab. Mit sichtlicher Anstrengung gelang es ihm, wieder auf die Beine zu kommen.

»Ja«, sagte er, während er den großen Mann betrachtete. »Ich denke, in unserer Situation sollten wir mit Irrtümern unseres Urteilsvermögens rechnen.«

»Das gilt für alle von uns«, bemerkte Sisko und drehte sich zu Zar um. »Sie haben alles mitgehört, vermute ich.«

Der Bolianer nickte. »Alles. Ich dachte mir, daß Sie absichtlich eine Kommunikationsverbindung zu den Sonden öffneten. Vermutlich haben Sie die Schaltung an einer Brückenkonsole vorgenommen.«

»Sie vermuten völlig richtig«, bestätigte Sisko.

Lopez nickte. »Ein kluger Schachzug, mein Freund. Aber letztlich wird es Ihnen nichts nützen. Die Retizianer sind bereits unterwegs. Und für sie ist der Handel beschlossene Sache.«

Zar warf dem Captain einen Blick zu. »Was machen wir jetzt?«

Als wäre es das Stichwort, wurde Sisko über das Interkomsystem gerufen. Es war O'Brien.

Er lächelte. »Sprechen Sie, Chief! Ich höre.«

»Dax und ich haben ein paar Reparaturen durchgeführt«, meldete O'Brien. »Vermutlich sind wir jetzt in der Lage, die *Defiant* von hier wegzubringen.«

»Dann versuchen Sie es, Chief«, wies der Captain ihn an. »Ich treffe mich so schnell wie möglich mit Ihnen auf der Brücke.«

Kurz darauf spürte er an den Fußsohlen das beruhigende Summen der Impulstriebwerke der *Defiant*. Seine alten Freunde blickten ihn verblüfft an. Nach ihrem Informationsstand war es unmöglich, die Antriebssysteme des Schiffes wieder in Ordnung zu bringen.

»Die Triebwerke!« sagte Thorn und riß die Augen

weit auf. »Entweder bin ich verrückt geworden, oder sie arbeiten wieder.«

»Sie sind nicht verrückt«, versicherte Sisko ihm, während er sich insgeheim über den Gesichtsausdruck des großen Mannes amüsierte.

»Dann können wir den Energiewirbel aus eigener Kraft verlassen«, folgerte der Bolianer, der aussah, als wüßte er nicht, ob er staunen oder lachen sollte.

Er hatte diese Worte kaum ausgesprochen, als sie spürten, wie sich das Schiff in Bewegung setzte.

»Ich schätze, damit beantwortet sich meine Frage von selbst«, sagte Zar.

Lopez jedoch war inzwischen leichenblaß geworden. Er hatte offenbar damit gerechnet, die Oberhand zu behalten, selbst nachdem Thorn und der Bolianer auf der Bildfläche erschienen waren. Jetzt erkannte er, daß sein Sieg keineswegs so sicher war, wie er geglaubt hatte.

Der Wissenschaftsoffizier schüttelte den Kopf. »Ich fasse es nicht. Ich dachte, die Maschinen wären so stark beschädigt, daß sie nicht mehr zu reparieren sind.«

»Sie waren in der Tat beschädigt«, bestätigte der Captain, »aber sie ließen sich durchaus reparieren. Zu Anfang sah es wirklich nicht gut aus, das können Sie mir glauben. Doch dann kam unser technisches Team auf die Idee, die beschädigten Teile zu replizieren.«

»Doch diese Idee führte nicht zum Erfolg«, sagte Thorn und blickte zunächst Zar und dann wieder Sisko an. »Zumindest habe ich das geglaubt.«

»In Wirklichkeit«, erklärte Sisko, »bat ich Chief O'Brien, ein Element zunächst beiseite zu lassen. Damit der Eindruck entstand, daß wir immer noch auf dem Schlauch stehen.«

»Aber warum?« hakte der große Mann nach – bis er von selbst auf die Antwort kam. »Wahrscheinlich gingen Sie von einem Sabotageakt aus und wollten dem

Verantwortlichen die Gelegenheit verschaffen, sich zu offenbaren.«

Sisko nickte. »Genau, Mr. Thorn. Chief O'Brien und Lieutenant Commander Graal entdeckten Lopez' Manipulationen auf dem Deck mit den Rettungskapseln, kurz bevor wir auf den Energiewirbel stießen. Damals wußten wir natürlich noch nicht, was wir davon halten sollen. Doch als wir in den Wirbel gerieten, wurde uns einiges klar.«

Zar schüttelte den Kopf. »Dann haben Sie, O'Brien und Graal uns die ganze Zeit hinters Licht geführt. Sie ließen uns glauben, daß wir hoffnungslos verloren waren, damit Sie den Verräter unter uns aus seinem Versteck locken konnten.«

»Auch Lieutenant Dax war eingeweiht«, sagte der Captain. »Aber wir werden später über die Einzelheiten reden.« Er zeigte mit dem Daumen auf den nächsten Turbolift. »Zuerst müssen wir uns um die Retizianer kümmern, denn ich glaube nicht, daß sie tatenlos zusehen werden, wie ihnen ein Geschäft durch die Lappen geht.«

17

Als Sisko auf die Brücke trat, gefolgt von seinen ehemaligen Kollegen, sah er, daß der Sichtschirm immer noch ein Chaos aus grellen Farben zeigte. Und daß O'Brien und Dax an den Kontrollkonsolen saßen.

Er begrüßte sie mit einem knappen Nicken, das sie erwiderten.

»Mr. Thorn«, rief er und blickte sich über die Schulter um, »würden Sie bitte unseren Freund Lopez im Auge behalten? Sorgen Sie dafür, daß er keine Dummheiten begeht.«

Der bärtige Mann, der sich auf dem Weg zur Brücke mit einem Phaser bewaffnet hatte, nickte eifrig. »Mit Vergnügen, Captain.«

»Vielen Dank«, sagte Sisko. »Mr. Zar, Sie übernehmen die taktische Station.«

»Verstanden«, sagte der Bolianer und durchquerte die Brücke mit der Geschwindigkeit eines Verhungernden an einem benzitischen Buffet.

Der Captain lächelte.

Zar hatte ohne ein Wort der Klage an Dr. Laffers Seite Wache gehalten. Doch nachdem sich nun Graal um die Ärztin kümmerte, schien der Bolianer begierig darauf, aktiv zu werden.

Außerdem war Zar nach Sisko der beste taktische Offizier, der ihnen zur Verfügung stand. Er war sogar besser als O'Brien, der in dieser Funktion an Bord der *Rutledge* gearbeitet hatte. Und bei einer Auseinandersetzung wie dieser waren sie darauf angewiesen, ihre Fähigkeiten optimal einzusetzen.

Barnes bezog neben den Lifttüren Stellung, wo sie niemandem im Weg stand. Der Captain war überzeugt, daß auch sie gerne geholfen hätte. Doch in ihrem gegenwärtigen Zustand konnte er ihr keine Kontrollstation anvertrauen.

Als Sisko im Kommandosessel Platz nahm, warf er Dax einen Blick zu. »Wie sind unsere Kursdaten, Lieutenant?«

»Unser Kurs ist zwei vier zwei Komma acht«, antwortete Dax. »Und wir fliegen mit voller Impulskraft – also mit derzeit möglicher Maximalgeschwindigkeit.«

Der Captain lehnte sich in seinem Sessel zurück. Sie würden den Retizianern niemals entkommen, solange sie nicht mehr als die Impulstriebwerke zur Verfügung hatten. Und die romulanische Tarnvorrichtung des Schiffes, die in einer solchen Situation äußerst nützlich gewesen wäre, war immer noch unbrauchbar. *Schade,* dachte er.

Sisko wünschte sich nun, er hätte einen Teil seiner Kapazitäten für die Reparatur der Tarnvorrichtung abgezweigt. Doch bevor die Retizianer auf der Bildfläche erschienen waren, hatte er nicht damit gerechnet, daß sie das System wirklich benötigen würden.

Der Captain runzelte die Stirn. Weder Geschwindigkeit noch Tarnung würde sie aus diesem Dilemma befreien. Offensichtlich mußten sie zuerst einen Kampf für sich entscheiden, bevor sie an Flucht denken konnten. Das bedeutete, daß sie ihre offensichtlichen Mängel kompensieren mußten – und zwar schnell.

Zar wandte sich an ihn. »Captain, die Energien des Phänomens werden die Zielgenauigkeit der Phaser und Photonentorpedos beeinträchtigen. Ich schlage vor, wir verzichten auf den Einsatz der Waffen, bis wir den Wirbel verlassen haben.«

Sisko nickte. »Einverstanden, Lieutenant.« Er blickte zur Funktionsstation. »Wo sind die Retizianer jetzt, Mr. O'Brien?«

»Knapp außerhalb des Energiewirbels«, antwortete der Ingenieur. »Ich registriere verstärkte Sensoraktivitäten, also müssen wir davon ausgehen, daß sie wissen, daß wir kommen.«

»Ich frage mich, wie sie uns einschätzen«, sagte Thorn. »Eben noch waren wir eine wehrlose Beute, und jetzt bewegen wir uns wieder aus eigener Kraft – auch wenn wir nur den Impulsantrieb benutzen.«

Eine gute Frage, dachte der Captain. Wenn die *Defiant* sich mit Impulskraft bewegte, konnte ihr Gegner nicht wissen, wozu sie noch imstande wären. Vielleicht konnten sie diesen Unsicherheitsfaktor zu ihren Gunsten ausnutzen.

»Wie weit sind sie noch entfernt?« fragte er O'Brien.

Der Ingenieur konsultierte seine Instrumente. »Sechsundachtzig Millionen Kilometer – und sie kommen näher, Captain.«

Sisko nickte. »Alarmstufe Rot. Schilde aktivieren.«

Im nächsten Augenblick war die Brücke in düsteres rotes Licht getaucht. Wer immer noch nicht begriffen hatte, daß es ernst wurde, mußte es spätestens jetzt bemerken.

Sisko lehnte sich zurück und massierte sich mit den Zeigefingern die Schläfen. Ihm gingen verschiedene Ideen durch den Kopf, aber er war sich noch nicht sicher, ob sie funktionieren würden – oder ob sie gut genug waren, um allen drei feindlichen Schiffen zu entkommen.

»Mr. O'Brien«, sagte er laut. »Können Sie den Schaden beheben, den Mr. Lopez an der Startautomatik verursacht hat?«

Der Chief drehte sich um und nickte. »Ja, Captain. Es dürfte nicht länger als eine Minute dauern.«

»Dann tun Sie es«, sagte der Captain.

Er sah, wie Dax ihm einen Blick über die Schulter zuwarf. Sie lächelte, während sie nur ein Wort sagte: »Lockvögel.«

Der Captain antwortete nicht, sondern wandte sich an den Bolianer. »Mr. Zar, stellen Sie eine Kommunikationsverbindung mit den Sonden her, sobald sie gestartet sind. Sprechen Sie mit ihnen, als würden sich tatsächlich Passagiere an Bord befinden.«

Zar brummte anerkennend. Offenbar hatte er den Plan auf Anhieb verstanden. »Bestätigt, Captain. Ich öffne die Verbindung.«

»Schlau«, bemerkte Lopez. »Wirklich sehr schlau.«

»Niemand hat dich nach deiner Meinung gefragt«, sagte Thorn.

Der Verräter ging nicht darauf ein. »Da die Sonden warpflugtauglich sind«, sprach er weiter, »werden sie die Schiffe passiert haben, bevor die Retizianer begreifen, was geschehen ist. Ihnen wird keine Zeit bleiben, die Situation zu analysieren – sie können nur noch reagieren.«

»Natürlich könnten sie sich darüber wundern«, fügte Dax hinzu, »daß sich Passagiere in den Sonden befinden sollen, aber sie dürfen es nicht riskieren, sie entkommen zu lassen – sonst verlieren sie möglicherweise ihre Corlandium-Minen.«

»Ich kann wieder auf die Startsysteme zugreifen«, meldete O'Brien. »Die Sonden können jederzeit gestartet werden, Captain.«

»Programmieren Sie für jede einen anderen Kurs«, befahl Sisko. »Wir wollen es den Retizianern nicht zu leicht machen.«

»Kurse programmiert«, bestätigte der Ingenieur.

Sisko trommelte mit den Fingern auf der Armlehne, während er auf den günstigsten Zeitpunkt wartete. Auf dem Sichtschirm verliefen rote und blaue Schlieren ineinander und produzierten eine knallgelbe Kaskade. Als diese sich auflöste, blieb ein Netzmuster aus Dunkelgrün und Lila zurück.

»Sonden starten!« befahl er.

Der Captain sah, wie die Sonden auf dem Sichtschirm nahezu mit Lichtgeschwindigkeit losrasten, das hieß, viermal so schnell wie die *Defiant*. Schon im nächsten Augenblick waren sie verschwunden.

Wenige Sekunden später veränderte sich das Bild. Die wirbelnden Farben wurden dünner und blasser und gaben allmählich den Blick auf die Sterne frei. Dann hatte sich die *Defiant* aus dem Energiewirbel befreit.

Und wie es schien, war das Glück auf ihrer Seite. Wie Sisko gehofft hatte, waren die Retizianer in Sichtweite – und damit beschäftigt, die überraschend aufgetauchten Sonden zu verfolgen. Keins der Schiffe hatte den Warpantrieb hochgefahren.

Ausgezeichnet, dachte der Captain. Er hätte sich kein besseres Ziel wünschen können.

»Mr. Zar, erfassen Sie das Schiff steuerbord von uns. Feuern Sie nach eigenem Ermessen – mit Phasern und Photonentorpedos.«

Der Bolianer führte die Anweisung aus. Kurz bevor das Schiff der Retizianer die Flucht ergreifen konnte, erhielt es einen Treffer im Heckbereich, wo es zu einer Explosion kam.

Das Phaserfeuer mußte den Antrieb beschädigt haben, denn es ging nicht wie die übrigen Schiffe auf Warp. Und als es sich wieder stabilisiert hatte, um sich seinem Angreifer zuzuwenden, bewegte es sich äußerst schwerfällig.

Doch bevor es das Manöver vollenden konnte, deckte Zar es erneut mit Sperrfeuer von der *Defiant* ein. Und ein drittes Mal. Wie immer grenzte die Treffsicherheit des Bolianers an künstlerische Meisterschaft.

»Ihre Schilde haben versagt« gab er bekannt. »Erhebliche Schäden an den Waffen- und Antriebssystemen.«

Sisko nickte. Wegen dieses Retizianers mußte er sich für eine Weile keine Sorgen mehr machen. Aber es waren immer noch zwei Schiffe in der Nähe, und sie würden sich nicht mehr allzulange durch seine List täuschen lassen. Sobald sie erkannten, daß die Sonden leer und unbemannt waren, würden sie zurückkehren – und zwar ohne freundliche Absichten.

»Lieutenant Dax«, sagte er, »wir ziehen uns auf eine Position eintausend Kilometer innerhalb des Wirbels zurück. Chief, machen Sie die Traktorstrahlen bereit.«

O'Brien warf ihm einen fragenden Blick zu, aber er sagte nichts, sondern folgte den Anweisungen des Captains.

Auch seine Trill-Freundin wunderte sich darüber, aber genauso wie ihr Kollege konnte sie ihre Neugier zügeln.

Sie waren kaum wieder im Wirbel verschwunden, als die anderen beiden Retizianer zurückkehrten. Sie waren zweifellos nicht sehr glücklich über den Zustand ihres Schwesterschiffes, überlegte Sisko. Er hoffte, daß sie dadurch nicht zu vorsichtig wurden.

Kurz darauf erfüllte sich seine Hoffnung. Eins der Schiffe erfaßte die *Defiant* mit den Zielsystemen und ging zum Angriff über.

Natürlich wurde es schwierig, einen Treffer anzubringen, solange sich das Föderationsschiff innerhalb des Wirbels befand, wie Zar vor einiger Zeit angedeutet hatte. Doch mit verringertem Abstand würde sich auch diese Schwierigkeit verringern. Die Trefferwahrscheinlichkeit würde erheblich steigen.

»Nehmen Sie sich in acht«, warnte der Captain. »Vor allem Sie, Mr. Thorn. Es dürfte ein harter Kampf werden.«

Seine Kollegen sicherten sich, so gut es ging. Thorn

hielt sich an Siskos Anweisung und achtete besonders gut auf Lopez.

Der Captain nahm sich die Zeit, auch Graal zu warnen. Schließlich war sie dafür verantwortlich, daß Dr. Laffer nichts zustieß. Und wie er die Craynidin kannte, benötigte sie bestimmt ein paar Sekunden länger als die übrigen Besatzungsmitglieder.

Nachdem alle Vorsichtsmaßnahmen getroffen waren, konzentrierte Sisko sich wieder auf seine Aufgabe. »Mr. O'Brien, Zielerfassung auf die Retizianer. Auf mein Zeichen aktivieren Sie die Traktorstrahlen.«

Der Ingenieur hantierte an den Kontrollen. Einige Sekunden später blickte er auf. »Ziel ist erfaßt, Captain.«

»Machen Sie die Phaser und Photonentorpedos bereit«, sagte Sisko zu Zar.

»Waffen sind bereit, Captain«, kam die Antwort.

Die Augen des Captains konzentrierten sich auf den Sichtschirm, wo die Retizianer beschleunigten. Was er vorhatte, erforderte exakte Planung und absolute Disziplin, doch er glaubte, daß Schiff und Besatzung diesen Ansprüchen gewachsen waren.

Auf dem Schirm setzten die Retizianer zum Angriffsmanöver an – allerdings mit höherer Geschwindigkeit, als Sisko erwartet hatte. Mit wesentlich höherer Geschwindigkeit.

Er konsultierte seine Anzeigen, um diese Beobachtung zu bestätigen. Das erschwerte sein Vorhaben beträchtlich. Plötzlich hatte er ein ungutes Gefühl in der Magengegend.

Leider war es jetzt zu spät für einen Rückzieher. Die Maschinerie war in Bewegung gesetzt. Sie mußten durchhalten und hoffen, daß der Plan gelang.

Mit zusammengebissenen Zähnen wartete der Captain ab, bis der Retizianer genau vor ihnen war. Dann bellte er seine Befehle über die Brücke.

»Traktorstrahlen aktivieren! Zar, feuern!«

Was dann geschah, war zu schnell für das menschliche Auge – selbst zu schnell für das Begriffsvermögen des menschlichen Verstandes. Die Brücke schien sich zur Seite zu neigen, die Bodenplatten vibrierten und die Wände knirschten, als würden die Hände eines Riesen versuchen, das Schiff auseinanderzureißen.

Sisko wurde aus seinem Sitz geschleudert, doch es gelang ihm, sich an seiner Konsole festzuhalten, bevor Schlimmeres geschehen konnte. Funken sprühten auf der gegenüberliegenden Seite der Brücke und signalisierten den Ausfall einer unbesetzten Konsole. Flüche und Schmerzensschreie waren zu hören.

Doch als alles vorbei war und Sisko auf den Sichtschirm blickte, sah er, daß sein Plan funktioniert hatte. Die Retizianer zogen sich mit halber Impulskraft zurück, ihre Phaserbatterien waren durchgebrannt, und nur noch eine Triebwerksgondel erzeugte eine feststellbare Plasmaspur.

Der Captain tippte auf seinen Kommunikator. »Sisko an Graal. Ist bei Ihnen alles in Ordnung, Lieutenant Commander?«

Die Craynidin antwortete ohne die gewohnte Verzögerung. »Dr. Laffer und ich haben durch die Erschütterungen keine Verletzungen davongetragen. Wie es aussieht, scheint sie sogar aus ihrem Koma aufzuwachen.«

Ein unerwarteter Nebeneffekt, dachte der Captain. Doch es war eine gute Neuigkeit, die seine Zuversicht stärkte.

Er beglückwünschte sich stumm. Er war ein kalkuliertes Risiko eingegangen, das sich letztlich ausgezahlt hatte. Während er sich wieder aufrappelte, spielte er im Geist noch einmal die Abfolge der Ereignisse durch.

Zuerst hatten die Traktorstrahlen der *Defiant* die Retizianer erfaßt und damit – wenn auch nur für einen kurzen Moment – ein unelastisches Band zwischen der *Defiant* und einem der retizianischen Schiffe hergestellt.

Wenn ihr Gegner die Stärke eines Föderationsraumschiffes gehabt hätte, wäre er in der Lage gewesen, die *Defiant* überallhin mitzuschleppen.

Doch im Gegensatz zu den taktischen Systemen ließ der Antrieb der Retizianer sehr zu wünschen übrig. Im Griff der *Defiant* fiel das Schiff einfach unter Warpgeschwindigkeit.

Und bevor sich die Retizianer von dieser Überraschung erholen konnten, hatte Zar den zweiten Teil des Plans gestartet und die Waffen des Föderationsschiffes sprechen lassen.

Das Ergebnis war ein manövrierunfähiges retizianisches Schiff.

Natürlich hatte auch die *Defiant* einiges einstecken müssen. Unter der ungewohnten Belastung, für die sie gar nicht ausgelegt waren, hatten die Traktorstrahlen den Dienst versagt. Die Systeme zur Sicherung der Strukturfestigkeit waren schwer angeschlagen, und die Hälfte der Sensoren war erneut ausgefallen.

Hinzu kam auch, daß die gesamte Brückenbesatzung durchgeschüttelt worden war. O'Brien hatte einen Schnitt in der Wange davongetragen, und Thorn schien sich das Handgelenk gebrochen zu haben, denn er nahm mit schmerzhafter Miene den Phaser in die andere Hand.

Trotz allem hatten sie Glück gehabt. Dem Captain war bewußt, daß die Situation schlimmer hätte sein können – viel schlimmer.

Aber sie waren noch nicht außer Gefahr. Eins der retizianischen Schiffe war nach wie vor einsatzfähig. Und nachdem sein Commander miterlebt hatte, was geschehen war, würde er der *Defiant* keine Verschnaufpause gönnen. Sisko hatte kaum wieder im Kommandosessel Platz genommen, als der letzte noch vorhandene Gegner die Initiative ergriff.

Auch für diesen Fall hatte Sisko vorgesorgt. Doch im

Vergleich zur unorthodoxen Taktik, die er in den letzten paar Minuten eingesetzt hatte, war dieses Vorhaben noch schwieriger durchzuführen.

Er wandte sich an Zar und sagte nur zwei Worte: »Guldammur Vier.«

Der Bolianer hätte fast gelächelt, doch dazu blieb ihm keine Zeit. Seine Finger flogen mit irrwitziger Geschwindigkeit über die taktischen Kontrollen, während er alles Nötige vorbereitete. Schließlich blickte er auf.

»Ich bin soweit, Captain«, sagte Zar.

Inzwischen hatten die Retizianer ihren Angriff begonnen. Sie stürzten sich auf die *Defiant* wie ein Falke auf eine Feldmaus. Natürlich hätten sie ihr Impulstriebwerk einsetzen können, um sich zu einem schwierigeren Ziel zu machen, doch Zars Aufgabe war auch so nicht einfach. Wenn sie auf Impuls gegangen wären, wäre der Plan undurchführbar geworden.

Also blieben sie, wo sie waren, und warteten ab. Und trotz der Ruhe, die er zu vermitteln versuchte, trotz seines Anscheins der Zuversicht spürte Sisko, wie ihm ein Schweißtropfen an der Seite des Kopfes herablief.

Unterdessen wurde das retizianische Schiff auf dem Sichtschirm immer größer. Sisko konnte bereits Einzelheiten der Konstruktion erkennen, fast bis zu den Details an der Außenhülle aus Duranium-Legierung. Er konnte die Aufschrift an der Seite lesen und die kunstvolle Ausführung der Insignien bewundern.

In diesem Augenblick eröffnete Zar das Feuer. Die *Defiant* verschoß gleichzeitig vier Phaserstrahlen, die auf unterschiedliche Punkte am gegnerischen Schiff gerichtet waren. Doch es waren sehr eng gebündelte Strahlen, die keinen großen Schaden anrichten konnten, selbst wenn sie die Verteidigung der Retizianer durchdrangen.

Plötzlich fluchte O'Brien. »Die Schilde. Sie ...«

»Schon gut«, beruhigte der Captain ihn und hob eine Hand. »Kein Grund zur Besorgnis, Chief.«

Er hatte selbst den Abfall der Deflektorkapazitäten der *Defiant* bemerkt, aber darum machte er sich die geringsten Sorgen. Denn auch das war Teil seines Plans. Und im nächsten Augenblick standen die Schilde des Föderationsschiffes wieder.

Die Retizianer schossen nicht zurück – zumindest nicht sofort. Das Schiff kam einfach nur näher und näher, bis es den Sichtschirm fast vollständig ausfüllte.

Jetzt waren die Schiffe vierzigtausend Kilometer voneinander entfernt. Dann dreißigtausend. Zwanzig. Zehn. Wenn die Retizianer das Feuer eröffnen wollten, würden sie es jeden Augenblick tun, dachte der Captain.

Aber sie taten es nicht. Statt dessen drehte das Schiff in der letzten Sekunde ab. Und statt einen neuen Angriffskurs zu fliegen, bezog es neben einem der beschädigten Schwesterschiffe Stellung.

»Das verstehe ich nicht«, sagte O'Brien, während er auf seine Anzeigen starrte. Doch dann erkannte er plötzlich des Rätsels Lösung. Er warf Zar einen skeptischen Blick zu. »Sie haben vorübergehend unsere Schilde deaktiviert, um einen Transport durchführen zu können.«

Der Bolianer nickte. »Captain Sisko und ich haben ein ähnliches Manöver schon einmal mit der *Saratoga* durchgeführt. Auch damals steckten wir ziemlich in der Klemme.«

»Ich erinnere mich«, warf Thorn ein. »Wir hatten es mit den Breen zu tun. Zar feuerte eng gebündelte Phasersalven ab, um ein paar Löcher in die Verteidigung des Gegners zu stechen. Dann schaltete er für einen kurzen Moment unsere Schilde ab und setzte den Transporter ein, um ihre Waffensysteme zu sabotieren.«

»Indem Sie einen Haufen Schrott hinüberbeamten, der die Phaserbatterien blockierte«, stellte Dax fest. »Und dank der Maschinenteile, die wir auswechseln mußten, hatten wir genügend Schrott übrig.« Sie mußte lächeln. »Gute Arbeit, Mr. Zar.«

O'Brien brummte. »*Sehr* gute Arbeit.«

Der Bolianer neigte den Kopf. »Es freut mich, Ihre Anerkennung gefunden zu haben.«

Sisko blickte zur Trill hinüber. »Setzen Sie Kurs auf *Deep Space Nine,* alter Knabe. Wie es aussieht, wird der Mars noch eine Weile auf uns warten müssen.«

»Verstanden, Captain«, sagte Dax und führte seinen Befehl aus.

Lopez, der sich an eine Wand gelehnt hatte, schüttelte den Kopf. »Verdammt!« flüsterte er in offensichtlicher Verbitterung über die neue Entwicklung der Ereignisse.

Sisko blickte sich nicht zu ihm um – zumindest nicht sofort. Zuvor vergewisserte er sich, daß die Retizianer nicht versuchten, sie aufzuhalten, als sie mit voller Impulskraft an ihnen vorbeizogen. Offenbar waren sie tatsächlich so schwer angeschlagen, wie es den Anschein hatte.

Lopez lachte, doch es war ein humorloses, enttäuschtes Lachen. »Wissen Sie«, sagte er, »ich dachte, nicht einmal Sie würden sich aus dieser Lage befreien können, Captain. Aber wie es scheint, habe ich Sie wieder einmal unterschätzt. Offenbar hat mich mein Spielerglück verlassen.« Er warf O'Brien einen Blick zu. »Aber das hätte mir wohl schon früher klarwerden müssen.«

Sisko blickte sich mit mißbilligender Miene zu ihm um. »Sie werden genügend Zeit haben, Ihre Bewunderung vor Gericht zu äußern, Lieutenant.« Er deutete mit einer Kopfdrehung auf den Turbolift. »Mr. Thorn, bringen Sie unseren ehemaligen Kollegen in eine Arrestzelle. Ich denke, er hat jetzt nichts mehr auf der Brücke zu suchen.«

Der große Mann lächelte trotz der Schmerzen in seinem gebrochenen Handgelenk. »Ja, Captain. Das wollte ich gerade empfehlen.«

Doch als Lopez von Thorn in den Lift eskortiert wurde, empfand der Captain keine Befriedigung bei diesem Anblick. Früher einmal war der Wissenschaftsoffizier sein Freund gewesen, und es war niemals ein gutes Gefühl, einen alten Freund zu verlieren – ganz gleich unter welchen Umständen.

Dann sah er aus dem Augenwinkel, daß Barnes sich näherte. Er hätte es beinahe vorgezogen, sich einer weiteren Flotte von Retizianern zu stellen, als ihren Gesichtsausdruck ansehen zu müssen. Doch er wich der Counselor nicht aus.

»Benjamin?« sagte sie mit flehenden Augen. Obwohl sie keinen Laut von sich gegeben hatte, mußte sie große Angst gehabt haben. »Ist es jetzt vorbei?«

Er nickte. »Ja, Counselor. Es ist vorbei. Wir fliegen nach Hause.«

Barnes sah ihn eine Weile schweigend an. Es schien, als wollte sie ihm noch eine Frage stellen, aber sie konnte sich nicht dazu durchringen. Offenbar hatte selbst ihr gestörter Verstand erkannt, wie die Antwort lauten würde.

Mit unendlich traurigen Augen drehte sich Barnes um und machte sich auf den Weg zum Turbolift. Der Captain empfand Mitleid mit ihr, doch er wußte, daß er ihr ein falsches Zeichen gab, wenn er aufstand und ihr folgte. Die Frau hatte in ihrem Leben schon genügend Leid ertragen müssen.

Er wollte gerade Dax bitten, sich um Barnes zu kümmern, als die Trill eine Hand hob und ihm signalisierte, daß sie bereits selbst auf diese Idee gekommen war. Sie übertrug die Kontrolle ihrer Konsole an O'Brien und folgte der Counselor. Sie holte die Frau ein, als sich gerade die Türen des Turbolifts öffneten.

Barnes musterte Dax eine Weile, doch ohne die Verbitterung, die sie einige Zeit zuvor an den Tag gelegt hatte. In ihren Augen stand sogar die stumme Bitte um Entschuldigung. Die Trill legte einen Arm um die Schulter der anderen Frau.

»Kommen Sie«, sagte Dax. »Sie scheinen einiges auf dem Herzen zu haben, und ich bin ein ausgezeichneter Zuhörer.«

Barnes nickte. Ihre Augen waren groß, fast wie die eines verängstigten Kindes. »Danke«, sagte sie leise.

Dann verschwanden die beiden im Lift. Sisko seufzte. Barnes benötigte unbedingt eine Therapie, bevor sie auch nur daran denken konnte, wieder als Counselor zu arbeiten. Captain Kyprios würde schwer enttäuscht sein.

Plötzlich bemerkte er, daß Zar ihn beobachtete. Und O'Brien ebenfalls. Keiner von ihnen verstand, was mit Barnes los war. Schließlich war keiner von ihnen auf der Brücke gewesen, als sie ihre befremdlichen Geständnisse abgelegt hatte.

»Ich werde es Ihnen später erklären«, sagte er. »Versprochen.«

Im Augenblick wollte er einfach nur dasitzen. Um seine Gedanken zu sammeln, während sie zur Station zurückkrochen. Und um die Wunden zu lecken, die die Counselor wieder aufgerissen hatte.

Er schluckte. *Jennifer …*

18

Jake Sisko und Nog standen vor einer Luftschleuse im oberen Andockmast und lugten durch das kleine Fenster in der inneren Schleusentür.

Irgendwo dort draußen war die *Defiant* zu ihnen unterwegs. Sie war schwer angeschlagen, aber immer noch ganz. Zumindest hatte er etwas Derartiges gehört.

»Kannst du sie schon erkennen?« fragte der Junge.

»Nein«, sagte der Ferengi und kniff die Augen zu schmalen Schlitzen zusammen, als könnte er dann mehr sehen. »Du?«

Jake schüttelte den Kopf. »Eigentlich hätten sie schon längst hier sein müssen. Zumindest hat Major Kira es zu mir gesagt.«

»Und sie hat nicht gelogen«, sagte eine weibliche Stimme hinter ihnen.

Als er sich umdrehte, sah Jake, daß es Kira höchstpersönlich war. Sie war zweifellos gekommen, um ihren Vorgesetzten auf seiner Station willkommen zu heißen. Und sie hatte Dr. Bashir mitgebracht.

»Wie es scheint«, erklärte der Arzt, »gab es einige Probleme mit dem Warpantrieb, den Mr. O'Brien unterwegs wieder zusammengeflickt hat. Da die *Defiant* nicht mehr allzuweit von uns entfernt war, hat Captain Sisko beschlossen, ihn wieder abzuschalten und kein Risiko einzugehen.«

»Genau das, was ich auch getan hätte«, bemerkte Nog altklug.

Bashir lächelte. »Auf jeden Fall dürften sie sich nur um ein paar Minuten verspäten. Sie waren mit Warp eins unterwegs. Nach allem, was die *Defiant* einstecken mußte, hätte ein höherer Warpfaktor offenbar die Strukturfestigkeit zu sehr beansprucht.«

Diese Worte klangen für Jake nicht gerade tröstlich. Probleme mit der Strukturfestigkeit waren eine ernste Angelegenheit. Ohne die Feldsysteme konnte die Stabilität der Außenhülle unter der Extrembelastung bei Warpgeschwindigkeit erhebliche Einbußen erleiden.

Offenbar machte sich auch der Arzt insgeheim große Sorgen. Doch vor dem Jungen wollte er sie natürlich nicht äußern.

Plötzlich bemerkte Jake eine Veränderung im Weltraum. Er beugte sich näher an das Schleusenfenster und konzentrierte sich auf den Punkt, an dem er etwas gesehen hatte. Und wenig später grinste er.

»Da ist die *Defiant!*« verkündete er, ohne seine wachsende Aufregung aus seiner Stimme heraushalten zu können.

»So ist es«, bestätigte Kira.

Das Raumschiff bewegte sich nur noch mit einem Bruchteil der maximalen Impulsgeschwindigkeit, während es sich *Deep Space Nine* näherte. Doch das hätte es auch dann getan, wenn der Warpantrieb völlig in Ordnung gewesen wäre. Der Junge konnte nun erkennen, daß die *Defiant* ihre Manövrierdüsen aktivierte.

Nach einem Zeitraum, der Jake wie eine halbe Ewigkeit vorkam, wurde endlich der Andockvorgang eingeleitet. Eine Traktorverbindung wurde zwischen der Station und der *Defiant* hergestellt, und die Andockklammern verankerten das Schiff. Eine weitere halbe Ewigkeit später rollte die äußere Tür der Luftschleuse zur Seite.

Als erste kamen Dax, O'Brien und Dr. Laffer durch die Schleuse. Die Trill und der Ingenieur flankierten die

Ärztin, die nach ihrer Tortur immer noch etwas blaß und wacklig auf den Beinen wirkte.

Bashir trat vor und griff nach Laffers Arm. »Kommen Sie«, sagte er. »Ich werde Sie in die Krankenstation bringen.«

Seine Kollegin antwortete mit einem verächtlichen Schnaufen. »Wer hat gesagt, daß ich die Krankenstation aufsuchen sollte?« wollte sie wissen.

Bashir setzte eine Miene der Entschlossenheit auf. »*Ich* sage es, Doktor. Schließlich haben Sie ein schweres Schädeltrauma erlitten, waren mehrere Stunden lang bewußtlos und hatten zeitweise so niedrige Biowerte, daß sie kaum noch meßbar waren. Daß Sie sich einigermaßen auf den Beinen halten können, liegt vermutlich nur daran, daß Sie sich mit Tropazin oder einem ähnlich heimtückischen Mittel vollgepumpt haben.«

Laffer öffnete den Mund, um etwas zu sagen, doch Bashir schnitt mit erhobener Hand jeden Einwand ab. Als er weitersprach, war seine Stimme noch ernster und unnachgiebiger.

»Sie haben zwei Möglichkeiten zur Auswahl, Doktor. Sie können aus eigener Kraft die Krankenstation aufsuchen, oder ich werde Sie mir über die Schulter werfen und hintragen. Und erliegen Sie nicht dem Irrtum, ich wäre dazu nicht in der Lage.«

Laffer betrachtete ihren Kollegen mit einer Mischung aus Überraschung und Neugier. Zum ersten Mal, seit Jake sie kannte, hatte die Ärztin keine bissige Erwiderung auf Lager.

»Wenn Sie es unbedingt so wollen«, sagte sie.

»Unbedingt«, bestätigte Bashir.

Dann führte er Laffer durch den Korridor zum Turbolift. Zu Jakes Verblüffung wehrte sie sich nicht und gab während der ganzen Zeit nicht ein einziges Wort des Protestes von sich.

O'Brien kratzte sich am Hinterkopf, als er ihnen nachblickte. »Wer hätte das gedacht?« sagte er. »Wahrscheinlich hat sich bisher noch niemand getraut, ihr auf diese Weise Kontra zu geben.«

»Es scheint so«, bemerkte Dax. »Obwohl sie vermutlich etwas sanftmütiger ist, nachdem sie einige Zeit im Koma gelegen hat.«

Jake beobachtete, wie Graal hinter O'Brien auftauchte und ihm auf die Schulter tippte. Der Mensch wirbelte sofort herum. Dann sah er, wer es war. Er holte tief Luft und bemühte sich, nicht die Beherrschung zu verlieren.

»Heiliger Strohsack!« knurrte O'Brien. »Ich habe Ihnen schon ein paarmal gesagt, daß Sie sich nicht immer so anschleichen sollen, Lieutenant Commander!«

Die Craynidin betrachtete ihn eine Weile mit ihren runden schwarzen Augen. Dann antwortete sie in ihrer langsamen, zischenden Art: »Ich wollte Sie nur zu einer gelungenen Arbeit beglückwünschen.«

O'Brien war deutlich anzusehen, wie sehr er überrascht war. »Nun«, sagte er, »dann danke ich Ihnen. Ich weiß Ihre Anerkennung sehr zu schätzen. Insbesondere da sie von jemandem kommt, vor dessen Meinung ich einen großen Respekt entwickelt habe.«

Graal nickte. »Wir sehen uns später«, sagte sie und schob sich an ihm vorbei, um sich durch den Korridor zu entfernen.

Kira blickte Dax an. »Es scheint ja eine interessante Reise gewesen zu sein.«

Die Trill brummte leise. »Wenn das interessant war, werde ich mich in Zukunft nach gelegentlicher Langeweile sehnen.« Dann schaute sie ihre Freundin fragend an. »Übrigens, haben Sie schon etwas von Odo gehört?«

»Noch nicht«, antwortete die Bajoranerin.

»Odo geht es bestimmt gut«, versuchte Nog die Frauen zu beruhigen. »Schließlich ist mein Vater bei ihm.«

Genau deswegen machen sie sich Sorgen um ihn, dachte Jake.

Doch eigentlich verfolgte er dieses Gespräch nur mit halbem Ohr. Der größte Teil seiner Aufmerksamkeit galt dem offenen Schleusenschott, durch das nun zwei weitere Personen kamen.

Wie sich herausstellte, handelte es sich um Chief Thorn und Lieutenant Lopez. Der große Mann hielt einen Phaser auf den Wissenschaftsoffizier gerichtet, während sie durch die Schleuse schritten.

Als Lopez den Jungen sah, blieb er kurz stehen, als wollte er etwas zu ihm sagen. Doch anscheinend fand er nicht die richtigen Worte – nichts, was auch nur annähernd einer Erklärung nahegekommen wäre.

Er zuckte nur die Schultern, als wollte er sich damit entschuldigen, und ging weiter. Thorn ging kein Risiko ein und folgte ihm auf den Fersen.

Jake seufzte. Er hatte Lopez sehr gemocht. Für ihn war nur schwer zu verstehen, wie aus einem guten Menschen plötzlich ein schlechter Mensch hatte werden können. Vermutlich war es eine jener Lehren, von denen sein Vater ständig sprach.

Dann kam noch jemand durch die Luftschleuse. Counselor Barnes, dachte der Junge. Aber sie sah irgendwie verändert aus. Sie hatte dunkle Schatten unter den Augen, als hätte sie an Bord der *Defiant* viel mehr erleiden müssen als die anderen.

Behutsam nahm Dax den Arm der Counselor und führte die Frau fort. Barnes blickte sich um, aber sie sagte kein einziges Wort.

Kira wandte sich an O'Brien. »Glauben Sie, daß sie es überstehen wird?«

Der Ingenieur zuckte kraftlos die Schultern. »Irgendwann schon, denke ich.«

Dann warfen die beiden einen Seitenblick auf Jake und Nog und waren plötzlich verschlossen wie ornathianische Winterblüten während eines Kälteeinbruchs. Offenbar ging es hier um eine der Angelegenheiten, die angeblich nicht für die Ohren von Jugendlichen geeignet waren.

Doch der Junge hatte Barnes' Augen gesehen. Er ahnte, daß es etwas Schlimmes war.

Dadurch wurde seine Besorgnis um seinen Vater noch größer. Kira hatte gesagt, mit dem Captain wäre alles in Ordnung, aber hinter dieser Formulierung konnten sich tausend Möglichkeiten verbergen. Jake biß sich auf die Unterlippe und lugte wieder in die Luftschleuse.

Kurz darauf wurde seine Ausdauer belohnt, denn nun erschien Benjamin Sisko, dicht gefolgt von Lieutenant Zar. Als der Captain sah, daß sein Sohn auf ihn wartete, hellten sich seine Augen auf.

Jake spürte, daß er einen dicken Kloß in der Kehle hatte. Die ganze Zeit, als sein Vater und die anderen in großer Gefahr schwebten, hatte er sich mit Nog in der Station herumgetrieben. Er hatte nichts vom Energiewirbel gewußt – niemand in der Station hatte davon gewußt.

Dann hatte Zar sich gemeldet und Kira mitgeteilt, daß Sie doch nicht zum Mars fliegen würden, und wenige Minuten später hatte Kira diese Information an Jake weitergegeben. Zu diesem Zeitpunkt hatte er seltsam darauf reagiert. Sie hatte ihn irgendwie aus dem Gleichgewicht geworfen.

Doch jetzt war das Problem vorbei, wie es schien, worüber er große Erleichterung empfand. Aber tief im Innern, in seinem Unterbewußtsein, machte sich der Junge immer noch Sorgen. Die Angst steckte ihm immer noch in den Knochen. Und er wußte, daß er diese Angst erst dann überwinden konnte, wenn er seinen Vater wiedergesehen hatte.

Jetzt war es soweit. Sein Vater war wohlauf, wie er gehofft hatte. Der Captain trat aus der Schleuse und nahm seinen Sohn in die Arme. Jake drückte ihn genauso fest an sich.

»Willkommen daheim, Dad.«

Über die Schulter seines Vaters konnte er Zar sehen, der ihm zulächelte. Dann zwinkerte der Bolianer, und der Junge zwinkerte zurück.

»Danke«, sagte der Captain. »Es ist gut, wieder daheim zu sein.«

Plötzlich hallte eine Stimme durch den Korridor. »OPS an Major Kira.«

Die Bajoranerin schlug auf ihren Kommunikator. »Kira hier. Was kann ich für Sie tun, Mr. Leskanic?«

»Major, wir haben Kontakt mit Constable Odo.«

Kira blickte zuerst Sisko, dann O'Brien an. Ihre Miene war unmißverständlich ernst.

»Stellen Sie ihn zu mir durch«, sagte sie.

Es gab eine kurze Pause. Dann war die vertraute Stimme des Gestaltwandlers zu hören. »Odo hier.«

Der Major runzelte die Stirn. »Wie ist es gelaufen, Odo?«

Natürlich wußte Jake genau, wonach sie ihn fragte. Das halbe Stationspersonal wußte es – und hatte die Daumen gedrückt, daß der Sicherheitsoffizier die Energiespulen besorgen konnte.

Wieder gab es eine Pause. Dann erhielt Kira Antwort von Odo.

»Wie es scheint, werden sich die Bewohner von Karvis in diesem Frühjahr keine nasse Füße holen, Major – und auch in den nächsten Jahren nicht. Die Energiespulen sind unterwegs.«

In Kiras Gesicht erstrahlte ein Lächeln. »Das sind wunderbare Neuigkeiten«, sagte sie zum Constable. »Einfach wunderbar. Ich weiß nicht, wie ich Ihnen danken soll, Odo.«

Der Gestaltwandler brummte mürrisch. »Sie können

sich erkenntlich zeigen«, erwiderte er, »indem Sie mich nie wieder darum bitten, etwas Derartiges für Sie zu tun.«

Jake lachte. Genauso wie sein Vater, Major Kira und Chief O'Brien. Der ganze Korridor schien von ihrem Gelächter zu vibrieren.

Nog schnaufte nur. »Ich verstehe nicht, was daran so witzig sein soll«, bemerkte er mißgelaunt.

Aber er war der einzige.

Dax nahm gegenüber von Thorn Platz und stellte ihre Getränke auf dem Tisch ab. Er hatte ein Syntho-Bier bestellt, sie ein modvaarianisches Tonic.

»Prost!« sagte sie und hob ihr Glas.

»Prost!« erwiderte er und trank sein Bier in einem Zug aus. Ein kleines Rinnsal verirrte sich in seinen Bart, und er wischte es mit dem Handrücken ab.

Die Trill hielt sich normalerweise nicht zurück, wenn es um den Konsum von Getränken ging, doch diesmal nippte sie nur an ihrem Drink. »Wie ich gehört habe«, sagte sie, »wird sich die Einweihung der neuen *Saratoga* um einige Tage verzögern.«

Thorn nickte. »Bis Dr. Laffer wieder auf dem Damm ist. Nachdem Counselor Barnes jetzt nicht dabeisein wird und mein guter Freund Lopez zu einer Strafkolonie unterwegs ist, brauchen wir jeden alten Kollegen, der noch verfügbar ist.«

Es war dem Sicherheitsoffizier sichtlich unangenehm, Lopez erwähnen zu müssen. Aber schließlich hatten er und der Wissenschaftsoffizier sich viele Jahre sehr nahe gestanden. Es mußte ihm einen schweren Schock versetzt haben, als er feststellte, wie sehr er sich in seinem Freund getäuscht hatte.

Dax lächelte. »Ich verstehe.«

Thorn betrachte sein leeres Glas. »Wissen Sie, ich bin schon seit sehr vielen Jahren Sicherheitsoffizier. Nach einiger Zeit entwickelt man ein Gefühl für Menschen – eine Intuition, wenn Sie so wollen.«

Sie wußte, worauf er hinauswollte. »Und obwohl Sie gerne glauben würden, daß ich Sie nur deswegen zu einem Drink eingeladen habe, um mir Ihre Kriegsgeschichten anzuhören, haben Sie das intuitive Gefühl, daß dem nicht so ist. Richtig?«

Er blickte sie mit seinen kleinen blauen Augen an. »Sie haben es auf den Punkt gebracht.«

Die Trill zuckte die Schultern. »Ich muß zugeben, daß ich mich über etwas gewundert habe – etwas, das Sie an Bord der *Defiant* zu mir sagten.« Sie spürte, daß sie leicht errötete. »Um ehrlich zu sein, Mr. Thorn …«

»Aidan«, warf er ein.

Dax setzte noch einmal an. »Um ehrlich zu sein, Aidan, hatte ich den Verdacht, daß Sie der Saboteur sind.«

Thorn riß überrascht die Augen auf. »Ich?« fragte er. »Ich soll meine Freunde verraten haben? Sie belieben offenbar zu scherzen.«

Sie schüttelte langsam den Kopf. »Keineswegs. Schließlich haben Sie den Kurs programmiert, der uns mitten in den Energiewirbel führte. Oder zumindest habe ich das gedacht.«

Der bärtige Mann brummte unwillig. »Nur daß es Lopez war, der mir sagte, wie ich den Kurs für diesen Abschnitt unserer Reise legen sollte. Er sagte, er würde diesen Sektor etwas besser kennen als ich. Und das hätte ich Ihnen nicht verschwiegen, wenn ich geahnt hätte, daß jemand der Sabotage verdächtigt wird.«

»Aber Sie haben es nicht geahnt«, sagte Dax. »Leider mußten wir unseren Verdacht geheimhalten.«

Er rieb sich das Kinn. »War das der Grund, warum ich mit O'Brien und Graal in einer Gruppe arbeiten sollte? Damit sie mich im Auge behalten konnten?«

Die Trill nickte. »Ich fürchte, ja. Doch nachdem wir

jetzt wissen, was wir wissen, kommt es mir reichlich dumm vor. Trotzdem«, sagte sie und beugte sich ein Stück vor, »würde ich gerne wissen, warum Sie mich angelogen haben.«

Der große Mann warf ihr einen skeptischen Blick zu. »Angelogen? In welcher Hinsicht?«

»Hinsichtlich unserer gemeinsamen Freundin«, erklärte Dax. »Simora, die Vulkanierin, die Sie an Bord der *Victory* kennenlernten. Sie sagten, sie sei nicht gut auf Menschen zu sprechen – während ich den Eindruck hatte, daß sie sich gerne in menschlicher Gesellschaft aufhält.«

Thorns Gesichtsausdruck wurde verlegen. »Ach, *das* meinen Sie …« sagte er. »Ich denke, es ist wohl an der Zeit, daß ich mich entschuldige.«

Die Trill kniff leicht die Augen zusammen. »Dann haben Sie mich wirklich angelogen?«

Er seufzte. »Ja. Aber denken Sie nicht, ich würde es nicht bereuen. Doch ich glaube, Sie werden verstehen, daß ich einen guten Grund dafür hatte.«

Dann erzählte er ihr, was dahintersteckte.

Es war gut, wieder zurück zu sein, dachte Odo, als er sich an seinen Schreibtisch setzte und sich im Sessel zurücklehnte. Und es lag nicht nur daran, weil er sich der Station verpflichtet fühlte. Denn im Grunde war der Gestaltwandler ein Wesen, das für die Raumfahrt und Reisen zu fernen Orten nicht allzuviel übrig hatte.

Um es auf den Punkt zu bringen – Odo zog die Seßhaftigkeit vor, und er hatte keinerlei Probleme damit. Sollten andere unbekannte Spezies und Zivilisationen erkunden, dachte er. Ihm gefiel es hier auf *Deep Space Nine.*

Unvermittelt glitten die Türflügel zu seinem Büro zur Seite, und Quark kam hereinmarschiert. Er war vollkommen von seiner Krankheit genesen. Zumindest war das die Grundaussage des Berichts, den Dr. Bashir in Odos Abwesenheit abgeliefert hatte.

»Quark«, sagte der Constable und musterte den Barbesitzer. »Es freut mich zu sehen, daß Sie wieder auf den Beinen sind.«

»Mich ebenfalls«, erwiderte der Ferengi. »Obwohl meine Krankheit, wie ich hörte, kein Hindernis für das Geschäft mit Fel Jangor war.«

Odo brummte. »Falls Sie damit auf meine Maskerade anspielen, muß ich Ihnen recht geben. Rom und ich haben die Energiespulen für Major Kiras Freund erworben. Ich denke, man könnte sagen, daß wir unsere Mission erfüllt haben.«

»Über diesen Punkt habe ich mir natürlich die größten Sorgen gemacht«, sagte Quark. »Es war sogar das erste, was mir durch den Kopf ging, als ich in der Krankenstation aufwachte.«

»Davon bin ich überzeugt«, erwiderte der Constable. »Und Major Kira weiß das Ausmaß Ihrer Besorgnis zweifellos zu schätzen.«

»Das hoffe ich«, entgegnete der Ferengi. »Schließlich sind wir alle hier eine große Familie. Und wie in jeder Familie hält sich die Dankbarkeit offenbar in Grenzen.«

»Das müßten Sie mit Major Kira klären«, riet Odo ihm.

»Natürlich«, sagte der Ferengi, der sich bestimmt längst vorgenommen hatte, mit ihr zu reden.

»Haben Sie sonst noch etwas auf dem Herzen?« fragte der Constable. »Wie Sie vielleicht wissen, haben manche unter uns einige Arbeit zu erledigen.«

»Da wäre in der Tat noch etwas«, gab Quark zu und setzte einen geradezu verschwörerischen Gesichtsausdruck auf. »Ich würde gerne wissen, wie es war?«

Odo blickte ihn verständnislos an. »Wie *was* war?«

Der Ferengi beugte sich über den Schreibtisch des

Constable. »Sie wissen schon. Die Rolle des gerissensten Geschäftsmannes der Galaxis.«

Odo verspürte zunächst den Drang, den Barbesitzer aus seinem Büro zu werfen. Doch dann erinnerte er sich, was er getan hatte, und lächelte.

»Um ehrlich zu sein, es hat mir gefallen«, sagte er.

Quark stutzte überrascht. »Wirklich? Ich meine, natürlich hat es Ihnen gefallen. Wem würde es nicht gefallen?« Er neigte den Kopf. »Und was genau hat Ihnen daran gefallen?«

Odo dachte eine Weile über die Frage nach. »Ich weiß es nicht genau. Vielleicht die Macht. Die Freiheit, die Möglichkeiten. Das Gefühl, daß ich alles erreichen könnte, was ich will, wenn ich nur hinterlistig und verschlagen genug wäre.«

Der Ferengi kniff ungläubig die Augen zusammen. »Das hat Ihnen gefallen? Ausgerechnet Ihnen?« In seiner Stimme schwang eine gehörige Portion Skepsis mit.

Der Constable nickte. »Glauben Sie mir, es hat mich genauso überrascht wie Sie. Aber ich war so begeistert von meiner neuen Freiheit, daß ich noch einmal von ihr Gebrauch gemacht habe. Das heißt, kurz bevor ich zur Station zurückkehrte.«

Quarks Stirn legte sich in Falten. »Aha?«

»Aber ja«, bestätigte Odo. »Während Ihr Bruder sich am Buffet gütlich tat, erhielt ich eine Nachricht von einem anderen Ihrer alten Freunde. Ich war mir nicht sicher, wie er mich ausfindig machen konnte – beziehungsweise *Sie* ausfindig machen konnte –, aber wie es scheint, gibt es für ihn Mittel und Wege.«

Quark musterte ihn. »Ein alter Freund, sagen Sie?«

»Das ist richtig. Ein Tyrhennianer namens Norslat, obwohl ich mich erinnere, daß er für einen Tyrhennianer recht schlank gebaut war. Auf jeden Fall erkundigte er sich nach verschiedenen Maschinenteilen, die Sie auf Lager haben müßten, wie er meinte.«

»Maschinenteile?« wiederholte der Ferengi. Er zog ein Taschentuch hervor und tupfte sich damit die Stirn ab. »*Was für* Maschinenteile?«

Der Gestaltwandler tat, als würde er nachdenken. »Ach ja«, sagte er nach einer Weile. »Jetzt erinnere ich mich. Es waren vektorierte Widerstandsmodule. Die mit dem Duranium-Überzug, die für den Einsatz im Weltraum geeignet sind.«

Quark wirkte plötzlich sehr erleichtert. »Haben Sie diese Widerstandsmodule an Norslat verkaufen können? Ich versuche schon seit einer Ewigkeit, diese Dinger loszuwerden.«

»Nun«, erklärte Odo, »wie es scheint, haben Sie davon einen größeren Posten. Ich dachte mir, es würde Ihnen nicht weh tun, sich von einem Teil zu trennen.«

»Ich verstehe«, sagte der Ferengi, dessen Laune sich zusehends besserte. »Und Norslat hat nichts zu Ihrem Aussehen gesagt? Daß sie etwas vage wirken oder so?«

»Er hat sehr wohl eine entsprechende Bemerkung gemacht«, erwiderte der Constable. »Aber ich habe die Schuld auf die mangelhafte Qualität der Kommunikationsverbindung geschoben. Damit schien er sich zufriedenzugeben. Und kurz darauf sind wir handelseinig geworden.«

»Wie viele haben Sie verkauft?« wollte Quark wissen, der seine Neugier kaum zügeln konnte.

»Alle«, sagte Odo. »Ich habe versucht, einen Teil zurückzuhalten, aber er wollte unbedingt den gesamten Posten erwerben.«

Quark rieb sich die Hände. »Ich verstehe. Und wieviel haben Sie für diese Dinger herausgeschlagen?«

Der Constable lehnte sich in seinem Sessel zurück und setzte eine stolze Miene auf. »Zehn Barren Latinum«, gab er bekannt.

Dem Ferengi klappte die Kinnlade herunter. Eine

Weile schien er sprachlos zu sein. »Pro Stück?« krächzte er schließlich. »Aber ... das ist unfaßbar!«

Odo schüttelte den Kopf. »Nicht pro Stück, Quark. Für die *gesamte* Lieferung.«

Plötzlich veränderte sich der Gesichtsausdruck des Barbesitzers. Das Leuchten in seinen Augen erlosch, und seine Wangen verloren jede Farbe.

»Für alles?« kicherte er nervös. »Sie wollen mich auf den Arm nehmen!«

»Dergleichen liegt mir völlig fern, das kann ich Ihnen versichern«, erwiderte der Constable.

Quark schüttelte den Kopf. »Aber ... ich habe doch schon einhundert Barren Latinum für diese Widerstandsmodule bezahlt! Sie haben nur zehn Prozent meiner Investition zurückerhalten!«

Odo gab wieder vor nachzudenken. »Das ist nicht gut, wenn ich es richtig verstehe, oder?«

Quarks Blick wirkte gehetzt, wie der eines in die Enge getriebenen Tieres. »Ich weiß, was ich mache«, rief er nervös. »Ich werde Norslat die Wahrheit sagen – daß ich es gar nicht war, mit dem er den Handel abgeschlossen hat. Ich werde ihm sagen, daß es irgendein Gestaltwandler war, der keine Ahnung hatte, was er tat.«

»Davon würde ich abraten«, sagte der Constable. »Sonst könnte Ihr Freund Jangor Wind davon bekommen und sich fragen, mit wem er eigentlich verhandelt hat. Und falls er sich dann nicht mehr an das Geschäft gebunden fühlen sollte, werden Major Kiras Freunde die Energiespulen nicht erhalten.«

»Zum Teufel mit diesen Energiespulen!« heulte Quark. »Ich habe neunzig Barren Latinum verloren!«

Er wollte aus dem Büro stürmen, zweifellos um Norslat um Erbarmen anzuflehen, doch Odo verwandelte sich in einen flüssigen Strahl, der vor der Tür rematerialisierte – und dem Ferengi den Weg versperrte.

»Lassen Sie mich gehen«, verlangte Quark, die kleinen Hände zu Fäusten geballt. »Ich muß dieses Geschäft rückgängig machen!«

»Nicht so schnell«, entgegnete Odo ernst. »Ihnen mag es gleichgültig sein, was aus den Freunden des Majors wird – aber mir nicht.«

Der Ferengi wollte noch etwas sagen, riß sich jedoch zusammen. Zweifellos war ihm nicht entgangen, daß der Gestaltwandler über diesen Punkt nicht mit ihm diskutieren wollte.

Aus Quarks Kehle drang ein Stöhnen der tiefsten Verzweiflung. »Sie sind unvorstellbar grausam, Constable.«

»Das gehört zu meinem Job«, gab Odo zu bedenken.

Der Ferengi brummte etwas Unfreundliches und setzte dann seinen Weg nach draußen fort. Der Constable blickte ihm mit einer gewissen Befriedigung nach. Schließlich war ihm schon seit einiger Zeit bekannt, daß Quark diese Widerstandsmodule auf illegale Weise erworben hatte. Bedauerlicherweise war er jedoch nicht in der Lage gewesen, es ihm nachzuweisen.

Jetzt hatte sich dieses Problem erledigt. Die Gerechtigkeit hatte triumphiert.

Sisko blickte sich zu Zar um. »Enttäuscht?« wiederholte er.

Der Bolianer nickte. »Ja.«

Sie spazierten auf der Galerie der Promenade und blickten auf die wimmelnde Menge hinunter, die vor kurzem mit einem Handelsschiff der Pandriliten und Tarquinianer eingetroffen war. Die Pandriliten waren blauhäutig und ähnelten Zars Volk, obwohl sie wesentlich größer waren. Und die Tarquinianer waren klein, blaß und unscheinbar.

»Sie meinen von Lopez?« fragte der Captain.

Zar schüttelte den Kopf. »Nein, das habe ich nicht gemeint.«

»Was dann?« fragte Sisko. »Ich meine, wir alle haben die Krise schließlich mit heiler Haut überstanden.«

»Sie verstehen immer noch nicht«, sagte sein Begleiter. »Ich bin von *Ihnen* enttäuscht.«

Der Captain lächelte unsicher. »Von mir? Um Himmels willen, weshalb?«

Der Bolianer erwiderte seinen Blick. »Weil Sie mir nicht genauso wie Dax und O'Brien vertraut haben. Nach all den Jahren auf der *Saratoga* und nach allem, was wir gemeinsam erlebt haben, darf ich mich beleidigt fühlen.«

Sisko legte Zar beschwichtigend eine Hand auf die Schulter. »Dazu besteht kein Anlaß«, erwiderte er. »Ich hätte Sie liebend gerne eingeweiht.«

Der Bolianer schnaufte. »Aber Sie konnten es nicht tun.«

»Das ist richtig«, sagte der Captain. »Genausowenig wie ich mich Graal, Thorn oder Lopez anvertrauen konnte. Es war schwer zu akzeptieren, aber irgendeiner von Ihnen hatte uns alle in große Lebensgefahr gebracht. Ich durfte mich nicht durch Rücksichtnahme auf Freundschaften davon abhalten lassen, den Schuldigen zu entlarven.«

Zar blickte ihn stirnrunzelnd an. »Wollen Sie damit sagen, Sie haben wirklich daran geglaubt, daß *ich* der Übeltäter sein könnte? Auch nur eine Sekunde lang?«

Sisko zuckte die Schultern. »Mehrere Sekunden lang. Die einzige Person, bei der es mir schwerfiel, mißtrauisch zu sein, war Graal. Seit mehreren Jahrhunderten ist nie ein Fall bekanntgeworden, daß ein Craynide einen Verrat begangen hätte.«

»Aber auch ihr haben Sie nichts gesagt«, stellte der Bolianer fest.

»Richtig«, bestätigte Sisko. »Weil sie unabsichtlich etwas hätte ausplaudern können. Es war schon schlimm genug, daß es drei Personen gab, bei denen diese Gefahr bestand. Und eine vierte ...« Er sprach den Satz nicht zu Ende.

Zar seufzte. »Ich verstehe, was Sie meinen. Ich glaube es zumindest.«

Auf der unteren Ebene entdeckte der Captain ihren Freund Thorn. Der Mann feilschte mit einem großen, schlanken Rythrianer um ein Schmuckstück.

»Eine Frage müßte allerdings noch geklärt werden«, sagte Sisko.

»Und die wäre?« fragte der Bolianer.

Der Captain zeigte auf Thorn. »Aidan hat Dax angelogen.« Dann erzählte er seinem Freund von den Hintergründen. »Ich weiß immer noch nicht, was ich davon halten soll«, schloß er.

Zar brummte. »Wenn er die Vulkanierin gar nicht kannte, warum hat er dann gesagt, er würde sie kennen?«

»Genau das ist die Frage«, erwiderte Sisko.

»Nun«, sagte der Bolianer, »zumindest dieses Geheimnis kann ich aufklären. Thorn hat sich mir nämlich vor kurzem anvertraut.« Er warf dem Captain einen Seitenblick zu. »Es soll noch Leute geben, die so etwas gelegentlich tun.«

Sisko schüttelte den Kopf und seufzte. »Sie werden es mir wohl niemals verzeihen, wie?«

»Völlig richtig«, erwiderte Zar.

»Also gut«, sagte Sisko. »Dann werde ich einfach damit leben müssen. Und was war nun mit Thorn ...?«

»Ganz einfach«, erklärte der Bolianer. »Er leidet unter partiellem Gedächtnisverlust. Mal geht es um kürzere, mal um längere Phasen. Mal um Erinnerungen aus jüngster Vergangenheit, mal aus lange zurückliegender Zeit. Und das schlimmste daran ist, daß die Amnesie irreversibel ist.«

Der Captain verspürte intensives Mitleid mit seinem

ehemaligen Sicherheitsoffizier. »Wie konnte es dazu kommen?« fragte er.

»Vor einigen Jahren«, antwortete Zar, »stieß die *Gorkon* auf ein nicht identifiziertes Raumschiffswrack. Es schien vor längerer Zeit verlassen worden zu sein, aber ein Grund dafür war nicht zu erkennen. Und da die Atmosphäre intakt war, waren die sterblichen Überreste der Besatzung längst zu Staub zerfallen. Starfleet weiß immer noch nicht, wem dieses Schiff einmal gehörte.

Auf jeden Fall war Thorn ein Mitglied des Außenteams, das die Untersuchungen durchführte. Als er sich an einer Kontrollkonsole des fremden Schiffes zu schaffen machte, wurde ihm eine Art Schlag versetzt. Er verlor das Bewußtsein. Als er in der Krankenstation eintraf, hatte er sich wieder einigermaßen erholt. Der Bordarzt konnte keinerlei organische Beeinträchtigung feststellen ...«

»Aber von nun an vergaß er immer wieder bestimmte Dinge«, erriet Sisko.

Der Bolianer nickte. »Natürlich war Thorn zu Anfang der einzige, der etwas davon bemerkte. Bei den medizinischen Routineuntersuchungen wurde nichts davon registriert, und er selbst zog es vor, nicht darüber zu sprechen.«

Der Captain verstand. »Weil er dann seinen Dienst an Bord der *Gorkon* hätte quittieren müssen. Und das wollte er vermeiden. Er wollte im Weltraum bleiben.«

»Zumindest noch für eine Weile.« Zar lächelte wehmütig. »Oh, er weiß, daß er irgendwann aus dem Dienst ausscheiden und sich ein anderes Tätigkeitsfeld suchen muß. Aber bis es soweit ist, will er die Zeit bei Starfleet genießen, die ihm noch bleibt, da diese Arbeit sein ganzer Stolz war.« Er hielt inne. »Das heißt, wenn wir sein Geheimnis wahren.«

Sisko dachte darüber nach. Er konnte nicht erkennen, inwiefern Thorns Problem irgend jemanden in Gefahr bringen mochte. Wenn der Sicherheitsoffizier etwas vergaß, konnte er es sich jederzeit mit Hilfe des Schiffscomputers ins Gedächtnis zurückrufen.

Es waren nur die Details des Lebens, der Geschmack und Geruch der Ereignisse, die er verlor. Doch an diesem Punkt konnten seine Kollegen und Freunde ihm aushelfen.

Um ihn an all diese Einzelheiten zu erinnern. Um ihm zu sagen, wie es gewesen war.

Zar blickte den Captain an. »Wir werden sein Geheimnis doch wahren, oder?«

Sisko nickte. »Ich denke, ja.« Dann fügte er nachdenklich hinzu, während er zusah, wie Thorn über die Promenade weiterging: »Dafür sind Freunde schließlich da.«

EPILOG

Sisko stand vor dem riesigen Beobachtungsfenster des Orbitaldocks und betrachtete das Raumschiff, das draußen im Weltall hing. Es wies alle typischen Merkmale der Miranda-Klasse auf.

Ein kurzer, faßförmiger Rumpf. Eine fast beklemmend kompakte Sensorenphalanx am Heck. Und zwei tiefgelegte, eckige Plasmagondeln, die insgesamt fast so groß wie der Rest des Schiffes waren.

Es war nicht gerade das eleganteste Schiffsdesign, dachte der Captain. Aber schließlich kam die Ästhetik nicht an erster Stelle, wenn es darum ging, Schiffe zu bauen, die die Galaxis durchqueren sollten.

Es war die Technik, die darin steckte, auf die es ankam. Und vermutlich noch wichtiger war die Besatzung, die mit diesem Schiff umging.

Sisko drehte sich nach rechts um, wo Zar und Thorn standen. Genauso wie er betrachteten sie aufmerksam das Schiff der Miranda-Klasse, musterten jeden Winkel und jede Krümmung. Zu seiner Linken sah er Graal und Dr. Laffer, die genauso konzentriert wie ihre Kollegen waren.

Ursprünglich hatte Starfleet zu diesem Ereignis ein etwas größeres Gästekontingent vorgesehen. Doch bedauerlicherweise waren einige Dinge dazwischengekommen.

»Sie ist wunderschön«, sagte Thorn.

»Genauso wie ihre Vorgängerin«, bestätigte Zar.

Chief O'Brien hatte vor kurzem ein ähnliches Urteil

abgegeben, als sie mit der *Defiant* in den Marsorbit eingeschwenkt waren. Dax, die sich der Vorbehalte des Captains wegen dieser Schiffstaufe bewußt war, hatte sich nicht dazu geäußert.

Siskos Augen wurden von den Schriftzeichen auf den Antriebsgondeln angezogen – dem einzigen Detail, das dieses Schiff von dem unterschied, auf dem er gedient hatte. Die Aufschrift lautete NCC-31911-A.

Seine *Saratoga* war die NCC-31911 gewesen – ohne Zusatz. Sie war das Vorbild, das Original gewesen.

»Tut mir leid, daß ich mich verspätet habe«, sagte jemand, der den Beobachtungsraum am anderen Ende betreten hatte.

Der Captain sah, daß es Commander Vincenzo war, der sich ihnen näherte. Er war ein freundlicher Mann mit dunklen Augen und gepflegtem schwarzen Bart. Er hatte als Leiter des *Saratoga*-A-Projekts fungiert.

Und er war zur Beförderung vorgeschlagen worden – um den Befehl über das Schiff zu übernehmen, dessen Bau er überwacht hatte. Aber es war nichts Ungewöhnliches, daß gute Offiziere nicht lange in Utopia Planitia blieben. Dieser Ort war für die meisten nur das Sprungbrett für ihre weitere Karriere.

»Wir hatten ein kleines Problem mit den Traktorstrahlen des Docks«, erklärte Vincenzo, »aber jetzt ist wieder alles in Ordnung.«

Sisko zwang sich zu einem Lächeln. »Machen Sie sich unsretwegen keine Sorgen. Wir sind nicht in Eile.«

Er schüttelte dem Commander die Hand, um ihre Verbundenheit zu unterstreichen. Schließlich waren sie beide Kommandanten einer *Saratoga* – einer war es gewesen, und der andere würde es sein. Auch wenn sie sonst nichts miteinander gemeinsam hatten, so war das bereits eine ganze Menge.

Der Captain mußte unwillkürlich an die Ironie der Situation denken. Nach der Katastrophe bei Wolf 359 hatte er fast drei Jahre damit verbracht, Schiffe in Utopia Planitia zu bauen. Wäre er im Orbitaldock geblieben, statt widerstrebend das Kommando über *Deep Space Nine* anzunehmen, wäre die Konstruktion der *Saratoga*-A möglicherweise *sein* Projekt geworden.

Vincenzo stellte sich neben Thorn, räusperte sich und tippte dann auf seinen Starfleet-Kommunikator. »Wir sind bereit, Lieutenant. Sie können anfangen.«

Sisko war mit dem Ablauf vertraut, nachdem er ihn schon viele Male miterlebt hatte. Irgendwo im Raumdock wurde eine kleine Luftschleuse geöffnet, aus der eine Champagnerflasche schwebte.

»Können Sie sie schon sehen?« hauchte Laffer und neigte den Kopf in Richtung der Craynidin.

Graal schüttelte den Kopf. »Noch nicht.«

Doch im nächsten Moment kam die Flasche in Sicht, die nun von einem fein justierten Traktorstrahl gelenkt wurde. Im Strom der gerichteten Gravitonen flog die Champagnerflasche rotierend auf ihr Ziel zu.

Als Sisko ihren Weg verfolgte, erinnerte er sich an Dax' Worte. »Tu es nicht für all die anderen – tu es für dich selbst, Benjamin. Weil du am Leben bist. Weil du alles für dieses stolze alte Schiff gegeben hast. Und vor allem, weil du es tief im Innern wirklich willst.«

Jetzt war der Augenblick der Wahrheit gekommen – die er nur im Angesicht der Erfahrung erkennen konnte. Während die Champagnerflasche langsam durch den Weltraum trieb, versuchte der Captain, sich über seine Gefühle klarzuwerden.

Sie kamen ihm wie fremdartige Lebensformen vor, denen er noch nie zuvor begegnet war. Sie mochten ihm freundlich oder feindlich gesonnen sein – das war zu diesem frühen Zeitpunkt schwer zu entscheiden. Und er ging mit ihnen genauso wie mit wirklichen Aliens um. Er näherte sich ihnen mit Geduld, einem offenen Geist und einer gesunden Portion Vorsicht.

Menschen und Ereignisse überfluteten seinen Geist. Captain Saros, der stirnrunzelnd am Schachbrett saß … Laffer, die die Cardassianer auf Mariphasa 4 um den Verstand brachte … Graal, die eine zerstörte Plasmaleitung reparierte … Thorn, der sich auf einem Landurlaub vor langer Zeit mit einem betrunkenen Nausikaaner prügelte …

Als die Champagnerflasche ihr Ziel erreichte, gegen das Diskussegment schlug und sich Champagner und Glassplitter in alle Richtungen verstreuten, hatte Sisko endlich die fremdartigen Lebewesen, die in ihm waren, verstanden.

Sie waren ihm freundlich gesonnen. Freundlicher, als er jemals für möglich erachtet hätte. Er erinnerte sich an so viele gute Zeiten auf seiner *Saratoga,* an so viele glorreiche Missionen, daß die Zerstörung des Schiffes nur einen kleinen Teil eines größeren Gemäldes darzustellen schien.

Es war ein Gemälde der Hoffnung, der Erkenntnis und letztlich sogar des Triumphes.

Dax hatte recht behalten, wurde ihm bewußt. Er war wirklich froh, hier zu sein. Ihm war, als hätte er nie zuvor in seinem Leben eine größere Freude und einen größeren Stolz empfunden. Wenn Jennifer jetzt an seiner Seite wäre, hätte sie genauso empfunden. Davon war er überzeugt.

Aus dem Augenwinkel bemerkte er, daß Vincenzo sich zwischen Zar und Thorn vorbeugte und ihm zulächelte. »Möge sie sich nur halb so gut halten wie Ihre *Saratoga,* Captain.«

Sisko drehte sich ihm zu. »Meine *Saratoga* ist nur noch eine Erinnerung, Mr. Vincenzo«, sagte er und erwiderte das Lächeln. »Jetzt ist es Ihre Aufgabe, neue Erinnerungen zu schaffen.«

STAR TREK™

in der Reihe
HEYNE SCIENCE FICTION & FANTASY

STAR TREK: CLASSIC SERIE

Vonda N. McIntyre, Star Trek II: Der Zorn des Khan · 06/3971
Vonda N. McIntyre, Der Entropie-Effekt · 06/3988
Robert E. Vardeman, Das Klingonen-Gambit · 06/4035
Lee Correy, Hort des Lebens · 06/4083
Vonda N. McIntyre, Star Trek III: Auf der Suche nach Mr. Spock · 06/4181
S. M. Murdock, Das Netz der Romulaner · 06/4209
Sonni Cooper, Schwarzes Feuer · 06/4270
Robert E. Vardeman, Meuterei auf der Enterprise · 06/4285
Howard Weinstein, Die Macht der Krone · 06/4342
Sondra Marshak & Myrna Culbreath, Das Prometheus-Projekt · 06/4379
Sondra Marshak & Myrna Culbreath, Tödliches Dreieck · 06/4411
A. C. Crispin, Sohn der Vergangenheit · 06/4431
Diane Duane, Der verwundete Himmel · 06/4458
David Dvorkin, Die Trellisane-Konfrontation · 06/4474
Vonda N. McIntyre, Star Trek IV: Zurück in die Gegenwart · 06/4486
Greg Bear, Corona · 06/4499
John M. Ford, Der letzte Schachzug · 06/4528
Diane Duane, Der Feind – mein Verbündeter · 06/4535
Melinda Snodgrass, Die Tränen der Sänger · 06/4551
Jean Lorrah, Mord an der Vulkan Akademie · 06/4568
Janet Kagan, Uhuras Lied · 06/4605
Laurence Yep, Herr der Schatten · 06/4627
Barbara Hambly, Ishmael · 06/4662
J. M. Dillard, Star Trek V: Am Rande des Universums · 06/4682
Della van Hise, Zeit zu töten · 06/4698
Margaret Wander Bonanno, Geiseln für den Frieden · 06/4724
Majliss Larson, Das Faustpfand der Klingonen · 06/4741
J. M. Dillard, Bewußtseinsschatten · 06/4762
Brad Ferguson, Krise auf Centaurus · 06/4776
Diane Carey, Das Schlachtschiff · 06/4804
J. M. Dillard, Dämonen · 06/4819
Diane Duane, Spocks Welt · 06/4830
Diane Carey, Der Verräter · 06/4848
Gene DeWeese, Zwischen den Fronten · 06/4862
J. M. Dillard, Die verlorenen Jahre · 06/4869
Howard Weinstein, Akkalla · 06/4879
Carmen Carter, McCoys Träume · 06/4898
Diane Duane & Peter Norwood, Die Romulaner · 06/4907
John M. Ford, Was kostet dieser Planet? · 06/4922
J. M. Dillard, Blutdurst · 06/4929
Gene Roddenberry, Star Trek I: Der Film · 06/4942

STAR TREK™

J. M. Dillard, Star Trek VI: Das unentdeckte Land · 06/4943
Jean Lorrah, Die UMUK-Seuche · 06/4949
A. C. Crispin, Zeit für gestern · 06/4969
David Dvorkin, Die Zeitfalle · 06/4996
Barbara Paul, Das Drei-Minuten-Universum · 06/5005
Judith & Garfield Reeves-Stevens, Das Zentralgehirn · 06/5015
Gene DeWeese, Nexus · 06/5019
D. C. Fontana, Vulkans Ruhm · 06/5043
Judith & Garfield Reeves-Stevens, Die erste Direktive · 06/5051
Michael Jan Friedman, Das Doppelgänger-Komplott · 06/5067
Judy Klass, Der Boaco-Zwischenfall · 06/5086
Julia Ecklar, Kobayashi Maru · 06/5103
Peter Norwood, Angriff auf Dekkanar · 06/5147
Carolyn Clowes, Das Pandora-Prinzip · 06/5167
Michael Jan Friedman, Schatten auf der Sonne · 06/5179
Diana Duane, Die Befehle des Doktors · 06/5247
V. E. Mitchell, Der unsichtbare Gegner ·06/5248
Dana Kramer-Rolls, Der Prüfstein ihrer Vergangenheit · 06/5273
Barbara Hambly, Der Kampf ums nackte Überleben · 06/5334
Brad Ferguson, Eine Flagge voller Sterne · 06/5349
J. M. Dillard, Star Trek VII: Generationen · 06/5360
Gene DeWeese, Die Kolonie der Abtrünnigen · 06/5375
Michael Jan Friedman, Späte Rache · 06/5412
Peter David, Der Riß im Kontinuum · 06/5464
Michael Jan Friedman, Gesichter aus Feuer · 06/5465
Peter David/Michael Jan Friedman/Robert Greenberger, Die Enterbten · 06/5466
L. A. Graf, Die Eisfalle · 06/5467
John Vornholt, Zuflucht · 06/5468
L. A. Graf, Der Saboteur · 06/5469
Melissa Crandall, Die Geisterstation · 06/5470
Mel Gilden, Die Raumschiff-Falle · 06/5471
V. E. Mitchell, Tore auf einer toten Welt · 06/5472
Victor Milan, Aus Okeanos Tiefen · 06/5473
Diane Carey, Das große Raumschiff-Rennen · 06/5474
Diane Carey, Kirks Bestimmung · 06/5476
L. A. Graf, Feuersturm · 06/5477
A. C. Crispin, Sarek · 06/5478
Simon Hawke, Die Terroristen von Patria · 06/5479
Barbara Hambly, Kreuzwege · 06/5681
L. A. Graf, Ein Sumpf von Intrigen · 06/5682
Howard Weinstein, McCoys Tochter · 06/5683
J. M. Dillard, Sabotage · 06/5685
Denny Martin Flinn, Der Coup der Promethaner · 06/5686
Diane Carey/Dr. James I. Kirkland, Keine Spur von Menschen · 06/5687
William Shatner, Die Asche von Eden · 06/5688
William Shatner, Die Rückkehr · 06/5689

STAR TREK™

William Shatner, Der Rächer · 06/5690
Peter David, Die Tochter des Captain · 06/5691
Dean Wesley Smith/Kristine Kathryn Rusch, Die Ringe von Tautee · 06/5693
Diane Carey, Invasion – 1: Der Erstschlag · 06/5694
Dean Wesley Smith/Kristine Kathryn Rusch, Tag der Ehre – 4: Das Gesetz des Verrats · 06/5702

STAR TREK: THE NEXT GENERATION
David Gerrold, Mission Farpoint · 06/4589
Gene DeWeese, Die Friedenswächter · 06/4646
Carmen Carter, Die Kinder von Hamlin · 06/4685
Jean Lorrah, Überlebende · 06/4705
Peter David, Planet der Waffen · 06/4733
Diane Carey, Gespensterschiff · 06/4757
Howard Weinstein, Machthunger · 06/4771
John Vornholt, Masken · 06/4787
David & Daniel Dvorkin, Die Ehre des Captain · 06/4793
Michael Jan Friedman, Ein Ruf in die Dunkelheit · 06/4814
Peter David, Eine Hölle namens Paradies · 06/4837
Jean Lorrah, Metamorphose · 06/4856
Keith Sharee, Gullivers Flüchtlinge · 06/4889
Carmen Carter u. a., Planet des Untergangs · 06/4899
A. C. Crispin, Die Augen der Betrachter · 06/4914
Howard Weinstein, Im Exil · 06/4937
Michael Jan Friedman, Das verschwundene Juwel · 06/4958
John Vornholt, Kontamination · 06/4986
Mel Gilden, Baldwins Entdeckungen · 06/5024
Peter David, Vendetta · 06/5057
Peter David, Eine Lektion in Liebe · 06/5077
Howard Weinstein, Die Macht der Former · 06/5096
Michael Jan Friedman, Wieder vereint · 06/5142
T. L. Mancour, Spartacus · 06/5158
Bill McCay/Eloise Flood, Ketten der Gewalt · 06/5242
V. E. Mitchell, Die Jarada · 06/5279
John Vornholt, Kriegstrommeln · 06/5312
David Bischoff, Die Epidemie · 06/5356
Peter David, Imzadi · 06/5357
Laurell K. Hamilton, Nacht über Oriana · 06/5342
Simon Hawke, Die Beute der Romulaner · 06/5413
Rebecca Neason, Der Kronprinz · 06/5414
John Peel, Drachenjäger · 06/5415
Diane Carey, Abstieg · 06/5416
Diane Duane, Dunkler Spiegel · 06/5417
Jeri Taylor, Die Zusammenkunft · 06/5418
Michael Jan Friedman, Relikte · 06/5419
Susan Wright, Der Mörder des Sli · 06/5438

STAR TREK™

R. Thomson, Planet der Schuldner · 06/5439
Carmen Carter, Das Herz des Teufels · 06/5440
Michael Jan Friedman & Kevin Ryan, Requiem · 06/5442
Dafydd ab Hugh, Gleichgewicht der Kräfte · 06/5443
Michael Jan Friedman, Die Verurteilung · 06/5444
Peter David, Q2 · 06/5445
Simon Hawke, Die Rückkehr der Despoten · 06/5446
Robert Greenberger, Die Strategie der Romulaner · 06/5447
Gene DeWeese, Im Staubnebel verschwunden · 06/5448
Brad Ferguson, Das letzte Aufgebot · 06/5449
Kij Johnson/Greg Cox, Die Ehre des Drachen · 06/5751
J. M. Dillard/Kathleen O'Malley, Wahnsinn · 06/5753
Dean Wesley Smith/Kristine Kathryn Rusch, Invasion – 2: Soldaten des Schreckens · 06/5754
Pamela Sargent & George Zebrowski, Verhöhnter Zorn · 06/5756
J. M. Dillard, Star Trek VIII: Der erste Kontakt · 06/5757
Diane Carey, Tag der Ehre – 1: Altes Blut · 06/5763
John Vornholt, Der Dominion-Krieg – 1: Hinter feindlichen Linien · 06/5765
John Vornholt, Der Dominion-Krieg – 3: Sternentunnel · 06/5766
J. M. Dillard, Star Trek IX: Der Aufstand · 06/5770

STAR TREK: DIE ANFÄNGE
Vonda N. McIntyre, Die erste Mission · 06/4619
Margaret Wander Bonanno, Fremde vom Himmel · 06/4669
Diane Carey, Die letzte Grenze · 06/4714

STAR TREK: DEEP SPACE NINE
J. M. Dillard, Botschafter · 06/5115
Peter David, Die Belagerung · 06/5129
K. W. Jeter, Die Station der Cardassianer · 06/5130
Sandy Schofield, Das große Spiel · 06/5187
Dafydd ab Hugh, Gefallene Helden · 06/5322
Lois Tilton, Verrat · 06/5323
Esther Friesner, Kriegskind · 06/5430
John Vornholt, Antimaterie · 06/5431
Diane Carey, Die Suche · 06/5432
Melissa Scott, Der Pirat · 06/5434
Nathan Archer, Walhalla · 06/5512
Greg Cox/John Gregory Betancourt, Der Teufel im Himmel · 06/5513
Robert Sheckley, Das Spiel der Laertianer · 06/5514
Diane Carey, Der Weg des Kriegers · 06/5515
Diane Carey, Die Katakombe · 06/5516
Dean Wesley Smith/Kristine Kathryn Rusch, Die lange Nacht · 06/5517
John Peel, Der Schwarm · 06/5518
L. A. Graf, Invasion – 3: Der Feind der Zeit · 06/5519

STAR TREK™

Michael Jan Friedman, Saratoga · 06/5721
Diane Carey, Neuer Ärger mit den Tribbles · 06/5723
L. A. Graf, Tag der Ehre – 2: Der Himmel von Armageddon · 06/5725
Diane Carey, Der Dominion-Krieg – 2: Verlorener Friede · 06/5727
Diane Carey, Der Dominion-Krieg – 4: Beendet den Krieg! · 06/5728

STAR TREK: STARFLEET KADETTEN
John Vornholt, Generationen · 06/6501
Peter David, Worfs erstes Abenteuer · 06/6502
Peter David, Mission auf Dantar · 06/6503
Peter David, Überleben · 06/6504
Brad Strickland, Das Sternengespenst · 06/6505
Brad Strickland, In den Wüsten von Bajor · 06/6506
John Peel, Freiheitskämpfer · 06/6507
Mel Gilden & Ted Pedersen, Das Schoßtierchen · 06/6508
John Vornholt, Erobert die Flagge! · 06/6509
V. E. Mitchell, Die Atlantis Station · 06/6510
Michael Jan Friedman, Die verschwundene Besatzung · 06/6511
Michael Jan Friedman, Das Echsenvolk · 06/6512
Diane G. Gallagher, Arcade · 06/6513
John Peel, Ein Trip durch das Wurmloch · 06/6514
Brad & Barbara Strickland, Kadett Jean-Luc Picard · 06/6515
Brad & Barbara Strickland, Picards erstes Kommando · 06/6516
Ted Pedersen, Zigeunerwelt · 06/6517
Patricia Barnes-Svarney, Loyalitäten · 06/6518
Diana G. Gallagher, Tag der Ehre – 5: Ehrensache · 06/6530

STAR TREK: VOYAGER
L. A. Graf, Der Beschützer · 06/5401
Dean Wesley Smith/Kristine Kathryn Rusch, Die Flucht · 06/5402
Nathan Archer, Ragnarök · 06/5403
Susan Wright, Verletzungen · 06/5404
John Betancourt, Der Arbuk-Zwischenfall · 06/5405
Christie Golden, Die ermordete Sonne · 06/5406
Mark A. Garland/Charles G. McGraw, Geisterhafte Visionen · 06/5407
S. N. Lewitt, Cybersong · 06/5408
Dafydd ab Hugh, Invasion – 4: Die Raserei des Endes · 06/5409
Karen Haber, Segnet die Tiere · 06/5410
Jeri Taylor, Mosaik · 06/5811
Melissa Scott, Der Garten · 06/5812
David Niall Wilson, Puppen · 06/5813
Greg Cox, Das schwarze Ufer · 06/5814
Michael Jan Friedman, Tag der Ehre – 3: Ihre klingonische Seele · 06/5815
Christie Golden, Gestrandet · 06/5816

STAR TREK™

DAS STAR TREK-UNIVERSUM, 2 Bde.,
von *Ralph Sander* · 06/5150
DAS STAR TREK-UNIVERSUM, 1. Ergänzungsband
von *Ralph Sander* · 06/5151
DAS STAR TREK-UNIVERSUM, 2. Ergänzungsband
von *Ralph Sander* · 06/5270

Ralph Sander, Star Trek Timer 1996 · 06/1996
Ralph Sander, Star Trek Timer 1997 · 06/1997
Ralph Sander, Star Trek Timer 1998 · 06/1998
Ralph Sander, Star Trek Timer 1999 · 06/1999

William Shatner/Chris Kreski, Star Trek Erinnerungen · 06/5188
William Shatner/Chris Kreski, Star Trek Erinnerungen: Die Filme · 06/5450

Phil Farrand, Cap'n Beckmessers Führer durch STAR TREK – DIE CLASSIC SERIE · 06/5451
Phil Farrand, Cap'n Beckmessers Führer durch STAR TREK – DIE NÄCHSTE GENERATION · 06/5199
Phil Farrand, Cap'n Beckmessers Führer durch STAR TREK – DIE NÄCHSTE GENERATION – Teil 2 · 06/6457
Phil Farrand, Cap'n Beckmessers Führer durch STAR TREK – DEEP SPACE NINE · 06/6458

David Alexander, Gene Roddenberry – Die autorisierte Biographie · 06/5544
Judith & Garfield Reeves-Stevens, Star Trek Design · 06/5545
Nichelle Nichols, Nicht nur Uhura · 06/5547
Leonard Nimoy, Ich bin Spock · 06/5548
Lawrence M. Krauss, Die Physik von Star Trek · 06/5549
Judith & Garfield Reeves-Stevens, Star Trek – Deep Space Nine: Die Realisierung einer Idee · 06/5550
Herbert F. Solow & Yvonne Fern Solow, Star Trek: Das Skizzenbuch – Die Classic-Serie · 06/6469
Judith & Garfield Reeves-Stevens, Star Trek – Phase II: Die verlorene Generation · 06/6470
Herbert F. Solow/Robert H. Justman, Star Trek – Die wahre Geschichte · 06/6499
J. M. Dillard, Star Trek: Wo bisher noch niemand gewesen ist · 06/6500

Diese Liste ist eine Bibliographie erschienener Titel,
KEIN VERZEICHNIS LIEFERBARER BÜCHER!